Scherz Krimi

Spannung mit Niveau

Von Agatha Christie sind lieferbar:

Auch Pünktlichkeit kann töten
Der ballspielende Hund
Bertrams Hotel
Der blaue Expreß
Blausäure
Die Büchse der Pandora
Der Dienstagabend-Club
Ein diplomatischer Zwischenfall
Auf doppelter Spur
Dummheit ist gefährlich
Elefanten vergessen nicht
Das Eulenhaus
Das fahle Pferd
Fata Morgana
Das fehlende Glied in der Kette
Feuerprobe der Unschuld
Ein gefährlicher Gegner
Das Geheimnis der Goldmine
Das Geheimnis der Schnallenschuhe
Die Großen Vier
Hercule Poirots Weihnachten
Die ersten Arbeiten des Herkules
Die letzten Arbeiten des Herkules
Sie kamen nach Bagdad
Karibische Affaire
Die Katze im Taubenschlag
Die Kleptomanin
Das krumme Haus
Kurz vor Mitternacht
Lauter reizende alte Damen
Der letzte Joker
Der Mann im braunen Anzug
Die Mausefalle und andere Fallen
Die Memoiren des Grafen
Die Morde des Herrn ABC
Mord im Pfarrhaus
Mord in Mesopotamien
Mord nach Maß
Ein Mord wird angekündigt
Morphium
Mit offenen Karten
Poirot rechnet ab
Rächende Geister
Rätsel um Arlena
Rotkäppchen und der böse Wolf
Die Schattenhand
Das Schicksal in Person
Schneewittchen-Party
16 Uhr 50 ab Paddington
Das Sterben in Wychwood
Der Todeswirbel
Der Tod wartet
Die Tote in der Bibliothek
Der Unfall und andere Fälle
Der unheimliche Weg
Das unvollendete Bildnis
Die vergeßliche Mörderin
Vier Frauen und ein Mord
Vorhang
Der Wachsblumenstrauß
Wiedersehen mit Mrs. Oliver
Zehn kleine Negerlein
Zeugin der Anklage

Agatha Christie

Die Tote in der Bibliothek

Scherz
Bern · München · Wien

Einzig berechtigte Übertragung aus dem Englischen
Titel des Originals: «The Body in the Library»
Schutzumschlag von Heinz Looser

17. Auflage 1980, ISBN 3-502-50651-5

Gesamtherstellung: Ebner Ulm

1

Mrs. Bantry träumte. Ihre Wicken hatten eben an einer Blumenausstellung den ersten Preis gewonnen. In Stola und Soutane gekleidet verteilte der Pfarrer die Preise in der Kirche. Seine Frau spazierte vorüber, nur mit einem Badeanzug bekleidet. Aber, wie das so in Träumen geht, erregte diese Tatsache keineswegs die Mißbilligung der Gemeinde, was im wirklichen Leben zweifellos der Fall gewesen wäre ...

Mrs. Bantry genoß ihren Traum sehr. Sie genoß meistens diese Morgenträume, welche durch die Ankunft des Frühstücks ihr Ende fanden. Irgendwo in ihrem Unterbewußtsein hörte sie dabei die vertrauten Geräusche des erwachenden Haushalts. Das Rasseln der Vorhangringe auf der Treppe, wo das Stubenmädchen die Gardinen aufzog. Das Hin- und Hergehen des zweiten Dienstmädchens, welches sich mit Besen und Schaufel draußen auf dem Korridor zu schaffen machte. Und in der Entfernung den dumpfen Ton des schweren Riegels, der von der Eingangstür zurückgezogen wurde.

Ein neuer Tag. Inzwischen war sie entschlossen, soviel Vergnügen wie möglich an ihrer Blumenausstellung zu haben; denn schon fühlte sie, daß alles nur ein Traum war ...

Aus dem Stockwerk unter ihr kam jetzt das Geräusch der großen hölzernen Fensterläden des Wohnzimmers, welche geöffnet wurden. Mrs. Bantry hörte es und hörte es auch wieder nicht. Denn noch eine gute halbe Stunde würden diese vertrauten Töne weitergehen — diskret, gedämpft und keineswegs störend, eben weil man so an sie gewöhnt war. Schließlich würde ein leichter, schneller Schritt den Korridor entlangkommen, das Rascheln eines gestärkten Kleides, das leise Klirren der Teetassen — dann ein sanftes Klopfen —, und Mary würde eintreten und die Vorhänge aufziehen.

Mrs. Bantry runzelte die Stirn. Etwas Störendes brach in ihren Halbtraum ein, etwas Ungewöhnliches. Schritte den Korridor entlang, viel zu eilige, viel zu zeitige Schritte. Unbewußt lauschte Mrs. Bantry auf das Klirren der Teetassen — aber es klirrten keine Teetassen.

Es klopfte. Aus der Tiefe ihres Traumes auftauchend, rief Mrs. Bantry automatisch: «Herein!» Die Tür öffnete sich — jetzt

würden die Vorhangringe klappern, und es würde hell im Zimmer werden.
Aber die Vorhangringe klapperten nicht. Sondern aus dem dämmergrünen Licht kam Marys Stimme — atemlos, hysterisch: «Oh, Madam, oh, Madam, *es liegt eine Leiche in der Bibliothek!»*
Dann brach das Mädchen in hysterisches Schluchzen aus und stürzte aus dem Zimmer.

Mrs. Bantry setzte sich im Bett auf.
Entweder hatte ihr Traum eine sehr merkwürdige Wendung genommen, oder aber — oder aber Mary war wirklich hereingestürzt und hatte gesagt (unglaublich phantastisch!), daß eine Leiche in der Bibliothek liege.
«Unmöglich», sagte Mrs. Bantry zu sich selbst. «Ich muß geträumt haben.»
Aber während sie dies sagte, wurde es ihr immer klarer, daß sie nicht geträumt hatte. Daß Mary, ihre überlegene, selbstbeherrschte Mary tatsächlich diese unglaublichen Worte gerufen hatte.
Mrs. Bantry überlegte eine Minute. Dann bedachte sie ihren schlafenden Gatten mit einem herzhaften Ellbogenstoß.
«Arthur, Arthur! Wach auf!»
Colonel Bantry stöhnte, murmelte etwas und drehte sich auf die andere Seite.
«Wach auf, Arthur! Hast du gehört, was Mary sagte?»
«Höchstwahrscheinlich», kam es undeutlich von Colonel Bantry. «Du hast ganz recht, Dolly», und unverzüglich schlief er wieder ein.
Mrs. Bantry schüttelte ihn.
«So hör doch! Du mußt hören! Mary kam herein und sagte, es liegt eine Leiche in der Bibliothek.»
«Ah — was?»
«Eine Leiche in der Bibliothek.»
«Wer sagt das?»
«Mary.»
Colonel Bantry suchte sich zu sammeln und die Situation zu erfassen. Er sagte:

«Unsinn, mein Gutes; du hast geträumt.»
«Nein, ich habe nicht geträumt. Zuerst hab' ich auch geglaubt, es sei ein Traum. Aber es ist wahr. Sie ist wirklich hereingekommen und hat das gesagt.»
«Mary ist hereingekommen und hat gesagt, es liege ein Leiche in der Bibliothek?»
«Ja.»
«Aber das kann nicht sein», versicherte Colonel Bantry.
«Eben — das kann nicht sein», meinte Mrs. Bantry unsicher.
Dann fuhr sie fort: «Aber warum hat es Mary dann gesagt?»
«Das kann sie nicht gesagt haben.»
«Sie hat es aber gesagt.»
«Das bildest du dir ein.»
«Das bilde ich mir nicht ein.»
Colonel Bantry war nun richtig wach und war entschlossen, Herr der Situation zu werden. Er redete seiner Frau zu:
«Du hast geträumt, Dolly, und weiter gar nichts. Das kommt von diesem Detektivroman, den du gelesen hast — *Das Geheimnis des zerbrochenen Zündholzes. Du* weißt doch — Lord Edgbaston findet eine wunderschöne blonde Tote auf dem Kaminteppich in der Bibliothek. In Romanen findet man die Leichen immer in der Bibliothek. In Wirklichkeit habe ich so etwas noch nicht erlebt.»
«Vielleicht wirst du es jetzt erleben. Jedenfalls mußt du aufstehen, Arthur, und nachschauen.»
«Aber wirklich, Dolly, es *muß* ein Traum gewesen sein. Träume sind oft wunderbar lebendig, sogar wenn man schon wach ist. Man glaubt auch dann noch bestimmt, daß alles wahr sei.»
«Ich habe aber von etwas ganz anderem geträumt — von einer Blumenausstellung und von der Frau Pfarrer im Badeanzug — oder so ähnlich.»
Mit einem plötzlichen Energieausbruch sprang Mrs. Bantry aus dem Bett und zog die Vorhänge auf. Das Licht eines schönen Herbsttages durchflutete das Zimmer.
«Ich habe *nicht* geträumt», erklärte Mrs. Bantry entschieden. «Steh sofort auf, Arthur, geh hinunter und sieh nach.»
«Du verlangst von mir, daß ich hinuntergehe und frage, ob nicht vielleicht eine Leiche in der Bibliothek herumliegt? Soll ich mich lächerlich machen?»

«Du brauchst überhaupt nichts zu fragen. Wenn eine Leiche da ist — und es ist ja natürlich möglich, daß Mary verrückt geworden ist und sich einbildet, Dinge zu sehen, die gar nicht existieren — nun, wenn eine Leiche da ist, dann wird man es dir sowieso augenblicklich sagen. Du wirst nicht erst fragen müssen.»

Murrend hüllte sich Colonel Bantry in seinen Morgenrock und ging hinaus. Er schritt den Korridor entlang und die Treppe hinab. Unten fand er einen kleinen Haufen zusammengedrängter zitternder Dienstleute. Einige schluchzten. Der Butler trat bedeutungsvoll vor.

«Ich bin froh, daß Sie kommen, Sir. Ich habe angeordnet, daß nichts geschehen darf, bevor Sie da sind. Paßt es, wenn ich jetzt die Polizei anläute, Sir?»

«Polizei anläuten? Weswegen?»

Der Butler blickte vorwurfsvoll eine große junge Person an, die, an die Schulter der Köchin gelehnt, hysterisch weinte.

«Ich dachte, Sir, daß Mary Ihnen bereits Mitteilung gemacht habe. Sie behauptete es jedenfalls.»

Mary brach los:

«Ich bin so außer mir, ich weiß nicht, was ich gesagt habe und was nicht. Immerfort sehe ich das vor mir — und dann schlottern mir die Knie — und mir schwindelt! Wie ich sie da gefunden habe — oh, oh, oh!»

Sie sank wieder gegen Mrs. Eccles' Schulter, die sie zu beruhigen versuchte.

«Mary ist natürlich etwas verstört, Sir. *Sie* hat ja diese entsetzliche Entdeckung gemacht», erklärte der Butler. «Sie ging wie jeden Morgen in die Bibliothek, um die Vorhänge zurückzuziehen und — und — stolperte beinahe über die Leiche.»

«Wollen Sie mir damit sagen, daß eine Leiche in meiner Bibliothek liegt — in *meiner* Bibliothek?»

Der Butler hüstelte.

«Vielleicht möchten Sie selber nachsehen, Sir ...»

«Hallohallohallo! Hier Polizeistation. Ja, wer spricht dort?»

Polizeikommissär Palk knüpfte sich seine Uniform mit einer Hand zu, mit der anderen hielt er das Hörrohr.

«Ja, ja, Gossington Hall. Ja? Oh, guten Morgen, Sir.» Palks Tonfall änderte sich um einige Nuancen, wurde weniger offiziell, weniger ungeduldig. Kommissär Palk hatte den freigebigen Patron der Polizeisportfeste erkannt, den Distriktsvorsteher.
«Ja, Sir? Was kann ich für Sie tun? – Verzeihung, Sir, ich habe Sie nicht verstanden – *eine Leiche,* sagen Sie? – Ja? Ja, bitte schön – jawohl, Sir. Junge Frau, Ihnen unbekannt, sagen Sie? Ja, ich verstehe, Sir. Ja, Sie können das alles mir überlassen.»
Kommissär Palk legte den Telefonhörer in die Gabel, stieß einen langgezogenen Pfiff aus und stellte die Büronummer seines Vorgesetzten ein.
Mrs. Palk steckte den Kopf durch die Küchentür. Gleichzeitig verbreitete sich der appetitliche Duft von gebratenem Speck.
«Was ist los?»
«Die tollste Sache, die man je gehört hat», antwortete der Gatte. «Oben im Herrenhaus ist die Leiche einer jungen Frau gefunden worden. In Colonel Bantrys Bibliothek.»
«Ermordet?»
«Erwürgt, sagt der Colonel.»
«Wer ist es?»
«Der Colonel sagt, er habe sie nie im Leben gesehen.»
«Was hat sie dann in seiner Bibliothek gemacht?»
Kommissär Palk wies sie mit vorwurfsvollem Blick zur Ruhe und sprach mit dienstlichem Ton ins Telefon.
«Inspektor Slack? Hier spricht Polizeikommissär Palk. Eben wurde die Anzeige erstattet, daß die Leiche einer jungen Frau heute morgen um sieben Uhr fünfzehn – – –»

Miss Marples Telefon läutete. Sie war gerade beim Ankleiden. Sie war irritiert. Eine ungewöhnliche Stunde für einen Anruf. So wohlgeordnet war ihr einfaches Altjungfern-Leben, daß ein unvorhergesehener Telefonanruf einen Quell der wildesten Vermutungen für sie bedeutete.
«Du lieber Gott», murmelte Miss Marple, während sie den immer weiter läutenden Apparat verblüfft betrachtete. «Wer kann das sein?»
In der Zeit zwischen neun Uhr und neun Uhr dreißig pflegte

man im Dorf freundnachbarliche Telefongespräche zu führen. Dabei wurden Verabredungen für den Tag getroffen, Einladungen besprochen und so weiter. Der Metzger wußte, daß er knapp vor neun telefonieren mußte, wenn irgend etwas mit der Fleischlieferung nicht in Ordnung war. Den Tag durch erfolgten verschiedene Anrufe, aber es galt als schlechter Ton, nach halb zehn Uhr abends noch zu stören. Es ist wahr, Miss Marples Neffe, ein Schriftsteller und deshalb exzentrisch, war dafür bekannt, daß er zu den unmöglichsten Tages- und Nachtzeiten telefonierte. Einmal erlaubte er sich sogar, Miss Marple zehn Minuten vor Mitternacht herauszuläuten. Aber was immer Richard West für extravagante Eigenschaften haben mochte, Frühaufstehen war keine davon. Weder ihm noch irgend jemandem aus Miss Marples Bekanntschaft war es zuzumuten, vor acht Uhr früh anzurufen. Genau gesagt war es jetzt ein Viertel vor acht.

Es war sogar zu früh für ein Telegramm. Die Post wurde um acht Uhr geöffnet.

Miss Marple entschied: «Das muß eine falsche Verbindung sein.»

Darauf begab sie sich zu dem ungeduldigen Apparat, nahm den Hörer auf und rief: «Ja?»

«Bist du's, Jane?»

Miss Marple war außerordentlich überrascht.

«Ja, hier ist Jane. Du bist aber sehr früh auf, Dolly.»

Atemlos und aufgeregt kam Mrs. Bantrys Stimme durch die Leitung.

«Etwas Entsetzliches ist passiert.»

«Oh, mein Liebes . . .»

«Wir haben eben eine Leiche in der Bibliothek gefunden.»

Einen Augenblick lang glaubte Miss Marple, ihre Freundin sei verrückt geworden.

«Ihr habt *was* gefunden?»

«Ja, ich weiß. Es ist nicht zu glauben, nicht wahr? Ich habe gedacht, so etwas kommt nur in Büchern vor. Stundenlang mußte ich heute morgen mit Arthur verhandeln, bevor er sich überhaupt entschloß, hinunterzugehen und nachzusehen.»

Miss Marple versuchte sich zu beherrschen. Sie fragte keuchend: «Aber was für eine Leiche ist es denn?»

«Eine blonde.»
«Eine — was?»
«Eine blonde. Eine wunderschöne Blonde, auch wie in einem Roman. Sie liegt ganz einfach in der Bibliothek und ist tot. Du mußt also sofort kommen.»
«Du willst, daß *ich* zu dir komme?»
«Ja, ich schicke dir den Wagen hinunter.»
Miss Marple war unentschlossen. «Natürlich, mein Liebling, wenn du glaubst, daß ich dich irgendwie trösten kann . . .»
«Oh, ich brauche keinen Trost. Aber du verstehst dich großartig auf Leichen.»
«Ach nein. Wirklich nicht. Meine kleinen Erfolge waren doch nur theoretisch.»
«Aber was Mord betrifft, bist du doch ganz großartig. Sie ist nämlich ermordet worden, verstehst du, erwürgt. Wenn man schon im eigenen Haus einen Mordfall hat, dann soll man, meiner Ansicht nach, auch sein Vergnügen davon haben — du verstehst schon, wie ich das meine. Darum möchte ich, daß du kommst und mir hilfst, den Täter zu finden und das Geheimnis zu entschleiern und lauter solche Sachen. Es ist doch *wirklich* spannend, nicht wahr?»
«Nun, natürlich, mein Liebling, wenn ich dir irgendwie *helfen* kann . . .»
«Ausgezeichnet! Arthur ist ein bißchen unzufrieden. Ich glaube, er ist der Ansicht, daß diese Sache mir überhaupt kein Vergnügen machen sollte. Natürlich, ich weiß, das ist alles sehr traurig und so weiter. Aber schließlich und endlich kenne ich das Mädchen nicht — und wenn du sie siehst, dann wirst du mich verstehen, wenn ich dir sage, sie schaut überhaupt nicht *wirklich* aus.»

Ein wenig atemlos stieg Miss Marple aus dem Auto der Bantrys, während der Chauffeur die Türe für sie offenhielt.
Colonel Bantry kam die Freitreppe herunter und sah etwas überrascht drein.
«Miss Marple? — Ah — sehr erfreut, Sie hier zu sehen . . .»
«Ihre Frau hat mich angerufen», erklärte Miss Marple.
«Prima, prima. Sie braucht jemanden, der sich um sie kümmert.

Sonst bricht sie zusammen. Augenblicklich macht sie noch gute Miene zum bösen Spiel, aber Sie wissen ja, wie das so ist — —»
In diesem Moment erschien Mrs. Bantry und rief:
«Geh doch wieder ins Eßzimmer und iß dein Frühstück, Arthur! Der Speck wird ja kalt.»
«Ich habe geglaubt, der Inspektor kommt.»
«Er wird früh genug dasein. Darum ist es wichtig, daß du vorher zu Ende frühstückst. Du hast es nötig.»
«Und du auch. Komm doch lieber herein und iß etwas, Dolly — —»
«Ja, augenblicklich. Geh jetzt, Arthur!»
Colonel Bantry wurde in das Eßzimmer zurückgescheucht wie ein widerspenstiges Huhn.
«Na also!» sagte Mrs. Bantry triumphierend. «Komm jetzt.»
Eilig führte sie ihre Freundin den langen Korridor hinunter zur Ostseite des Hauses. Vor der Bibliothekstüre hielt Konstabler Palk Wache. Er versuchte, etwas Autorität zu zeigen.
«Entschuldigen Sie, Madam, aber niemand darf hier eintreten. Befehl des Inspektors.»
«Unsinn, Palk», sagte Mrs. Bantry. «Sie kennen doch Miss Marple sehr genau.»
Konstabler Palk gab zu, Miss Marple zu kennen.
«Es ist sehr wichtig, daß sie die Leiche sieht. Seien Sie doch nicht dumm, Palk. Schließlich und endlich ist es doch *meine* Bibliothek, nicht wahr?» rief Mrs Bantry.
Konstabler Palk gab den Weg frei. Sich allem zu fügen, was ein Mitglied der Aristokratie verlangte, war ihm in Fleisch und Blut übergegangen. Der Inspektor brauchte es gar nicht zu erfahren.
«Es darf aber nichts berührt oder verändert werden», warnte er die Damen.
«Natürlich nicht», sagte Mrs. Bantry ungeduldig. «Als ob wir das nicht wüßten! Sie können ja mitkommen und aufpassen, wenn Sie wollen.»
Der Beamte machte Gebrauch von dieser Erlaubnis. Er hatte sowieso beabsichtigt, dies zu tun.
Mrs. Bantry geleitete ihre Freundin stolz durch die Bibliothek zu dem großen, altmodischen Kamin. In dramatischer Erregung sprach sie: «Hier!»

Miss Marple verstand jetzt sofort, was Mrs. Bantry mit der Bemerkung gemeint hatte, das Mädchen sei nicht *wirklich*. Das Bibliothekzimmer war sehr typisch für seine Besitzer. Es war sehr groß, etwas schäbig und unordentlich. Riesige weiche Fauteuils standen umher. Auf dem Tisch waren Pfeifen, Bücher und verschiedene Zeitungen verstreut. Ein oder zwei gute alte Familienporträts hingen an der Wand, einige schlechte Aquarelle und einige komischseinwollende Jagdszenen. In der Ecke stand eine große Vase mit Margeriten. Der ganze Raum war dämmerig, warm und gemütlich. Er zeugte vom langen Gebrauch, von den Alltagsgewohnheiten seiner Bewohner und von deren alter Tradition.
Aber quer über dem Kaminteppich aus Bärenfell gebreitet war etwas Neues – etwas Rohes und Dramatisches: die schimmernde Gestalt eines Mädchens. Eines Mädchens mit unnatürlich blondem Haar, das in künstlichen Locken und Ringeln ihr Gesicht umgab. Der schmale Körper war in ein rückenloses Abendkleid aus weißem, flitterbesticktem Satin gekleidet. Das Gesicht war sehr stark geschminkt. Grotesk wirkte der Puder auf dem blaugeschwollenen Antlitz. Die Tusche der Wimpern lag dick auf den verzerrten Wangen, das Purpurrot der Lippen glich einer Wunde. Die Fingernägel waren mit tiefem Blutrot lackiert, ebenso die Zehennägel, die aus den billigen Silbersandalen hervorsahen. Eine wohlfeile, armselig-flittrige Erscheinung – ein scharfer Gegensatz zu der soliden, altmodischen Gemütlichkeit von Colonel Bantrys Bibliothek.
Mrs. Bantry flüsterte:
«Du verstehst, was ich meine: es ist einfach nicht *wirklich*!»
Die alte Dame antwortete mit einem Kopfnicken. Lange und nachdenklich betrachtete sie das zerstörte Geschöpf.
Schließlich sagte sie still:
«Sie ist sehr jung.»
«Ja – ja, das glaube ich auch.» Mrs. Bantry schien beinahe überrascht zu sein, als wäre dies eine Entdeckung.
Miss Marple beugte sich nieder. Sie berührte das Mädchen nicht. Sie schaute auf die Finger, die in das Kleid über der Brust verkrampft waren, wie in verzweifeltem Ringen nach Atem.
Draußen auf dem Kies knirschten die Räder eines Autos. Konstabler Palk sagte aufgeregt:

«Das wird der Inspektor sein . . .»
Entsprechend seiner tiefverwurzelten Überzeugung, daß die Aristokratie einen niemals im Stiche läßt, eilte Mrs. Bantry sofort zur Türe. Miss Marple folgte ihr. Mrs. Bantry sagte:
«Alles in Ordnung, Palk.»
Konstabler Palk war unendlich erleichtert.

Colonel Bantry spülte hastig den letzten Bissen Toast und Marmelade mit einem Schluck Kaffee hinunter, eilte hinaus in die Halle und atmete auf, als er Colonel Melchett, den Polizeichef der Grafschaft, aus dem Wagen steigen sah, begleitet von Inspektor Slack. Melchett war Bantrys Freund. Aus Slack hatte sich der alte Herr nie viel gemacht. Slack war ein allzu energischer Mann, der seine nachlässigen Manieren durch ein gutes Maß von Respektlosigkeit gegen jeden, der ihm unwichtig war, noch unterstrich.
«Guten Morgen, Bantry», sagte der Polizeichef. «Schien mir besser, selbst herzukommen. Eine ganz ungewöhnliche Angelegenheit – wie?»
«Es ist – es ist – –» Colonel Bantry rang nach Worten. «Es ist unglaublich – phantastisch!»
«Keine Ahnung, wer das Mädchen ist?»
«Nicht die leiseste. Ich habe sie nie im Leben gesehen.»
«Der Butler?» fragte Inspektor Slack.
«Lorrimer ist genauso ahnungslos wie ich.»
«Ah! Soso . . .» machte Inspektor Slack.
«Im Eßzimmer ist ein Frühstück vorbereitet, Melchett. Wollen Sie etwas nehmen?»
«Nein, nein – wir wollen uns lieber erst mal die Sache ansehen. Haydock muß jeden Augenblick dasein – ah, da ist er.»
Wieder fuhr ein Auto vor, und der große, breitschultrige Doktor Haydock, der Polizeiarzt, stieg aus. Einem zweiten Polizeiauto waren zwei Männer in Zivilkleidung entstiegen; der eine trug einen Fotoapparat.
«Alles bereit?» fragte der Polizeichef. «Schön. Gehen wir. In der Bibliothek, sagt Slack.»
Colonel Bantry stöhnte:

«Es ist unglaublich! Wissen Sie, als meine Frau heute früh behauptete, das Stubenmädchen wäre hereingekommen und hätte gesagt, es liege eine Leiche in der Bibliothek, da wollt' ich's ganz einfach nicht glauben.»

«Nein, nein, das verstehe ich vollkommen. Hoffe, Ihre Dame ist nicht allzu verstört?»

«Sie benimmt sich wundervoll – wirklich wundervoll. Die alte Miss Marple leistet ihr Gesellschaft – Miss Marple aus dem Dorf, Sie wissen ja.»

«Miss Marple?» Der Polizeichef stutzte. «Warum hat Mrs. Bantry sie kommen lassen?»

«Ach, in solchen Fällen will eben eine Frau eine Freundin bei sich haben, nicht wahr?»

Colonel Melchett lachte leise in sich hinein:

«Meiner Ansicht nach versucht sich Ihre Frau Gemahlin ein wenig als Amateurdetektiv. Miss Marple ist der Dorf-Sherlok-Holmes. Hat's uns schon mal ordentlich gezeigt, nicht wahr, Slack?»

Slack sagte: «Das war etwas anderes.»

«Anders als was?»

«Der Fall damals war eine lokale Angelegenheit, Sir. Die alte Dame weiß alles, was hier im Dorf vorgeht, das ist wahr. Aber diese neue Sache fällt nicht in ihr Gebiet.»

«Sie wissen selbst noch nicht sehr viel über diese neue Sache, Slack», meinte Melchett trocken.

«Warten Sie nur, Sir. Lang werde ich nicht brauchen, um ihr auf den Grund zu kommen.»

Im Eßzimmer nahmen Mrs. Bantry und Miss Marple ihr Frühstück ein.

Nachdem sie ihren Gast bedient hatte, sagte Mrs. Bantry eindringlich:

«Nun, Jane?»

Miss Marple blickte sie etwas befremdet an.

Mrs. Bantry fragte hoffnungsvoll:

«*Erinnert* es dich nicht an irgend etwas?»

Denn Miss Marple war bekannt dafür, daß sie zu großen und wichtigen Problemen immer einen Parallelfall aus dem Alltags-

leben des Dorfes wußte, welcher öfters dazu angetan war, ein solches Problem blitzartig zu erleuchten oder gar zu lösen.
Jetzt erklärte sie nachdenklich: «Nein, das könnte ich nicht sagen. Wenigstens nicht im Moment. Ein wenig erinnerte sie mich an Mrs. Chettys Jüngste – Edie, weißt du –, aber ich glaube nur, weil dieses arme kleine Mädchen auch ihre Nägel biß und weil ihre Vorderzähne ein wenig vorstehen. Weiter ist es nichts. Und natürlich», fuhr Miss Marple fort, indem sie versuchte, die Parallele weiter zu verfolgen, «Edie liebte auch diese sogenannte billige Eleganz.»
«Du meinst das Kleid?»
«Ja, Satin mit Flitter – schlechte Qualität.»
«Ich verstehe. Aus so einem scheußlichen kleinen Geschäft, wo alles eine Guinee kostet.»
Hoffnungsvoll forschte Mrs. Bantry: «Wollen mal sehen, was wurde aus der kleinen Edie?»
«Eben hat sie ihren zweiten Posten angetreten, und es geht ihr, glaube ich, sehr gut.»
Mrs. Bantry war etwas enttäuscht. Dieser Parallelfall aus dem Dorf war nicht gerade aussichtsreich.
«Ich kann mir absolut nicht vorstellen», grübelte Dolly Bantry, «was sie in Arthurs Bibliothek getan haben mag. Palk sagt, ein Fenster sei erbrochen. Sie ist vielleicht mit einem Einbrecher hergekommen, und dann haben die beiden gestritten, und dann – aber das klingt unsinnig, nicht wahr?»
«Sie ist kaum zum Einbrechen angezogen.» Miss Marple war nachdenklich.
«Nein, sie ist zum Tanzen angezogen – zu einem Ball, zum Beispiel. Aber es gibt nichts Derartiges hier bei uns – oder irgendwo in der Nähe.»
«N - n - nein . . .» machte Miss Marple zweifelnd.
Mrs. Bantry fuhr auf sie los.
«Du hast etwas im Sinn, Jane!»
«Ach, ich habe mir gerade überlegt . . .»
«Nun?»
«Basil Blake.»
«Nein!» schrie Mrs. Bantry impulsiv und fügte – quasi als Erklärung – hinzu: «Ich kenne doch seine Mutter!»
Die beiden Frauen sahen einander an.

Miss Marple seufzte und schüttelte den Kopf.
«Ich verstehe deine Gefühle vollkommen.»
«Selina Blake ist die netteste Frau, die man sich nur vorstellen kann. Ihre Immergrün-Einfassungen sind einfach entzückend. Ich werde gelb vor Neid, wenn ich sie sehe. Und Selina ist so freigebig mit Setzlingen.»
Miss Marple überging diese Betrachtungen und meinte: «Immerhin, du weißt ja, es gab sehr viel *Gerede.*»
«Ach, ich weiß – ich weiß! Und Arthur geht allerdings glatt in die Luft, sobald man Basil Blake erwähnt. Basil war wirklich sehr frech zu Arthur, und seither will Arthur kein gutes Wort mehr über den jungen Mann hören. Der hat so eine dumme, geringschätzige Art zu reden – wie eben die meisten Burschen heutzutage –; verspotten Leute, die ihre Schule hochhalten oder das Empire und solche Sachen. Und dann natürlich – wie er sich *kleidet!* Man sagt oft, es sei egal, was man auf dem Lande anzieht. So eine Dummheit! Gerade auf dem Lande beobachten die Leute doch alles.»
Sie machte eine Pause, dann sagte sie schwärmerisch: «Wie entzückend er in der Badewanne aussah – als Säugling!»
«In der letzten Sonntagszeitung war ein entzückendes Bild von dem Mörder Cheviot als Säugling», bemerkte Miss Marple.
«Oh, Jane – du glaubst doch nicht, daß er – – –»
«Nein, nein, mein Herz. Das habe ich absolut nicht gemeint. Das hieße wirklich, allzu gewaltsame Schlüsse ziehen. Ich versuche nur, irgendeine Erklärung für die Anwesenheit dieser jungen Person hier, in unserer Gegend, zu finden. St. Mary Mead ist so ein ungeeigneter Ort für sie. Und da kam es mir in den Sinn, daß der einzige denkbare Grund für ihr Herkommen Basil Blake sein könnte. Er gibt doch Gesellschaften. Es sind schon Leute aus London zu ihm gekommen und aus den Filmateliers. Erinnerst du dich an den letzten Juli? Geschrei und Gesang – ein *entsetzlicher* Lärm –, und alle waren ziemlich betrunken, fürchte ich. Und dieses Durcheinander und die zerbrochenen Gläser am nächsten Morgen – einfach unglaublich – wie mir die alte Mrs. Blake erzählt – und eine junge Person lag in der Badewanne und schlief und hatte – sozusagen *gar nichts an!*»
Nachsichtig meinte Mrs. Bantry: «Das waren Filmleute.»

«Sehr wahrscheinlich. Und dann — das hast du wohl gehört — brachte er zu den letzten Weekends ein junges Ding mit her — eine Platinblonde.»
«Du glaubst doch nicht, daß es *diese* ist?»
«Nun — ich habe darüber nachgedacht. Natürlich — ich habe sie nie aus der Nähe gesehen — nur beim Aus- und Einsteigen in den Wagen — und dann einmal im Garten beim Sonnenbaden, nur bekleidet mit Shorts und Büstenhalter. Ihr *Gesicht* habe ich nie richtig sehen können. Und all diese Mädchen mit ihrer Schminke und ihren Haaren und ihren Nägeln — da schaut eine so aus wie die andere.»
«Ja. Aber sie *könnte* es doch sein. Es ist jedenfalls eine Idee, Jane.»

2

Dies war eine Idee, die zu der gleichen Zeit auch von Colonel Melchett und Colonel Bantry besprochen wurde.
Nachdem der Polizeichef die Leiche besichtigt hatte und jeder seiner Untergebenen mit der üblichen Forschungsarbeit betraut worden war, hatten die beiden Herren sich in einem anderen Flügel des Hauses zusammengefunden.
Colonel Melchett hatte einen jähzornigen Gesichtsausdruck und die Gewohnheit, an seinem kurzen roten Schnurrbart herumzuzupfen. Das tat er auch jetzt, während er unruhige Seitenblicke auf den Hausherrn warf. Schließlich brach er los:
«Nun sehen Sie mal, Bantry, ich muß das von meinem Herzen 'runterkriegen. Ist es wirklich und wahrhaftig wahr, daß Sie dieses Mädchen noch nie im Leben gesehen haben?»
Der andere schien mit einem Ausbruch antworten zu wollen, aber der Polizeichef beruhigte ihn.
«Ja, ja, mein Guter. Aber wir wollen uns die Sache doch einmal klarmachen. Kann ja verflucht unangenehm für Sie sein. Ein verheirateter Mann — der seine Frau gern hat, und so weiter und so fort. Aber unter uns gesagt — wenn Sie *doch irgendwie* mit diesem Mädchen zu tun gehabt haben, dann sagen Sie es mir lieber jetzt. Es ist ja ganz natürlich, daß Sie es lieber ver-

tuschen möchten — würde mir genauso gehen. Aber es wird nichts nützen. Es handelt sich um einen Mord. Alles, was mit diesem Mädchen zusammenhängt, *muß* also herauskommen. Verdammt noch mal, ich glaube ja nicht, daß *Sie* das arme Ding erwürgt haben — nie würden Sie so etwas tun. Das weiß *ich* doch am besten. Aber schließlich und endlich, sie ist hierhergekommen — hier in dieses Haus. Nehmen wir mal an, sie ist hier eingedrungen und hat auf Sie gewartet. Irgendein Gauner ist ihr gefolgt und hat sie umgebracht. Das ist doch immerhin möglich, nicht wahr? Sie verstehen, wie ich das meine?»

«Zum Teufel noch mal, Melchett, ich sage Ihnen, ich habe dieses Mädchen in meinem ganzen Leben noch nie gesehen! Ich gehöre nicht zu dieser Art von Männern.»

«Dann ist alles in Ordnung. Ich hätte Ihnen keinen Vorwurf machen können, wissen Sie. Ein Mann von Welt — aber wenn Sie sagen, daß es so ist —. Die Frage ist die: Was hat sie hier gemacht? Sie kommt nicht aus dieser Gegend. Das ist ganz sicher.»

«Die ganze Sache ist wie ein böser Traum», stieß der Hausherr zornig hervor.

«Es geht jetzt um eines, mein Guter: Was hat sie in Ihrer Bibliothek gemacht?»

«Wie soll ich das wissen? *Ich* habe sie nicht eingeladen.»

«Gewiß nicht, aber sie ist trotzdem *hergekommen.* Macht den Eindruck, als hätte sie Sie sprechen wollen. Sie haben wohl in letzter Zeit keine merkwürdigen Briefe erhalten oder so etwas Ähnliches?»

«Nein.»

Colonel Melchett forschte behutsam weiter:

«Was haben Sie denn gestern abend gemacht?»

«Ich war bei einer Sitzung in der Gesellschaft der Konservativen. Um neun Uhr in Much Benham.»

«Und wann sind Sie heimgekommen?»

«Gleich nach zehn Uhr bin ich von Much Benham weggefahren. Hatte eine kleine Panne auf dem Heimweg — Radwechsel. Um Viertel vor zwölf war ich zu Hause.»

«In die Bibliothek sind Sie nicht mehr gegangen?»

«Nein.»

«Schade.»

«Ich war müde. Ich bin direkt hinaufgegangen und habe mich schlafen gelegt.»
«Ist jemand aufgeblieben, um Sie zu erwarten?»
«Nein. Ich nehme immer den Hausschlüssel mit. Lorrimer geht um elf schlafen, außer wenn ich ihm andere Befehle gebe.» — «Wer schließt die Bibliothek zu?»
«Lorrimer. In dieser Jahreszeit meistens so um halb acht.»
«Geht er während des Abends manchmal wieder hinein?»
«Nicht, wenn ich aus bin. Er hat ein Tablett mit Whisky und Gläsern für mich in der Hall bereitgestellt.»
«Aha. Und Ihre Frau?»
«Ich weiß nicht. Sie war schon im Bett, als ich heimkam, und schlief fest. Gestern abend mag sie in der Bibliothek gesessen sein oder im Wohnzimmer. Ich habe vergessen, sie danach zu fragen.»
«Gut, gut. All diese Details werden wir ja sehr bald wissen. Natürlich ist es möglich, daß einer der Dienstleute irgendwie beteiligt ist, wie?»
Colonel Bantry schüttelte den Kopf.
«Das glaube ich nicht. Sie sind alle sehr anständige Menschen. Wir haben sie schon seit Jahren.»
Melchett stimmte zu.
«Ja, es ist nicht wahrscheinlich, daß sie in die Sache verwickelt sind. Es sieht eher so aus, als ob das Mädchen aus der Stadt hergekommen wäre — vielleicht mit irgendeinem jungen Burschen. Aber warum sie ausgerechnet in dieses Haus einbrechen mußte — —»
Bantry unterbrach ihn.
«London. Das ist schon eher möglich. Hier bei uns haben wir niemanden, der — wenigstens — — —»
«Nun, was meinen Sie?»
«Herrgott noch mal», brach Colonel Bantry aus, «Basil Blake!»
«Wer ist das?»
«Ein junger Bursche von der Filmindustrie. Verdorbener Kerl. Meine Frau verteidigt ihn immer, weil sie mit seiner Mutter in die Schule gegangen ist. Aber er ist ein dekadenter, unnützer Affe! Man sollte ihm den Hintern versohlen. Er hat diese Villa an der Lansham Road gekauft — wissen Sie — so ein scheußliches modernes Zeug. Dort gibt er Gesellschaften, kreischen-

des, lärmendes Gesindel. Und zu den Weekends bringt er sich Mädchen mit.»
«Mädchen?»
«Ja, letzte Woche war erst eine da, eine von diesen Platinblonden — —»
Dem Colonel blieb der Mund offenstehen.
«Eine Platinblonde, soso», sagte Melchett nachdenklich.
«Ja. Nun hören Sie mal, Melchett, Sie glauben doch nicht — —»
Der Polizeichef sagte kurz:
«Eine Möglichkeit besteht. Jedenfalls kann es eine Erklärung dafür sein, daß ein Mädchen dieser Art sich in St. Mary Mead aufhält. Ich glaube, ich werde mal hinfahren und ein Wort mit diesem Burschen sprechen — Braid — Blake — oder wie sagen Sie, daß er heißt?»
«Blake, Basil Blake.»
«Haben Sie eine Ahnung, ob er zu Hause sein wird?»
«Warten Sie mal. Was haben wir heute — Samstag? Meistens kommt er am Samstag morgen hierher.»
Melchett sagte grimmig:
«Wollen mal sehen, ob wir ihn antreffen.»

In Basil Blakes Villa waren alle möglichen hypermodernen Details eingebaut worden. Diese vermischten sich seltsam mit dem unechten Tudor-Stil, in welchem das Haus ursprünglich errichtet worden war. Die Post und der Baumeister kannten die Villa unter dem Namen «Chatsworth»; Basil und seine Freunde nannten sie «Das gute Stück» und die Dorfbewohner von St. Mary Mead einfach «Mr. Bookers neues Haus».
Es lag etwa eine Viertelmeile von dem Dorfe entfernt und gehörte zu einer neuen kleinen Siedlung, welche der Unternehmer, Mr. Booker, ins Leben gerufen hatte. Von der Villa aus genoß man einen noch völlig ländlichen Blick. Eine Meile weiter an derselben Straße lag Gossington Hall.
In St. Mary Mead erregte die Nachricht, daß «Mr. Bookers neues Haus» von einem Filmstar gekauft worden sei, lebhaftes Interesse. Neugierig erwartete man das erste Erscheinen der legendären Persönlichkeit im Dorf. Und man kann wohl sagen, was das Äußere anbelangt, so erfüllte Basil Blake diese Erwar-

tungen so gründlich, wie man es sich nur wünschen konnte. Nach und nach kamen aber doch die wahren Tatsachen ans Licht. Basil Blake war *kein* Filmstar – nicht einmal ein Filmschauspieler. Er war einer der Jüngsten unter fünfzehn anderen, die für die Erstellung der Dekorationen in den Lemville-Ateliers verantwortlich zeichneten. Angestellter der British-New-Era-Filmgesellschaft. Die jungen Mädchen des Dorfes verloren ihr Interesse an Basil Blake, und die kritischen alten Jungfern, die in der «Gesellschaft» regierten, nahmen Anstoß an seiner Lebensführung. Nur der Wirt vom *«Blauen Bären»* war weiterhin entzückt von Basil und von Basils Freunden. Die Einkünfte dieser Gastwirtschaft waren gestiegen, seit der junge Mann sich in der Nähe angekauft hatte.

Das Polizeiauto hielt vor dem verschnörkelten Gitter, das von Mr. Bookers eigenartigem Geschmack zeugte. Colonel Melchett warf einen angeekelten Blick auf das geschnitzte Fachwerk von Chatsworth, trat auf die Haustüre zu und setzte den Klopfer energisch in Bewegung.

Viel schneller als erwartet wurde die Türe geöffnet. Ein junger Mann mit glattem, reichlich langem schwarzen Haar, in eine Hose aus orangefarbenem Cord und in ein königsblaues Hemd gekleidet, erschien. «Na? Was wollen Sie?» fragte er frech.

«Sind Sie Mr. Basil Blake?»

«Natürlich; wer denn sonst?»

«Ich möchte gerne ein paar Worte mit Ihnen sprechen, wenn Sie gestatten, Mr. Blake.»

«Wer sind Sie?»

«Ich bin Colonel Melchett, der Polizeichef der Grafschaft.»

Mr. Blake rief unverschämt:

«Was Sie nicht sagen; wie amüsant!»

Und während Melchett dem andern folgte, konnte er Colonel Bantrys Einstellung zu diesem Herrn nachfühlen. Melchett selbst juckte es in seiner Stiefelspitze.

Immerhin nahm er sich zusammen und sagte mit einem Versuch, freundlich zu sein:

«Sie sind ein Frühaufsteher, Mr. Blake.»

«Ganz und gar nicht. Ich bin überhaupt noch nicht schlafen gegangen.»

«Wahrhaftig?»

«Aber ich nehme nicht an, daß Sie hergekommen sind, um sich zu erkundigen, um wieviel Uhr ich zu Bett gehe oder aufstehe. Jedenfalls hieße das, Ihre Zeit und das Geld der Grafschaft verschwenden. Worüber wollen Sie also mit mir sprechen?»

Colonel Melchett räusperte sich.

«Soviel ich hörte, hatten Sie zum letzten Weekend einen Gast, Mr. Blake – äh – hm – eine blonde junge Dame.»

Basil Blake starrte den Polizeichef an, dann warf er seinen Kopf in den Nacken und brüllte vor Lachen.

«Haben die alten Klatschbasen aus dem Dorf Ihnen zugesetzt? Wegen meiner Moral? Verdammt noch mal, meine Moral geht die Polizei nichts an! Das wissen Sie genausogut wie ich.»

«Mit Ihrer Moral habe ich nicht das geringste zu schaffen, wie Sie sehr richtig bemerken», entgegnete Melchett trocken. «Ich komme zu Ihnen, weil die Leiche einer blonden jungen Person von etwas – äh – exotischem Äußeren aufgefunden worden ist – ermordet.»

«Potz!» Blake riß die Augen auf. «Wo?»

«In der Bibliothek von Gossington Hall.»

«In Gossington? Beim alten Bantry? Na, das ist ja allerhand, das muß ich schon sagen! Der Bantry! So ein alter Dreckkerl!»

Colonel Melchett wurde dunkelrot. Mit Schärfe versuchte er den erneuten Heiterkeitsausbruch seines Gegenübers zu unterdrücken.

«Wollen Sie freundlichst Ihre Zunge im Zaum halten, Sir. Ich komme, um Sie zu fragen, ob Sie vielleicht in diese Angelegenheit etwas Licht bringen können.»

«Sie kommen, um mich zu fragen, ob mir vielleicht eine Blonde abhanden gekommen ist? Wahrhaftig? Warum sollte ich – hallo, hallo, hallo – was ist los?»

Ein Auto war vorgefahren, die Bremsen kreischten. Eine junge Frau in flatterndem, schwarzweißem Pyjama sprang heraus. Sie hatte blutrote Lippen, getuschte Wimpern und platinblonde Haare. Sie stolperte zur Tür, riß sie auf und schrie zornig:

«Warum bist du mir davongelaufen, du Scheusal?»

Basil Blake war aufgestanden.

«So, da bist du also. Möchte mal wissen, warum ich nicht hätte fortgehen sollen. Ich hab' dir doch gesagt, du sollst kommen, aber du wolltest nicht.»

«Warum, zum Teufel, muß ich gehen, nur weil du es *‹befiehlst›?*»
«Ja, mit diesem schmierigen Kerl, dem Roß! Du weißt doch, was das für einer ist!»
«Du warst eifersüchtig, das ist alles!»
«Sei bloß nicht größenwahnsinnig! Ich hasse Mädel, die sich beim Trinken nicht beherrschen können und die sich von ekelhaften, zentraleuropäischen Pfoten streicheln lassen!»
«Verdammte Lüge! Du hast selbst ganz ordentlich gesoffen – und hast dich mit dieser spanischen Hexe abgegeben.»
«Wenn ich dich in eine Gesellschaft mitnehme, dann erwarte ich, daß du weißt, wie man sich zu benehmen hat.»
«Und ich lasse mich nicht herumbefehlen, merk dir das! Du hast gesagt, wir gehen in die Gesellschaft und kommen nachher hierher. Ich denke nicht daran, aus einer Gesellschaft fortzugehen, bevor ich Lust dazu habe.»
«Schön – und darum bin ich eben aus deiner Wohnung fortgegangen. Ich hatte Lust, herzufahren, also bin ich hergefahren. Ich denke doch nicht daran, herumzustehen und auf ein verrücktes Frauenzimmer zu warten.»
«Ein reizender, höflicher Mensch bist du!»
«Bist mir aber anscheinend doch ganz gern nachgefahren!»
«Ich wollte dir nur sagen, was ich von dir halte!»
«Wenn du glaubst, daß du mir auf der Nase herumtanzen kannst, Kleine, dann irrst du dich!»
«Und wenn du glaubst, daß du mich herumbefehlen kannst, dann bist du schief gewickelt!»
Sie starrten einander atemlos an.
Diesen Moment machte sich Colonel Melchett zunutze und räusperte sich laut.
Basil Blake fuhr herum.
«Hallo, ich habe ganz vergessen, daß Sie da sind. Wird langsam Zeit, zu verschwinden, wie? Darf ich vorstellen – Dinah Lee – Colonel Blimp von der Polizei. Und nun, Colonel, nachdem sie gesehen haben, daß meine Blonde lebendig, wohl und vergnügt ist, machen Sie sich vielleicht wieder an die Arbeit und befassen Sie sich mit dem alten Bantry. Guten Morgen!»
«Ich rate Ihnen, Ihr Mundwerk in acht zu nehmen, junger Mann, sonst werden Sie noch Unannehmlichkeiten haben!»
Mit rotem, wütendem Gesicht stapfte Colonel Melchett davon.

3

Auf der Polizeistation von Much Benham nahm Colonel Melchett die Berichte seiner Untergebenen entgegen.
«... es scheint also alles ganz klar zu sein, Sir», faßte Inspektor Slack die Tatsachen zusammen: «Mrs. Bantry saß nach dem Dinner in der Bibliothek und ging kurz vor zehn Uhr schlafen. Als sie das Zimmer verließ, löschte sie das Licht; offenbar hat nach ihr niemand mehr den Raum betreten. Die Dienstleute gingen um halb elf zu Bett. Lorrimer ging um ein Viertel vor elf schlafen, nachdem er noch die Getränke in die Hall gebracht hatte. Niemand hat etwas Ungewöhnliches gehört, ausgenommen das dritte Stubenmädchen, und das hat zuviel gehört! Stöhnen und blutrünstige Schreie und unheimliche Schritte, und ich weiß nicht, was noch alles. Das zweite Stubenmädchen, welches im gleichen Zimmer wohnt, sagt, das andere Mädchen habe die ganze Nacht wie ein Murmeltier geschlafen. Gerade diese Leute, die sich alles mögliche einbilden und ausdenken, bereiten uns die meisten Schwierigkeiten.»
«Was ist mit dem erbrochenen Fenster?»
«Amateurarbeit, sagt Simmons; mit einem ganz gewöhnlichen Meißel – kann nicht viel Lärm gemacht haben. Es soll übrigens ein Meißel im Haus vorhanden gewesen sein, aber jetzt ist er unauffindbar. Hat weiter nichts zu sagen, so geht es mit Werkzeugen ja oft.»
«Glauben Sie, daß jemand von den Dienstleuten etwas weiß?»
– Unzufrieden antwortete Slack:
«Nein, Sir, ich glaube nicht. Sie sind offenbar alle sehr erschreckt und entsetzt. Zuerst war mir Lorrimer ein bißchen verdächtig – so zurückhaltend, Sie verstehen, was ich meine – aber ich glaube, es steckt nichts dahinter.»
Melchett nickte. Er legte Lorrimers Zurückhaltung keine Wichtigkeit bei. Der allzu energische Inspektor Slack brachte bei Personen, die er verhörte, oft diese Wirkung hervor.
Die Tür ging auf, und Doktor Haydock trat ein.
«Wollte nur schnell vorbeikommen und Ihnen die paar wichtigsten Punkte mitteilen.»
«Ja, das ist recht. Nun?»
«Nichts Besonderes. Nur, was man sich ohnedies schon denken

kann. Der Tod wurde durch Erwürgen herbeigeführt. Der seidene Gürtel ihres eigenen Kleides war um den Hals gelegt und im Nacken gekreuzt. Ganz leicht und einfach. Braucht nicht einmal große Kraft – das heißt, wenn das Mädchen überrascht worden ist. Zeichen eines Kampfes sind jedenfalls nicht da.»

«Und wann etwa ist der Tod eingetreten?»

«Na, wir wollen einmal sagen, zwischen zehn Uhr und Mitternacht.»

«Sie können wohl keine genauere Stunde angeben?»

Haydock schüttelte den Kopf und lächelte ein wenig spöttisch.

«Ich will meinen Ruf als Fachmann nicht aufs Spiel setzen. Nicht früher als zehn und nicht später als Mitternacht.»

«Und Ihrem persönlichen Gefühl nach war es um *welche* Zeit?»

«Das kommt darauf an. Es war ein Feuer im Kamin – das Zimmer war warm –, und all dies mag die Leichenstarre verzögert haben.»

«Können Sie noch etwas über das Mädchen sagen?»

«Nicht viel. Sie war jung – etwa siebzehn oder achtzehn, glaube ich. In gewisser Hinsicht ziemlich unreif, aber gut entwikkelte Muskeln. Ein sehr gesundes Kind. Übrigens war sie virgo intacta.»

Und mit einem Kopfnicken verließ der Arzt das Zimmer.

Melchett wandte sich wieder dem Inspektor zu:

«Es ist also ganz sicher, daß sie noch nie in Gossington gesehen wurde?»

«Die Dienstleute bestätigen es einstimmig. Sie sind darin ganz unerschütterlich. Sie würden sich daran erinnern, wenn sie sie jemals gesehen hätten, und wäre es auch irgendwo in der Nachbarschaft gewesen.»

«Das glaube ich auch. Eine derartige Type muß ja in dieser Gegend hier meilenweit Aufsehen erregen. Denken Sie nur an die junge Person von Blake.»

«Schade, daß *sie* es nicht ist», brummte Slack, «dann würden wir schon ein bißchen besser vorwärtskommen.»

«Ich glaube doch, daß dieses Mädchen von London gekommen ist. Hier am Ort werden wir kaum irgendwelche Anhaltspunkte finden. In diesem Fall werden wir gut daran tun, Scotland Yard Mitteilung zu machen. Es ist ein Fall für *sie*, nicht für *uns*.»

«Es muß sie aber doch etwas veranlaßt haben, herzukommen», bemerkte Slack. Nachdenklich fügte er hinzu: «Es scheint mir doch, daß Colonel und Mrs. Bantry etwas darüber wissen *müßten*. — — Natürlich, ich weiß, es sind Freunde von Ihnen, Sir — — —»

Mit kaltem Blick betrachtete ihn Melchett. Er sagte förmlich: «Sie können überzeugt sein, daß ich jede Möglichkeit in Erwägung ziehen werde. *Jede* Möglichkeit.» Er fuhr fort: «Sie haben sich wohl die Liste der als vermißt gemeldeten Personen zeigen lassen?»

Slack nickte. Er zog ein Papier hervor.

«Hier ist sie. Mrs. Saunders. Vor einer Woche als vermißt gemeldet, schwarze Haare, blaue Augen, sechsunddreißig Jahre alt. Das ist sie nicht. Und außerdem weiß jeder, außer ihrem Gatten, daß sie mit einem Burschen aus Leeds durchgegangen ist. Mrs. Bernard — fünfundsechzig Jahre alt, Pamela Revs, sechzehn Jahre alt, seit gestern abend vermißt, war bei einer Pfadfinderinnen-Übung gewesen, dunkelbraunes Haar in Zöpfen, fünf Fuß fünf — —»

Melchett rief nervös:

«Lesen Sie doch keine idiotischen Details vor, Slack; bei uns handelt es sich nicht um ein Schulmädchen. Nach meiner Meinung — — —»

Das Telefon läutete. «Hallo — ja — ja, Polizeichef, Much Benham — Was? Einen Moment, bitte — —»

Er lauschte, während er eilige Notizen machte. In verändertem Ton fuhr er fort:

«Ruby Keene, achtzehn Jahre, blaue Augen, Stumpfnase, trägt vermutlich ein weißes Paillettenkleid und silberne Sandalen. Wie? Ja, da gibt es gar keinen Zweifel. Ich schicke Slack sofort hinüber.» Er legte den Hörer ab und blickte seinen Untergebenen mit steigender Aufregung an. «Jetzt sind wir soweit. Polizeistation Glenshire hat angerufen (Glenshire war die angrenzende Grafschaft). Ein Mädchen wird als vermißt gemeldet, und zwar vom Majestic Hotel, Danemouth.»

«Danemouth, das ist schon wahrscheinlicher.»

Danemouth war ein großer, fashionabler Badeort, der nicht weit entfernt an der Küste lag.

«Nur ungefähr achtzehn Meilen von hier», sagte der Polizeichef. «Das Mädchen war Eintänzerin oder so etwas Ähnliches im Majestic Hotel. Hat gestern abend bei ihrer Nummer gefehlt, und die Leitung war wütend darüber. Als sie heute morgen immer noch nicht da war, hat eines von den anderen Mädchen die Sache ins Laufen gebracht oder auch sonst jemand, ich weiß nicht genau. Es ist alles noch ein bißchen dunkel. Am besten wird es sein, wenn Sie sofort nach Danemouth fahren, Slack. Melden Sie sich dort bei Superintendent Harper und arbeiten Sie mit ihm zusammen.»

Inspektor Slack war stets mit Wonne bereit, sich in große Betriebsamkeit zu stürzen. In einem Auto davonsausen – Leute, die darauf brannten, ihm alles mögliche zu erzählen, grob zum Schweigen zu bringen – jedes Gespräch auf das absolut Notwendige beschränken – das war für Inspektor Slack das Um und Auf.

Darum hatte er auch in unglaublich kurzer Zeit seine Unterredung mit dem verstörten und verängstigten Hotelmanager beendet, ließ den Ärmsten mit dem zweifelhaften Trost zurück – er würde «erst mal feststellen, ob es *wirklich* dieses Mädchen ist, bevor die Sache ins Rollen kommt», und fuhr wieder nach Much Benham, in Begleitung von Ruby Keenes Cousine.

Vor seiner Abfahrt aus Danemouth hatte Slack den Polizeichef angerufen, so daß Melchett auf die Ankunft seines Inspektors vorbereitet war, allerdings nicht auf die lakonische Vorstellung: «Das ist Josie, Sir.»

Colonel Melchett starrte seinen Untergebenen mit offenem Mund an. Slack mußte den Verstand verloren haben.

Die junge Dame stieg aus dem Wagen und rettete die Situation. «Josie ist mein Künstlername», erklärte sie mit einem Aufblitzen ihrer schönen weißen Zähne. «Mein Tanzpartner und ich, wir nennen uns *Raymond und Josie,* und natürlich nennen mich alle im Hotel nur Josie. Mein richtiger Name ist Josephine Turner.»

Der Polizeichef war im Bilde und forderte Miss Turner auf, Platz zu nehmen, während er sie mit einem schnellen, geübten Blick streifte.

Sie war eine hübsche junge Frau in der zweiten Hälfte der

Zwanzigerjahre. Ihr angenehmes Äußere verdankte sie zum größeren Teil sorgfältiger Pflege als tatsächlicher Schönheit. Sie wirkte zuverlässig und heiter und schien viel gesunden Menschenverstand zu besitzen. Sie war nicht der Frauentyp, den man *blendend* nennen würde, aber sie war außerordentlich anziehend. Ihre Schminke war sehr diskret aufgelegt, und sie trug ein Jackenkleid aus dunklem Stoff. Obwohl sie ängstlich und betrübt aussah, war sie doch, wie der Colonel feststellte, nicht besonders schmerzlich betroffen. Sie nahm Platz und sagte: «Es ist zu schrecklich, um wahr zu sein. Glauben Sie wirklich, daß es Ruby ist?»

«Ich fürchte, gerade das werden wir *Sie* fragen müssen. Es wird leider ziemlich unangenehm für Sie sein.»

Miss Turner sagte scheu:

«Sieht sie — sieht sie — sehr schlimm aus?»

«Ich fürchte, es wird doch ein ziemlicher Schock für Sie sein.»

Er bot ihr eine Zigarette an, die sie dankbar nahm.

«Wollen Sie, daß ich — daß ich sie sofort ansehe?»

«Ich glaube, das wäre am besten, Miss Turner. Sehen Sie, es hat wenig Sinn, Sie auszufragen, bevor wir unserer Sache sicher sind. Es ist am besten, das erst mal hinter uns zu bringen, glauben Sie nicht auch?»

«Gut.»

Sie fuhren zum Totenhaus.

Als Josie nach kurzer Zeit wieder herauskam, sah sie ziemlich elend aus.

«Es ist Ruby», sagte sie zitternd. «Armes Kind! Du lieber Gott, mir ist ganz schwindlig. Ich kann wohl nicht — —», sehnsüchtig blickte sie sich um, «— — etwas Gin bekommen.»

Es gab keinen Gin, aber Brandy war da, und nachdem sie einen Schluck genommen hatte, fand Miss Turner ihre Fassung wieder. Sie erklärte offen:

«Es setzt einem schon zu, wenn man so etwas sehen muß, nicht wahr? Arme kleine Ruby! Was die Männer doch für Schweine sind!»

«Sie glauben also, daß es ein Mann war?»

Josie blickte überrascht auf. «War es kein Mann? Ich meine — ich habe natürlich gedacht — —»

«Denken Sie an einen bestimmten Mann?»

Sie schüttelte heftig den Kopf.
«Nein. Ich habe keine blasse Ahnung. Natürlich würde mir Ruby auch nicht erzählt haben, wenn — —»
«Wenn was?»
Josie zögerte.
«Nun — wenn sie — wenn sie mit irgend jemandem gegangen wäre.»
Melchett warf ihr einen scharfen Blick zu. Er schwieg, bis sie wieder in seinem Büro waren. Dann begann er:
«Hören Sie, Miss Turner. Ich möchte von Ihnen alles hören, was Sie mir erzählen können.»
«Ja, natürlich. Wo soll ich anfangen?»
«Sagen Sie mir den vollen Namen des Mädchens, ihre Adresse, ihr Verwandtschaftsverhältnis zu Ihnen und alles, was Sie über Fräulein Keene wissen.»
Josephine Turner nickte. Melchetts Eindruck, daß sie keinen besonderen Schmerz fühlte, festigte sich. Josie war erschrocken und verstört, aber nicht verzweifelt. Sie sprach sehr bereitwillig.
«Ihr Name war Ruby Keene. Das heißt, ihr Berufsname. In Wirklichkeit heißt sie Rosy Legge. Ihre Mutter war die Cousine meiner Mutter. Ich kenne sie, seit ich lebe, aber nicht besonders gut, Sie verstehen, was ich meine. Ich habe sehr viele Cousinen, einige arbeiten in Büros, einige auf der Bühne. Ruby bildete sich sozusagen als Tänzerin aus. Sie hatte schon voriges Jahr ein paar gute Engagements. Nicht große Klasse, aber anständige Provinzetablissements. Dann war sie als Eintänzerin im Palais de Dance in Brixwell — South London, ein nettes, ordentliches Lokal. Man behandelt die Mädchen dort sehr gut. Aber es gibt nicht viel Geld zu verdienen.» Sie machte eine Pause. — Colonel Melchett nickte.
«Und jetzt muß ich von mir sprechen. Seit drei Jahren bin ich Tänzerin und Bridgedame im Majestic Hotel in Danemouth. Es ist eine gute Anstellung, gut bezahlt und sehr angenehm. Man muß sich um die Leute kümmern, wenn sie ankommen — ihnen Gesellschaft leisten. Manche möchten natürlich lieber allein sein, andere wieder fühlen sich einsam und wollen in Schwung gebracht werden. Man versucht die richtigen Personen zum Bridge zusammenzubringen und veranlaßt die jun-

gen Leute, miteinander zu tanzen und so weiter. Das braucht natürlich etwas Takt und Erfahrung.»
Wieder nickte Melchett. Er hatte den Eindruck, daß dieses Mädchen ihre Stelle gewiß gut ausfüllte. Sie hatte ein angenehmes, freundliches Wesen und war offenbar klug, ohne im mindesten intellektuell zu sein.
Josie fuhr fort: «Außerdem habe ich jeden Abend ein paar Tanzvorführungen mit Raymond. Raymond Starr ist unser Tänzer und Tennistrainer. Nun, wie das so geht, als ich diesen Sommer einmal baden ging, glitt ich auf dem Felsen aus und verletzte meinen Knöchel ziemlich schwer.»
Melchett hatte bemerkt, daß sie ein wenig hinkte.
«Natürlich konnte ich für eine Weile nicht mehr tanzen, und das war sehr unangenehm. Ich wollte nicht, daß das Hotel jemanden andern statt mich anstellt. Das ist immer eine Gefahr.» — Einen Augenblick lang wurden ihre gutmütigen blauen Augen hart und scharf — eine Frau, die um ihre Existenz kämpft. — «Man könnte ganz verdrängt werden, wissen Sie. Also dachte ich an Ruby und schlug dem Manager vor, sie herkommen zu lassen. Ich würde weiterhin Empfangsdame und Bridgedame sein. Ruby würde nur das Tanzen übernehmen. So blieb alles in der Familie, verstehen Sie.»
Melchett verstand.
«Nun, der Manager hatte nichts dagegen, ich telegrafierte an Ruby, und sie kam her. Es war eine Chance für sie. Ein Hotel von weit höherem Rang als alle Lokale, in denen sie bisher gearbeitet hatte. Das war ungefähr vor einem Monat.»
Colonel Melchett fragte: «Und hatte sie Erfolg?»
«O ja», erwiderte Josie gleichgültig, «sie hat es ganz nett gemacht. Sie tanzt nicht so gut wie ich, aber Raymond ist geschickt und hat ihr geholfen. Außerdem war sie recht hübsch, wissen Sie, schlank und blond und kindlich. Sie hat sich etwas zuviel geschminkt, das habe ich ihr immer wieder gesagt. Aber, Sie wissen ja, wie diese Mädchen sind. Sie war erst achtzehn Jahre, und in diesem Alter übertreibt man immer alles. Für ein Hotel vom Rang des Majestic ist das nicht das Richtige. Ich mußte immer hinter ihr her sein und darauf achten, daß sie sich nicht zu bunt bemalte.»
«Hatten die Leute sie gern?»

«O ja. Wissen Sie, Ruby war nicht sehr intelligent. Sie war ein bißchen kindlich. Mit den älteren Herren kam sie noch besser aus als mit jüngeren.»
«Hatte sie irgendeinen besonderen Freund?»
Die Augen des Mädchens begegneten dem Blick des Polizeichefs verständnisvoll.
«Nicht so, wie *Sie* meinen. Jedenfalls wußte *ich* nichts davon. Übrigens würde sie mir auch nichts erzählt haben.»
Einen Augenblick lang fragte sich Melchett, warum wohl nicht. Josie machte nicht den Eindruck einer strengen Sittenrichterin. Aber er sagte nur: «Wollen Sie mir jetzt bitte beschreiben, wann Sie Ihre Cousine das letzte Mal gesehen haben.»
«Gestern abend. Sie und Raymond hatten immer zwei Tanzvorführungen, eine um zehn Uhr dreißig und eine um Mitternacht. Sie beendeten die erste. Hernach sah ich, daß Ruby mit einem der jungen Hotelgäste tanzte. Ich spielte in der Hall mit einigen Leuten Bridge. Zwischen der Hall und dem Tanzsaal ist eine Glaswand. Das war das letzte Mal, daß ich Ruby sah. Kurz nach Mitternacht kam Raymond schrecklich aufgeregt zu mir, fragte mich, wo Ruby sei, sie wäre nicht auffindbar, und es sei Zeit, anzufangen. Ich war *wütend,* das kann ich Ihnen sagen! Mit solchen Dummheiten machen sich diese Mädchen alles kaputt. Die Leitung wird böse, und schon ist die Entlassung da! Ich ging mit Raymond hinauf in Rubys Zimmer, aber sie war nicht oben. Ich bemerkte, daß sie sich umgezogen hatte. Das Kleid, in welchem sie tanzte — ein rosa Ding mit Volants —, hing über einem Stuhl. Gewöhnlich behielt sie dasselbe Kleid an, außer es war ein besonderer Tanzabend, zum Beispiel Mittwoch.
Ich hatte keine Ahnung, wo sie hingegangen sein konnte. Wir ließen das Orchester noch einen Foxtrott spielen — noch immer keine Spur von Ruby. Also sagte ich zu Raymond, daß ich mit ihm die Tanznummer machen würde. Wir wählten eine, die meine Knöchel nicht zu sehr anstrengte, und machten es so kurz wie möglich. Aber es hat mir trotzdem arg zugesetzt. Mein ganzer Fuß ist heute morgen geschwollen. Noch immer tauchte Ruby nicht auf. Wir saßen bis zwei Uhr da und warteten auf sie. Ich war wirklich böse.»
Ihre Stimme zitterte leise. Melchett hörte ehrliche Erbitterung

heraus. Er war einen Moment lang verwundert. Diese Reaktion schien ihm durch die Tatsachen nicht ganz berechtigt. Er hatte das Gefühl, als würde absichtlich etwas verschwiegen. Er fragte:

«Und heute früh, als Ruby Keene noch nicht zurückgekommen war und ihr Bett unberührt schien, gingen Sie auf die Polizei?»

Er wußte durch Slacks Telefonanruf von Danemouth aus, daß dies nicht der Fall gewesen war. Aber er wollte hören, was Josephine Turner erwidern würde.

Sie zögerte nicht. Sie sagte: «Nein, ich ging nicht auf die Polizei.»

«Warum nicht, Miss Turner?»

Sie sah ihm offen in die Augen. «*Sie* hätten das an meiner Stelle auch nicht getan!»

«Glauben Sie?»

«Ich mußte an meine Stellung denken. Was ein Hotel am meisten verabscheut, ist ein Skandal. Besonders, wenn die Polizei damit zu tun hat. Ich habe nicht geglaubt, daß Ruby etwas passiert sei. Nicht einen Augenblick habe ich das geglaubt! Ich dachte, daß sie eine Dummheit begangen hätte, mit irgendeinem jungen Mann. Ich war überzeugt, daß sie wieder zurückkommen würde – und dann wollte ich ihr schon meine Meinung sagen! Diese achtzehnjährigen Dinger sind so närrisch!»

Melchett gab vor, in seinen Notizen zu lesen.

«Ach ja, wie ich sehe, war es ein Mr. Jefferson, der die Anzeige machte. Ist das einer der Hotelgäste?»

Kurz antwortete Josephine Turner:

«Ja.»

«Was veranlaßte Mr. Jefferson dazu?»

Josie strich über den Aufschlag ihrer Jacke. Eine gewisse Zurückhaltung machte sich bemerkbar. Und wieder hatte Colonel Melchett das Gefühl, daß sie etwas verschweige. Sie sagte düster:

«Er ist ein Krüppel. Er – er gerät sehr schnell in Aufregung. Eben weil er ein Krüppel ist, meine ich.»

Melchett lenkte ab.

«Wer war der junge Mann, mit dem Sie Ihre Cousine zuletzt tanzen sahen?»

«Er heißt Bartlett. Er ist ungefähr seit zehn Tagen da.»

«Standen die beiden besonders gut miteinander?»
«Nicht so besonders, glaube ich. Nicht, daß *ich* wüßte.»
Wieder schwang ein seltsamer Ton von Ärger in ihrer Stimme.
«Hat der junge Mann irgend etwas erzählt?» fragte Melchett.
«Er sagte, daß Ruby nach dem Tanz hinaufgegangen sei, um ihre Nase zu pudern.»
«Bei dieser Gelegenheit hat sie sich wohl umgezogen?»
«Ich vermute.»
«Und das ist das Letzte, was Sie von ihr wissen? Danach ist sie einfach — —»
«Verschwunden», sagte Josie, «so ist es.»
«Kannte Miss Keene jemanden in St. Mary Mead? Oder in der Nachbarschaft?»
«Ich weiß nicht. Es ist schon möglich. Sehen Sie, es kommen eine Menge junger Männer aus der ganzen Gegend nach Danemouth ins Majestic. Wenn einer der Herren nicht ausdrücklich davon spricht, woher er kommt und wo er wohnt, dann weiß ich es natürlich nicht.»
«Haben Sie je den Namen Gossington von Ihrer Cousine gehört?»
«Gossington?» Josie sah verwirrt drein.
«Gossington Hall.»
Sie schüttelte den Kopf.
«Nie gehört.» Ihr Ton war überzeugend, und er war auch etwas neugierig.
«Gossington Hall ist der Ort, an welchem die Leiche gefunden wurde», erklärte Colonel Melchett.
«Gossington Hall?» Sie starrte ihn an. «Unglaublich!»
Melchett dachte: «Unglaublich ist das richtige Wort.» Und laut fuhr er fort:
«Kennen Sie einen Colonel oder eine Mrs. Bantry?»
Wieder schüttelte Josie den Kopf.
«Oder einen Mr. Basil Blake?»
Sie runzelte die Stirne.
«Ich glaube, diesen Namen habe ich schon einmal gehört. Ja, sicher — — aber ich erinnere mich nicht an die Person.»
Der eifrige Inspektor Slack schob seinem Vorgesetzten ein Blatt hin, das er aus seinem Notizbuch gerissen hatte. Darauf stand: *«Colonel Bantry dinierte vorige Woche im Majestic.»*

Melchett blickte auf und begegnete den Augen des Inspektors. Der Polizeichef errötete. Slack war ein betriebsamer und übereifriger Beamter, und Melchett konnte ihn nicht ausstehen. Aber diese Herausforderung war nicht zu übergehen. Es war klar, der Inspektor machte ihm den unausgesprochenen Vorwurf, daß er, der Colonel, seine eigenen Standesgenossen zu schonen versuchte — daß er seinen alten Schulkameraden dekken wollte.
Er wandte sich an Josie.
«Miss Turner, wenn Sie nichts dagegen haben, so möchte ich Sie bitten, mich nach Gossington Hall zu begleiten.»
Kalt und abweisend blickte Melchett durch Inspektor Slack hindurch. Josies gemurmelte Zustimmung überhörte er beinahe.

4

St. Mary Mead hatte schon lange keinen so aufregenden Vormittag erlebt.
Miss Wetherley, eine spitznasige, säuerliche alte Jungfer, verbreitete die sensationelle Neuigkeit als erste. Sie erschien bei ihrer Freundin und Nachbarin, Miss Hartnell.
«Verzeih, daß ich so früh komme, Liebste, aber ich dachte, vielleicht hast du noch nicht gehört, *was passiert ist.*»
«Was ist passiert?» fragte Miss Hartnell. Sie hatte eine tiefe Baßstimme und besuchte unermüdlich die Armen, denen es trotz heißem Bemühen nicht gelang, sich vor der Barmherzigkeit des alten Fräuleins zu retten.
«Eine Leiche in Colonel Bantrys Bibliothek — die Leiche *eines Mädchens* — —»
«In Colonel Bantrys Bibliothek?»
«Ja. Ist das nicht *entsetzlich?*»
«Seine *arme* Frau!» Miss Hartnell versuchte ihr tiefes, inniges Entzücken zu verbergen.
«Da hast du wohl recht! Ich glaube, sie hat keine Ahnung.»
«Sie kümmert sich eben zuviel um ihren Gatten und zuwenig um ihren Mann. Einen Mann muß man beaufsichtigen — ununterbrochen — immerzu.»

«Ich weiß, ich weiß. Es ist wirklich furchtbar.»
«Ich bin neugierig, was Jane Marple dazu sagen wird. Glaubst du, daß sie etwas gewußt hat? In diesen Dingen hat sie einen sehr scharfen Blick.»
«Jane Marple ist nach Gossington gegangen.»
«Was? Heute morgen?»
«Sehr zeitig. Schon vor dem Frühstück.»
«Also wirklich! Ich muß schon sagen! Also ich finde, das geht denn doch ein bißchen *zu weit!* Wir wissen ja alle, daß Jane ihre Nase gerne in anderer Leute Angelegenheiten steckt – aber das nenne ich einfach – *taktlos!*»
«Aber Mrs. Bantry hat ja nach ihr geschickt.»
«Mrs. Bantry hat nach ihr *geschickt*?»
«Ja – Muswell hat sie mit dem Auto geholt.»
«Du lieber Gott! Das ist aber merkwürdig ...»
Eine Minute lang schwiegen die beiden, um die Neuigkeit zu verdauen. – Dann fragte Miss Hartnell: «Wessen Leiche?»
«Kennst du diese schreckliche Person, die immer mit Basil Blake herkommt?»
«Diese gräßliche Wasserstoff-Blondine?»
Miss Hartnell war etwas hinter ihrer Zeit zurückgeblieben. Sie kannte den Unterschied zwischen wasserstoffblond und platinblond noch nicht. «Die immer im Garten herumliegt und sozusagen – gar nichts anhat?»
«Ja, meine Teure. Und da lag sie nun – auf dem Kaminteppich – *erwürgt!*»
«Was sagst du – in *Gossington*?»
Miss Wetherley nickte vielsagend.
«Dann war also Colonel Bantry *auch* –?»
Wieder nickte Miss Wetherley.
«Oh!»
Die beiden Damen weideten sich an diesem neuen Dorfskandal.
«Was für eine schlechte Frau!» trompetete Miss Hartnell in gerechtem Zorn.
«Ganz und gar verworfen!»
«Und Colonel Bantry – so ein netter, ruhiger Mann – –»
Miss Wetherley erklärte genießerisch:
«Die Ruhigen sind oft die Schlimmsten. Das sagt Jane Marple immer.»

Mrs. Price Ridley war eine der letzten, die davon erfuhr. Sie war eine reiche, herrische Witwe und wohnte in einer großen Villa neben dem Pfarrhaus. Ihre kleine Magd Clara brachte ihr die Nachricht.
«*Eine Frau,* sagst du, Clara? *Tot aufgefunden vor Colonel Bantrys Kamin?*»
«Ja, Madam – und man sagt, Madam, daß sie gar nichts angehabt habe, nicht einen Faden!»
«Das genügt, Clara. Du brauchst keine Details zu erwähnen.»
«Nein, Madam, und man sagt, Madam, zuerst haben sie geglaubt, daß es die junge Fräulein von Mr. Blake ist – die was er sich immer zu den Weekends mitbringt in Mr. Bookers neues Haus. Aber jetzt sagt man, es ist eine ganz andere junge Fräulein. Und der Bursche vom Fischhändler, der sagt, nie hätte er das von Colonel Bantry geglaubt – wo er doch am Sonntag in der Kirche den Teller 'rumreicht – und so.»
«Viel Böses gibt es in der Welt, Clara», sagte Mrs. Price Ridley. «Lasse dir das zur Warnung gereichen!»
«Ja, Madam, Mutter will mir auch *niemals* erlauben, eine Stelle anzunehmen, wenn ein Herr in der Familie ist.»
«*Das genügt,* Clara!» sagte Mrs. Price Ridley.

Es war nur ein Schritt von Mrs. Ridleys Heim ins Pfarrhaus. Mrs. Price Ridley hatte das Glück, den Pfarrer in seinem Arbeitszimmer anzutreffen.
Der Pfarrer, ein sanfter Mann in mittleren Jahren, war stets der letzte im Dorf, der eine Neuigkeit vernahm.
«Was für eine *schreckliche* Geschichte», rief Mrs. Price Ridley und schnaufte ein wenig, denn sie war ziemlich rasch gegangen. «Ich fühle, mein lieber Herr Pfarrer, daß ich Ihren Rat – Ihren Zuspruch brauche!»
Mr. Clement sah gelinde beunruhigt drein.
«Ist etwas vorgefallen?»
«Ob etwas *vorgefallen* ist!» Pathetisch wiederholte Mrs. Price Ridley diese Frage. «Der entsetzlichste Skandal! Und niemand von uns hatte eine Ahnung davon! Eine verruchte Frauensperson, vollkommen unbekleidet, wurde auf Colonel Bantrys Kaminteppich erdrosselt!»

Der Pfarrer riß die Augen auf. Dann sagte er:
«Fühlen Sie sich ganz wohl — Mrs. Ridley?»
«Kein Wunder, daß Sie es nicht glauben können, Herr Pfarrer! Auch *ich* konnte es zuerst kaum fassen! Die Heuchelei von diesem Mann! All die Jahre hindurch!»
«Bitte, sagen Sie mir doch einmal genau, um was es sich eigentlich handelt.»
Mrs. Price Ridley stürzte sich mit Schwung in eine umfassende Schilderung. Als sie geendet hatte, meinte Mr. Clement milde:
«Aber nichts beweist doch, daß Colonel Bantry in diese Sache verwickelt ist, nicht wahr?»
«Oh, mein lieber Herr Pfarrer, Sie sind so weltfremd! Aber ich muß Ihnen eine kleine Geschichte erzählen. Letzten Donnerstag — oder war es vorletzten Donnerstag? — Nun, das ist ja gleich. — Ich fuhr mit einem billigen Tageszug nach London. Colonel Bantry war im selben Abteil. Er sah, wie mir auffiel, sehr zerstreut aus. Und beinahe während der ganzen Fahrt vergrub er sich hinter der *Times*. Wissen Sie, so, als wollte er einfach *kein Gespräch führen!*»
Der Pfarrer nickte mit tiefem Verständnis und rückhaltloser Sympathie.
«In Paddington verabschiedete ich mich. Er wollte mir ein Taxi besorgen, doch ich nahm den Bus nach Oxford Street. Aber der Colonel stieg in ein Auto, und ich hörte ganz deutlich, wie er dem Chauffeur die Adresse angab — *wohin, glauben Sie?*»
Fragend blickte Mr. Clement sie an.
«Eine Adresse in *St. Johns Wood!*»
Mrs. Price Ridley schnaufte triumphierend.
Der Pfarrer blieb völlig verständnislos.
«Das — sollte ich meinen — *ist Beweis genug!*» sagte Mrs. Price Ridley.

In Gossington saßen Mrs. Bantry und Miss Marple zusammen im Wohnzimmer.
«Weißt du», sagte Mrs. Bantry, «ich muß gestehen, ich bin froh, daß sie die Leiche fortgebracht haben. Es ist nicht sehr *nett*, eine Leiche im Hause zu wissen.»
Miss Marple nickte.

«Ja, ja, Liebste. Ich verstehe dich vollkommen.»
«Nein, du kannst mich nicht verstehen, solange du noch nicht selbst eine Leiche im Haus gehabt hast. Ich weiß, du hattest schon einmal eine nebenan, aber das ist nicht dasselbe. Ich hoffe nur», fuhr sie fort, «daß Arthur keinen Widerwillen gegen die Bibliothek haben wird. Wir saßen immer so gerne dort. Was machst du denn, Jane?»
Miss Marple hatte sich mit einem Blick auf die Uhr erhoben.
«Nun, ich glaube, ich gehe heim. Wenn ich nichts mehr für dich tun kann . . .»
«Geh noch nicht! Ich weiß, die Männer mit den Fingerabdrükken und die Fotografen und fast alle Polizisten sind schon fort, aber ich habe trotzdem das Gefühl, daß noch etwas passieren könnte. Du wirst doch nichts versäumen wollen!»
Das Telefon läutete, und Mrs. Bantry ging, um es abzunehmen. Strahlend kam sie zurück.
«Ich habe dir ja gesagt, daß noch etwas passieren würde! Colonel Melchett hat telefoniert. Er bringt eine Cousine von dem armen Mädchen her.»
«Warum wohl?» sagte Miss Marple.
«Ach, wahrscheinlich, damit sie sieht, wo es geschehen ist und so weiter.»
«Ich vermute, noch aus anderen Gründen.»
«Was meinst du damit, Jane?»
«Nun — ich meine — vielleicht möchte der Polizeichef sie mit Colonel Bantry zusammenbringen.»
Mrs. Bantry sagte scharf:
«Um zu sehen, ob sie ihn wiedererkennt? Ich nehme an — o ja — sie werden Arthur wohl verdächtigen müssen.»
«Ich fürchte auch.»
«Als ob Arthur etwas damit zu tun haben könnte!»
Miss Marple schwieg. Mrs. Bantry wandte sich ihr vorwurfsvoll zu:
«Aber komm mir jetzt nicht mit dem alten General Henderson — oder sonst mit einem ekligen alten Mann, der sich mit seinem Stubenmädchen eingelassen hat! Arthur ist nicht so.»
«Nein, nein. Natürlich nicht.»
«Nein, er ist *wirklich* nicht so! Er tut nur manchmal — ein bißchen dumm mit hübschen Mädchen, die zum Tennis kommen.

Weißt du – so ein bißchen wichtigtuerisch und onkelhaft. Dabei ist gar nichts Böses. Und warum sollte er auch nicht? Schließlich –», erklärte sie etwas rätselhaft, «– habe ich den Garten.»

Miss Marple lächelte.

«Du mußt dir keine Gedanken machen, Dolly.»

«Nein, ich weiß; aber ich sorge mich trotzdem ein bißchen. Und Arthur auch. Er ist verstört. All diese Polizeileute, die herumschnüffeln ... Arthur ist auf das Gut hinübergegangen. Nach den Schweinen und alldem zu sehen beruhigt ihn immer, wenn er verstört ist. Hallo, da sind sie!»

Das Auto des Polizeichefs fuhr draußen vor.

Colonel Melchett trat in Begleitung einer eleganten jungen Dame ein.

«Dies ist Miss Turner, Mrs. Bantry. Die Cousine – des – äh – Opfers.»

Die Hausfrau streckte Josie die Hand entgegen.

«Guten Tag. Schrecklich muß das für Sie sein!»

Josephine Turner sagte offen: «Ja, schrecklich. Alles scheint mir so *unwirklich*. Wie ein böser Traum.»

Mrs. Bantry stellte Miss Marple vor.

Melchett fragte beiläufig: «Ist Ihr lieber Mann irgendwo in der Nähe?»

«Er mußte aufs Gut hinüber. Er wird bald kommen.»

«Oh – –.» Melchett schien ganz ratlos zu sein.

Mrs. Bantry wandte sich an Josie: «Möchten Sie den – den Tatort sehen? Oder möchten Sie lieber nicht?»

Nach einem kurzen Zögern erklärte Josephine:

«Ich möchte ihn sehen.»

Mrs. Bantry führte sie in die Bibliothek. Miss Marple und Melchett folgten nach.

«Hier ist sie gelegen», erklärte Mrs. Bantry feierlich, «auf dem Kaminteppich.»

«Oh!» Josie schauderte. Aber sie schien auch sehr verblüfft. Mit gerunzelter Stirn sprach sie vor sich hin: «*Ich kann es einfach nicht verstehen!* Ich kann's nicht verstehen!»

«Und wir noch weniger», meinte Mrs. Bantry.

Josie sagte langsam:

«An einem solchen Ort – –.» Sie brach ab.

Miss Marple nickte bedächtig, als wollte sie dem unvollendeten Satz Josies beistimmen. Sie murmelte:
«Gerade das ist das Interessante dabei.»
«Na, Miss Marple», rief Colonel Melchett leutselig, «erzählen Sie uns doch mal, haben Sie schon irgendeine Erklärung gefunden?»
«O ja, ich habe eine *Erklärung* gefunden, eine ganz einleuchtende. Aber das ist natürlich nur so eine *Idee* von mir. Tommy Bond und Mrs. Martin, unsere neue Lehrerin. Sie wollte die Uhr aufziehen, und ein Frosch sprang heraus.»
Josephine Turner war ganz verwirrt. Als alle das Zimmer verließen, flüsterte sie Mrs. Bantry zu: «Ist die alte Dame ganz richtig im Kopf?»
«Vollständig», antwortete Mrs. Bantry indigniert.
«Verzeihung; ich hab' nur geglaubt, sie bildet sich vielleicht ein, selbst ein Frosch zu sein oder so etwas Ähnliches.»
Colonel Bantry betrat eben durch eine Seitentüre das Haus. Melchett begrüßte ihn und beobachtete Josephine Turner, während er die beiden einander vorstellte. Aber ihr Gesicht zeigte kein Zeichen von Interesse oder von Wiedererkennen. Melchett atmete erleichtert auf. Verfluchter Slack mit seinen Verdächtigungen!
Von Mrs. Bantry befragt, erzählte Josie die Geschichte von Ruby Keenes Verschwinden.
«Sie müssen ja schrecklich besorgt gewesen sein, meine Liebe», meinte Mrs. Bantry.
«Ich war mehr verärgert als besorgt. Sehen Sie, ich wußte ja nicht, daß ihr etwas zugestoßen war.»
«Und doch», bemerkte Miss Marple, «gingen Sie auf die Polizei. War das nicht – verzeihen Sie – *etwas voreilig?*»
Eifrig entgegnete Josie:
«Oh, das war nicht ich. Das war Mr. Jefferson ––»
Mrs. Bantry rief: «Jefferson?»
«Ja, ein leidender Hotelgast ––»
«Doch nicht *Conway* Jefferson, den kenne ich ja sehr gut. Er ist ein alter Freund von uns. Arthur, höre doch – Conway Jefferson! Er wohnt im Majestic und *er* war es, der die Polizei verständigt hat! Ist das nicht ein merkwürdiges Zusammentreffen?»

Josephine Turner sagte: «Mr. Jefferson war vorigen Sommer auch schon da.»
«Denk doch mal! Und wir haben das gar nicht gewußt. Ich habe ihn schon lange nicht gesehen.» Sie wandte sich zu Josie: «Und wie – wie geht es ihm denn jetzt?»
Josephine sagte bedächtig:
«Ich finde, es geht ihm wunderbar, wirklich – ganz wunderbar. Ich meine, in Anbetracht der Umstände. Immer ist er fröhlich, immer witzig.»
«Hat er seine Familie bei sich?»
«Mr. Gaskell? Und die junge Mrs. Jefferson? Und Peter? Ja, gewiß.»
Josephine Turners angenehme, offene Art hatte jetzt etwas Verhaltenes. Wenn sie von den Jeffersons sprach, dann schien ihre Stimme nicht ganz natürlich zu klingen.
Mrs. Bantry sagte: «Sie sind beide sehr nett, nicht wahr? Die Jungen, meine ich.»
Und Josie entgegnete zerstreut:
«O ja – ja, sie sind sehr nett. Ich – wir – ja, sehr nett, *wirklich.*»

«Was hat sie wohl damit gemeint?» Mrs. Bantry sah durch das Fenster dem Auto des Polizeichefs nach. «‹Sie sind sehr nett, *wirklich.*› Glaubst du nicht, Jane, daß da irgend etwas ...»
Miss Marple ging eifrig auf diese Worte ein.
«Und ob ich glaube! *Da ist kein Zweifel!* Sie hat sich *sofort* verändert, sobald die Jeffersons erwähnt wurden. Bis dahin schien sie ganz natürlich zu sein.»
«Aber was glaubst du, kann da los sein, Jane?»
«Meine Liebe, *du* kennst die Leute – nicht ich. Ich habe nur das Gefühl, daß etwas mit diesen Jeffersons zusammenhängen muß, was Miss Turner irritiert. Aber eine andere Sache: Hast du bemerkt, als du ihr sagtest, sie müsse um ihre Cousine schrecklich besorgt gewesen sein, da antwortete sie dir, sie sei *verärgert* gewesen! Und sie sah auch wütend aus. *Direkt wütend!* Das scheint mir doch sehr *interessant.* Ich habe so einen Eindruck – vielleicht irre ich mich –, daß dies vor allem das Gefühl war, mit dem sie auf den Tod des Mädchens reagierte.

Gern hat sie sie nicht gehabt, da bin ich sicher. Sie kränkt sich absolut nicht. Aber ich glaube entschieden, daß der Gedanke an diese Ruby Keene sie *wütend* macht. Und die entscheidende Frage ist — *warum?*»

«Das wollen wir herausfinden!» erklärte Mrs. Bantry. «Wir wollen nach Danemouth fahren und uns im Majestic einlogieren. Ja, Jane, du auch. Ich brauche für meine Nerven eine Abwechslung — nach allem, was hier geschehen ist. Ein paar Tage im Majestic — das wird uns guttun. Und du wirst Conway Jefferson kennenlernen. Er ist reizend. Wirklich reizend! Er hat das traurigste Schicksal, das man sich vorstellen kann. Seinen Sohn und seine Tochter hat er zärtlich geliebt; sie waren beide verheiratet, haben aber doch sehr viel Zeit daheim bei ihren Eltern verbracht. Auch Mrs. Jefferson war entzückend, und ihre Ehe war unerhört glücklich. Aber eines Tages sind sie auf einer Reise in Frankreich mit dem Flugzeug verunglückt. Alle wurden getötet: der Pilot, Mrs. Jefferson, Rosamund und Frank. Conways beide Beine wurden so schwer verletzt, daß man sie amputieren mußte. Er hat sich fabelhaft gehalten. Dieser Mut, dieser Optimismus! Er war ein sehr aktiver Mann und jetzt ist er ein hilfloser Krüppel. Aber niemals beklagt er sich. Seine Schwiegertochter lebt mit ihm; sie war Witwe, bevor Frank Jefferson sie heiratete und hat einen Sohn aus erster Ehe, Peter Carmody. Auch der Junge lebt bei Conway. Und Mark Gaskell, Rosamunds Gatte, ist auch meistens da. Das Ganze war wirklich eine entsetzliche Tragödie.»

«Und nun wieder diese Tragödie — —» sagte Miss Marple.

«Ja, aber — die hat doch nichts mit den Jeffersons zu tun.»

«Nicht? Es war Mr. Jefferson, der die Polizei rief.»

«Du hast recht, es war Mr. Jefferson. — — Weißt du, Jane, das ist wirklich seltsam . . .»

5

Melchett hatte einen völlig verzweifelten Hoteldirektor vor sich. Mit dem Colonel war Superintendent Harper von der Polizei in Glenshire gekommen, ebenso wie der unvermeidliche

Inspektor Slack. Dieser war tief verstimmt darüber, daß der Polizeichef die Führung des Falles so entschlossen an sich gerissen hatte.
Superintendent Harper hätte Mr. Prestcott, der dem Weinen nahe war, gerne beruhigt, aber Colonel Melchett blieb ungerührt und energisch.
«Es hat keinen Sinn, über verschüttete Milch zu klagen», sagte er scharf, «das Mädchen ist tot – erwürgt. Sie haben noch Glück, daß es nicht in *Ihrem Hotel* geschehen ist. Dadurch werden die Nachforschungen hauptsächlich in einer anderen Grafschaft betrieben, und Ihr Etablissement kommt noch gut dabei weg. Aber gewisse Erkundigungen müssen auch hier vorgenommen werden, und je eher wir damit fertig sind, desto besser. Sie können darauf rechnen, daß wir diskret und taktvoll sein werden. Also hören wir jetzt mit dem Geschwätz auf, und packen wir den Stier bei den Hörnern. Sagen Sie mir, bitte, genau, was Sie alles über das Mädchen wissen.»
«Ich weiß nichts – absolut nichts. *Josie* hat sie hergebracht.»
«Ist Josie schon lange bei Ihnen?»
«Zwei Jahre – nein, drei.»
«Mögen Sie Josie?»
«Ja, sie ist ein braves Mädchen – ein nettes Mädchen. Sehr tüchtig. Sie kann gut mit den Gästen umgehen. Ist sehr geschickt bei jeder Art von Uneinigkeit – Bridge ist ein heikles Spiel, wissen Sie – –» Colonel Melchett nickte verständnisvoll. Seine Frau war eine begeisterte, aber namenlos schlechte Bridgespielerin. Mr. Prestcott fuhr fort: «Josie wirkt immer so beruhigend in unangenehmen Situationen. Sie hat einen guten Einfluß auf die meisten Menschen – so fröhlich und doch entschlossen. Sie verstehen, was ich meine.»
Wieder nickte Melchett. Jetzt wußte er, woran ihn Josephine Turner erinnerte. Trotz ihrer mondänen Erscheinung hatte sie entschieden etwas von einem Kinderfräulein an sich.
«Sie ist mir unentbehrlich.» Mr. Prestcotts Ton wurde wieder weinerlich. «Wozu mußte sie auf den schlüpfrigen Felsen herumklettern? Verrückt, so etwas! Wir haben doch einen so netten Strand. Warum konnte sie nicht dort baden? Aber sie mußte ausgleiten und fallen und sich den Knöchel brechen! Das hätte sie mir nicht antun dürfen. Tänzerinnen müssen auf

ihre Knochen aufpassen. Ich war sehr böse. Das war nicht fair dem Hotel gegenüber.»
Melchett unterbrach diese Ausführungen.
«Und dann schlug sie vor, daß dieses Mädchen — ihre Cousine — herkommt?»
Prestcott bestätigte murrend: «Jawohl. Das schien eine ganz gute Idee zu sein. Bedenken Sie, ich hatte nicht die Absicht, etwas extra zu zahlen. Das Mädchen bekam hier im Hotel Wohnung und Essen. Was das Salair betrifft, so hatten das sie und Josie miteinander auszumachen. So wurde das arrangiert. *Ich* wußte gar nichts über das Mädchen.»
«Aber sie hat sich ganz gut gemacht?»
«O ja, es war alles in Ordnung — jedenfalls mit ihrem Äußeren. Sie war natürlich jung, vielleicht ein bißchen gewöhnlich für den Stil unseres Hotels. Aber sie hatte gute Manieren — ruhig und artig. Hat gut getanzt. Die Leute mochten sie.»
«Hübsch?»
Der Polizeichef konnte die Frage nicht selbst beantworten, denn er hatte nur das blaue, geschwollene Gesicht des Opfers gesehen.
Mr. Prestcott überlegte.
«Mittelmäßig. Bißchen mager und bleichsüchtig, wenn Sie verstehen, was ich meine. Hätte ungeschminkt nicht viel vorgestellt. Aber sie brachte es fertig, ganz anziehend zu wirken.»
«Sind ihr viele junge Männer nachgelaufen?»
«Ich weiß, worauf Sie aus sind, Sir.» Mr. Prestcott wurde aufgeregt. «*Ich* habe nie etwas gesehen. Nichts Besonderes. Ein oder zwei Burschen machten ihr den Hof, aber in ganz alltäglicher Weise, sozusagen. Nett und lustig, aber nicht mordlustig, möchte ich sagen. Auch mit den älteren Herren kam sie sehr gut aus. Sie hatte so etwas Verspieltes an sich, schien noch ein völliges Kind zu sein. Verstehen Sie, was ich meine? Das hat die Leute amüsiert.»
Superintendent Harper sagte mit tiefer, melancholischer Stimme:
«Mr. Jefferson, zum Beispiel?»
«Ja, an Mr. Jefferson habe ich gerade gedacht. Sie war sehr viel mit ihm und seiner Familie zusammen. Er nahm sie manchmal auf Autoausflüge mit. Mr. Jefferson hat junge Menschen sehr

gern und ist sehr gut zu ihnen. Ich möchte absolut nicht, daß Sie mich mißverstehen. Mr. Jefferson ist ein Krüppel; er kann sich nicht vom Platz bewegen – nur in seinem Rollstuhl. Aber er hat es schrecklich gern, wenn junge Leute sich unterhalten. Sieht ihnen beim Tennis und beim Schwimmen zu und so weiter – und lädt sie zu Gesellschaften ein. Er liebt eben die Jugend, und er ist gar nicht verbittert, was er doch leicht sein könnte. Ein sehr beliebter Herr, und, ich möchte sagen, ein sehr vornehmer Charakter.»

Melchett fragte:

«Und er interessierte sich für Ruby Keene?»

«Ihr Geplauder amüsierte ihn wahrscheinlich.»

«Teilte Mr. Jeffersons Familie seine Sympathie für die Kleine?»

«Sie waren immer sehr freundlich zu ihr.»

Harper bemerkte:

«Und *er* war es, der ihr Verschwinden bei der Polizei meldete?»

Es gelang ihm, diese Worte so vielsagend und vorwurfsvoll zu äußern, daß der Direktor augenblicklich darauf reagierte.

«Versetzen Sie sich doch einmal an meine Stelle, Mr. Harper! Nicht einen Moment habe ich auch nur im Traum daran gedacht, daß etwas geschehen sein könnte. Mr. Jefferson kam in mein Büro, tobend, ganz außer sich. Das Mädchen hatte nicht in ihrem Zimmer geschlafen. Sie war gestern nicht zu ihrer Tanznummer erschienen. Sie muß einen Autoausflug gemacht haben und möglicherweise verunglückt sein! Mr. Jefferson war in einem schrecklichen Zustand. Die Polizei müsse sofort verständigt und Nachforschungen angestellt werden! Auf der Stelle rief er selbst die Polizeistation an.»

«Ohne sich mit Miss Turner zu besprechen?»

«Josie war es nicht sehr angenehm, das habe ich bemerkt. Sie war sehr ärgerlich über die ganze Sache – ärgerlich über Ruby, meine ich. Aber was konnte sie tun?»

«Wir könnten –», sagte Melchett, «– uns jetzt einmal mit Mr. Jefferson unterhalten. Wie, Harper?»

Superintendent Harper war einverstanden.

Mr. Prestcott ging mit den drei Herren in das Appartement von Conway Jefferson hinauf. Es befand sich im ersten Stock;

aus allen Fenstern hatte man herrlichste Aussicht aufs Meer.
Melchett bemerkte nebenbei: «Geht ihm nicht schlecht, wie? Reicher Mann?»
«Außerordentlich wohlhabend, glaube ich. Es wird an nichts gespart, wenn er herkommt. Die schönsten Zimmer – Essen meistens *à la carte*, teure Weine – mit einem Wort, das Beste von allem.»
Melchett nickte.
Prestcott klopfte an eine der Türen. Eine Frauenstimme rief: «Herein!»
Der Direktor trat ein, die andern folgten ihm.
Mr. Prestcott sprach zu der Dame, die ihm von ihrem Fensterplatz her den Kopf zuwandte, in entschuldigendem Ton.
«Bitte vielmals, die Störung zu verzeihen, Mrs. Jefferson, aber diese Herren hier sind – von der Polizei. Es liegt ihnen sehr viel daran, mit Mr. Jefferson ein paar Worte zu sprechen. Erlauben Sie – Colonel Melchett – Superintendent Harper, Inspektor – äh – Slack – Mrs. Jefferson.»
Mrs. Jefferson nahm die Vorstellung durch ein Neigen ihres Kopfes zur Kenntnis.
Eine unschöne Frau, war Melchetts erster Eindruck. Aber dann, als ein leichtes Lächeln auf ihren Lippen erschien und sie zu sprechen begann, änderte er seine Meinung. Sie hatte eine einzigartige, reizvolle und sympathische Stimme, und ihre Augen, helle, haselnußbraune Augen, waren schön. Ihre Kleidung war einfach, aber geschmackvoll, und sie zählte ungefähr fünfunddreißig Jahre.
Sie sagte:
«Mein Schwiegervater schläft. Er ist nicht sehr kräftig, und dieses Ereignis war ein furchtbarer Schock für ihn. Wir mußten den Arzt rufen, und der gab ihm ein Schlafmittel. Sobald er wieder wach ist, wird er Sie sehen wollen. Inzwischen kann ich Ihnen vielleicht irgendwie behilflich sein? Wollen Sie nicht Platz nehmen?»
Mr. Prestcott, welcher darauf brannte, zu entwischen, flüsterte Colonel Melchett zu: «Ja – äh – wenn das alles ist, was ich für Sie tun kann ...?» und dankbar empfing er die Erlaubnis, sich zurückzuziehen.
Kaum hatte er die Türe hinter sich geschlossen, so nahm die

Atmosphäre einen angenehmeren, ja gesellschaftlicheren Charakter an. Adelaide Jefferson hatte die Fähigkeit, Ruhe und Behagen um sich zu verbreiten. Sie war eine Frau, die scheinbar nie etwas Besonderes sagte, aber der es gelang, andere Leute zum Sprechen zu bringen. Man mußte sich in ihrer Gegenwart wohlfühlen. Auch jetzt schlug sie den richtigen Ton an.

«Dieses Unglück hat uns alle sehr getroffen. Wir waren nämlich sehr viel mit dem armen Mädchen beisammen, wissen Sie. Man kann es kaum fassen. Mein Schwiegervater ist furchtbar verstört. Er hat Ruby sehr gern gehabt.»

Colonel Melchett fragte:

«Soviel ich gehört habe, war es Mr. Jefferson, der ihr Verschwinden der Polizei meldete?»

Er wollte *genau* sehen, wie sie auf diese Worte reagieren würde. Es war ein Schimmer — nur ein Schimmer — von — Ärger? Unruhe? — er hätte nicht bestimmt sagen können, was, aber *etwas* trübte sekundenlang ihren Blick. Es schien, als müsse sie sich nun zusammennehmen, wie vor einer unangenehmen Aufgabe, ehe sie fortfuhr:

«Ja, das stimmt. Da er leidend ist, regt er sich schnell auf. Wir versuchten ihn zu überreden, daß schon alles gut werden würde, daß die Sache irgendeine natürliche Erklärung habe und daß das Mädchen selbst verzweifelt sein werde, wenn man die Polizei ihretwegen benachrichtigte. Aber er bestand darauf. Nun» — sie machte eine Handbewegung — «er hatte recht und wir hatten unrecht.»

Melchett: «Ich würde gerne ganz genau wissen, wie gut Sie Ruby Keene kannten, Mrs. Jefferson.»

Sie überlegte.

«Schwer zu sagen. Mein Schwiegervater liebt junge Menschen und umgibt sich gerne mit ihnen. Ruby war für ihn ein ganz neuer Typ. Ihr Geplauder amüsierte ihn. In der Hotelhalle saß sie sehr viel bei uns, und mein Schwiegervater nahm sie zu Autoausflügen mit.»

Ihre Stimme war jetzt ganz unbeteiligt. Melchett dachte: «Wenn sie wollte, könnte sie mehr erzählen.»

Laut bat er: «Wollen Sie mir, bitte, von den Ereignissen des gestrigen Abends alles berichten, was Sie wissen.»

«Gewiß. Aber ich fürchte, es wird Ihnen sehr wenig Neues

bringen. Nach dem Dinner kam Ruby zu uns in die Hall. Sogar als das Tanzen schon begonnen hatte, blieb sie noch bei uns sitzen. Wir hatten verabredet, später Bridge zu spielen, aber wir warteten noch auf Mark – Mark Gaskell ist mein Schwager –, er hat Mr. Jeffersons Tochter geheiratet, wissen Sie. Mark hatte noch ein paar wichtige Briefe zu schreiben. Und Josie war auch noch nicht da. Sie sollte unser vierter sein.»
«Spielt Josie oft mit Ihnen?»
«Sehr oft. Sie spielt natürlich erstklassig und ist riesig angenehm. Mein Schwiegervater ist ein leidenschaftlicher Bridgespieler und bittet Josie, wann immer es nur möglich ist, unser vierter zu sein. Da sie hier Bridgedame ist, kann sie freilich nicht immer mit uns spielen, aber sie tut es, sooft sie nur kann, und –» sie lächelte ein wenig – «mein Schwiegervater gibt hier im Hotel sehr viel Geld aus, also ist es der Direktion recht, daß Josie uns bevorzugt.»
«Und Sie haben Josie gern?»
«Ja, riesig. Sie ist immer gut gelaunt und freundlich, arbeitet schwer und scheint ihren Beruf zu lieben. Sie ist klug, obwohl sie nicht sehr gebildet ist, und – ja – sie macht sich auch nie wichtig. Sie ist ganz natürlich und nicht geziert.»
«Fahren Sie bitte fort, Mrs. Jefferson.»
«Wie ich schon sagte, Josie hatte noch mit ihren Bridgetischen zu tun, und Mark schrieb Briefe. Also plauderte Ruby mit uns etwas länger als gewöhnlich. Dann kam Josie, und Ruby ging zu ihrem ersten Solotanz mit Raymond. Er ist der Tänzer und Tennistrainer. Sie kam nachher zu uns zurück, gerade als Mark auch erschien. Dann ging sie hinüber und tanzte mit einem jungen Mann, und wir vier begannen mit unserem Bridge.»
Mit einer kleinen, hilflosen Geste hielt sie inne.
«Und das ist alles, was ich weiß! Ich habe gerade noch einen Blick auf sie geworfen, während sie tanzte. Aber Bridge ist ein Spiel, das einen völlig in Anspruch nimmt. Ich habe kaum mehr durch die Glaswand hinüber in den Tanzsaal gesehen. Um Mitternacht kam Raymond sehr aufgeregt zu Josie und fragte sie, wo denn Ruby sei. Josie versuchte natürlich, ihn zum Schweigen zu bringen, aber – –»
Superintendent Harper unterbrach. Mit seiner ruhigen Stimme sagte er: «Warum *‹natürlich›*, Mrs. Jefferson?»

«Weil —» Sie zögerte und sah, wie es Melchett schien, ein wenig verwirrt drein. «Josie wollte doch nicht, daß Rubys Abwesenheit auffiel. Sie fühlte sich gewissermaßen für ihre Cousine verantwortlich. Sie meinte, das Mädchen sei wahrscheinlich oben in seinem Zimmer, es hätte vor einer Weile über Kopfschmerzen geklagt. Ich glaube übrigens nicht, daß das stimmte. Josie hat es nur als Entschuldigung gesagt. Raymond ging, um in Rubys Zimmer zu telefonieren, aber offenbar erhielt er keine Antwort und kam ganz außer sich zurück — wütend, wissen Sie. Jetzt ging Josie mit ihm und versuchte ihn zu beruhigen. Schließlich tanzte sie an Stelle von Ruby. Das war sehr tapfer, denn nachher konnte man sehen, daß sie Schmerzen hatte. Als der Tanz vorüber war, kam sie zu uns zurück und redete meinem Schwiegervater, der nun schon ganz aufgeregt war, gut zu. Schließlich brachten wir ihn so weit, daß er zu Bett ging. Wir sagten ihm, Ruby habe wahrscheinlich eine Spritztour in einem Auto unternommen und es hätte eine Panne gegeben. Er ging sehr besorgt schlafen, und heute morgen benachrichtigte er sofort die Polizei.» Sie machte eine Pause. «Das übrige wissen Sie.»

«Danke, Mrs. Jefferson. Jetzt muß ich Sie fragen, ob Sie eine Ahnung haben, wer das Verbrechen begangen haben kann?»

Augenblicklich antwortete sie: «Keine blasse Ahnung. Ich kann Ihnen nicht den mindesten Hinweis geben.»

Melchett drängte: «Haben Sie keinerlei Verdacht? Hat das Mädchen nie irgend etwas gesagt? Über Eifersucht? Über einen Mann, vor dem sie Angst habe oder mit dem sie in Beziehungen stehe?»

Bei jeder Frage schüttelte Adelaide Jefferson den Kopf.

Sie schien tatsächlich nichts mehr zu wissen.

Der Superintendent schlug vor, daß man jetzt George Bartlett verhören solle, um später zu Mr. Jefferson zurückzukehren. Colonel Melchett stimmte zu. Die drei Herren verabschiedeten sich, und Mrs. Jefferson versprach, sobald ihr Schwiegervater erwacht sei, nach ihnen zu schicken.

«Nette Frau», sagte der Colonel, als sich die Türe hinter ihnen geschlossen hatte.

«Eine ganz besonders nette Dame», sagte Superintendent Harper.

George Bartlett war ein magerer, unscheinbarer Jüngling mit einem großen Adamsapfel und noch größeren Schwierigkeiten, seine Gedanken in Worte zu fassen. Er war so aufgeregt und fahrig, daß es fast unmöglich war, ihn zu einer ruhigen Aussage zu bringen.

«Ich muß sagen, entsetzlich ist das, nicht wahr? So etwas liest man doch sonst nur in den Zeitungen – aber es ist nicht zu glauben, daß es wirklich passieren kann – verstehen Sie mich?»

«Unglücklicherweise besteht kein Zweifel darüber, daß es *passiert ist*, Mr. Bartlett», sagte der Superintendent.

«Nein, nein, natürlich nicht, aber es ist doch toll – irgendwie ganz toll. Und noch dazu so weit von hier. Und überhaupt – in einem Landhaus, nicht wahr? Schrecklich herrschaftlich – und überhaupt. Hat wohl einen großen Rummel in der ganzen Nachbarschaft gemacht – wie?»

Colonel Melchett nahm sich der Sache an.

«Kannten Sie das Opfer gut, Mr. Bartlett?»

George Bartlett erschrak.

«Oh, g-g-g-ar nicht gut, S-s-sir! Nein, fast überhaupt nicht – verstehen Sie mich. Ein- oder zweimal mit ihr getanzt – die Zeit vertrieben – ein bißchen Tennis – verstehen Sie mich?»

«Sie waren die letzte Person, die Ruby Keene gestern abend noch lebend sah.»

«Ja, ich glaube, ich war der letzte – klingt entsetzlich, nicht wahr? Ich meine, sie war ganz gesund, als ich mit ihr zusammen war – ganz gesund und lebendig und – überhaupt.»

«Um wieviel Uhr war das, Mr. Bartlett?»

«Also, wissen Sie, ich weiß nie, wie spät es ist – es war nicht sehr spät – verstehen Sie mich?»

«Sie haben mit ihr getanzt?»

«Ja – sozusagen – ja, also tatsächlich, ich habe mit ihr getanzt. Aber am frühen Abend, müssen Sie wissen. Hören Sie, es war gerade nach ihrer Tanznummer mit diesem Tennisburschen. Muß zehn Uhr gewesen sein, oder halb elf oder elf, ich weiß nicht.»

«Die genaue Stunde ist jetzt unwichtig, wir können das schon feststellen. Bitte erzählen Sie uns alles, was geschehen ist.»

«Also, wir haben getanzt, wissen Sie. Ich kann nicht behaupten, daß ich *sehr gut* tanze.»

«Wie Sie tanzen, ist im Augenblick nicht so interessant, Mr. Bartlett.»
George Bartlett starrte den Colonel an. Dann stotterte er:
«Nein – äh – n-n-nein, nicht interessant, das glaube ich auch. Also, wie ich Ihnen sagte, wir tanzten. 'rum und 'rum, und ich hab' was gesagt, aber Ruby hat nicht viel gesagt, und sie hat gegähnt. Wie ich Ihnen schon erzählt habe, tanze ich nicht so schrecklich gut, und darum haben die Mädel – nun ja – sie hören gerne wieder auf – verstehen Sie mich. Sie sagte, sie habe Kopfweh – na, ich weiß, wann ich überflüssig bin. Also sagte ich – geht in Ordnung – und damit war's erledigt.»
«Was war das letzte, was Sie von ihr sahen?»
«Sie ging hinauf.»
«Hat sie nichts von einem Rendezvous gesagt? Oder von einer Autofahrt? Oder von einer Verabredung?»
Bartlett schüttelte den Kopf.
«Zu mir nicht.» Er schien betrübt. «Hat mich einfach stehenlassen.»
«Wie war ihre Stimmung? Schien sie ängstlich zu sein, zerstreut, bedrückt?»
George Bartlett überlegte. Dann schüttelte er wieder den Kopf.
«Schien mir gelangweilt. Gähnte – und überhaupt – nichts weiter.»
Colonel Melchett fragte:
«Und was haben *Sie* gemacht, Mr. Bartlett?»
«Äh –?»
«Was taten Sie, nachdem Ruby Keene Sie verlassen hatte?»
George Bartlett starrte ihn an.
«Wollen mal sehen – nun sagen Sie mal – *was habe ich eigentlich gemacht*?»
«Das wollen wir ja eben von Ihnen hören.»
«Ja, ja – natürlich – gar nicht so leicht, sich an so was zu erinnern – verstehen Sie mich? Wollen mal sehen. Gar nicht so unwahrscheinlich, daß ich in die Bar gegangen bin und was getrunken habe.»
«Sind Sie nun *tatsächlich* in die Bar gegangen und haben etwas getrunken?»
«Das ist es ja gerade, *ich habe etwas getrunken*. Glaube zwar nicht, daß es gerade um diese Zeit war. Kommt mir so vor, als

wäre ich ein bißchen ins Freie gegangen, verstehen Sie mich? Bißchen Luft schnappen. Ziemlich warm für September. Sehr schön draußen. Ja — so war's. Ich bin ein wenig spazierengegangen, dann zurückgekommen — was getrunken — dann in den Tanzsaal 'reingeguckt. War nicht viel los. Ist mir nur aufgefallen, daß diese — wie heißt sie doch — Josie wieder tanzte. Mit dem Tennisburschen. Sie war eine Zeitlang krank gemeldet — Knöchel verstaucht — und überhaupt.»
«Somit ist die Zeit Ihrer Rückkehr in den Tanzsaal auf Mitternacht festgelegt. Wollen Sie also zu verstehen geben, daß Sie über eine Stunde damit zugebracht haben, in der Nacht umherzuspazieren?»
«Nun — ich habe auch noch etwas getrunken, wissen Sie. Ich habe — na ja — ich habe so über verschiedenes nachgedacht.»
Diese Aussage erschien unglaubwürdiger als jede andere. Colonel Melchett fragte scharf:
«Worüber haben Sie nachgedacht?»
«Oh, ich weiß nicht. Alles mögliche», sagte Mr. Bartlett unbestimmt.
«Haben Sie ein Auto, Mr. Bartlett?»
«O ja, ich habe ein Auto.»
«Wo war es? In der Hotelgarage?»
«Nein, es war im Hof, wissen Sie. Dachte, ich würde vielleicht eine Spritztour machen, sehen Sie.»
«Vielleicht *haben Sie* eine Spritztour gemacht?»
«Nein, nein — sicher nicht. Das schwöre ich.»
«Sie haben nicht vielleicht zufällig Miss Keene auf eine Spritztour mitgenommen?»
«Donnerwetter noch mal — hören Sie mal, worauf sind Sie aus? Ich habe sie nicht mitgenommen — ich schwöre es. Wirklich nicht.»
«Danke, Mr. Bartlett. Ich glaube, das ist alles für den Augenblick. *Für den Augenblick*», wiederholte Colonel Melchett mit großem Nachdruck.
Mr. Bartlett blieb zurück, kindischer Schrecken zeigte sich auf seinem wenig geistvollen Gesicht.
«Kompletter Idiot», sagte Melchett, «finden Sie nicht auch?»
Superintendent Harper schüttelte den Kopf.
«Wir haben noch einen langen Weg vor uns», sagte er.

6

Weder der Nachtportier noch der Barmixer konnten wesentliche Aussagen machen. Der Nachtportier erinnerte sich daran, daß er kurz nach zwölf Uhr Miss Keenes Zimmer antelefoniert hatte, ohne eine Antwort zu erhalten. Ob Mr. Bartlett das Hotel verlassen habe oder zurückgekehrt sei, wußte er nicht. In einer schönen Nacht schlenderten unzählige Herren und Damen andauernd aus und ein. Auch gab es neben dem Haupteingang in der Halle im Korridor noch einige Seitentüren, die ins Freie führten. Der Portier war ziemlich sicher, daß Miss Keene den Haupteingang nicht benützt hatte. Aber von ihrem Zimmer im ersten Stock konnte sie eine Treppe am anderen Ende des Korridors hinuntergehen und von dort aus auf die Seitenterrasse gelangen. Auf diese Weise konnte sie ohne weiteres ungesehen entschlüpfen.

Der Barmixer erinnerte sich daran, daß Mr. Bartlett am vorhergehenden Abend die Bar besucht hatte; er konnte aber nicht sagen, um welche Zeit. Nach seiner Meinung war es weder früh noch spät gewesen. Mr. Bartlett hatte in einer Ecke gesessen und ziemlich melancholisch dreingesehen. Wie lange er dageblieben war, wußte der Mixer nicht. Viele Gäste, auch von auswärts, kamen und gingen während des ganzen Abends. Der Mixer hatte Mr. Bartlett in der Bar bemerkt, konnte aber die Stunde nicht mehr angeben.

Als die Herren die Bar verließen, wurden sie von einem kleinen Jungen angehalten. Er war etwa neun Jahre alt. Augenblicklich begann er aufgeregt zu plappern.

«Hören Sie sind Sie die Detektive? Ich heiße Peter Carmody. Es war mein Großvater, Mr. Jefferson, der die Polizei rief, wegen Ruby. Sind Sie von Scotland Yard? Sie sind doch nicht böse, daß ich zu Ihnen spreche, nicht wahr?»

Colonel Melchett sah aus, als wolle er den Kleinen kurz abfertigen, aber Superindentent Harper legte sich ins Mittel. Er sprach sehr freundlich und aufmunternd.

«Macht gar nichts, mein Junge. Das interessiert dich natürlich alles sehr, nicht wahr?»

«Aber riesig! Haben Sie Detektivromane gern? Ich schon! Ich lese alle. Und ich habe schon Autogramme von Dorothy Sayers und von Agatha Christie und von Dickson Carr und H. C. Bailey. Werden die Zeitungen über den Mord schreiben?»
«Darauf kannst du dich verlassen», sagte Superintendent Harper grimmig.
«Ich gehe nämlich nächste Woche zurück in die Schule. Dann werde ich den Jungen erzählen, daß ich sie gekannt habe – wirklich, *sehr gut* gekannt.»
«Und wie hat sie dir gefallen, hm?»
Peter überlegte.
«Na, ich habe mir nicht viel aus ihr gemacht. Ich glaube, sie war ein ziemlich dummes Mädchen. Mammi und Onkel Mark konnten sie auch nicht ausstehen. Nur Großvati. Großvati möchte Sie übrigens sprechen. Edwards sucht Sie.»
Superintendent Harper flüsterte ermutigend:
«Also deine Mutter und dein Onkel konnten Ruby Keene nicht ausstehen? Warum wohl?»
«Ach, ich weiß nicht. Sie hat sich immer wichtig gemacht, und Mammi und Onkel konnten es nicht leiden, daß Großvater solche Geschichten mit ihr machte. Ich glaube», sagte Peter fröhlich, «die sind froh, daß sie tot ist.»
Nachdenklich betrachtete ihn der Superintendent.
«Hast du – äh – gehört, daß sie das sagen?»
«Nicht gerade das, aber Onkel Mark sagte: ‹Na, das ist jedenfalls ein Ausweg›, und Mammi sagte: ‹Ja, aber ein entsetzlicher›, und Onkel Mark sagte, es nützte ja doch nichts, zu heucheln.»
Die Männer tauschten Blicke. In diesem Augenblick kam ein würdevoller, sauber rasierter und gekleideter Mann auf sie zu.
«Ich bitte um Entschuldigung, meine Herren. Ich bin der Diener von Mr. Jefferson. Er ist jetzt wach und hat mich nach Ihnen geschickt, denn er möchte Sie sehr gerne sprechen.»
Sie begaben sich wieder hinauf in Conway Jeffersons Gemächer. Im Salon sprach Adelaide Jefferson mit einem hochgewachsenen Mann, der unruhig und nervös im Zimmer umherging. Beim Anblick der Eintretenden drehte er sich jäh um.
«Ach ja. Gut, daß Sie da sind. Mein Schwiegervater hat schon nach Ihnen gefragt. Er ist jetzt wach. Regen Sie ihn möglichst

wenig auf, ja? Seine Gesundheit ist gar nicht gut. Es ist wirklich ein Wunder, daß dieser Schock ihn nicht kaputtgemacht hat.»

Harper bemerkte:

«Ich hatte keine Ahnung, daß er *so* krank ist.»

«Er weiß es selber nicht», erklärte Mark Gaskell, «es ist das Herz, wissen Sie. Der Arzt hat es Addie gesagt und hat vor Aufregung und Schrecken gewarnt. Er hat sozusagen angedeutet, daß es jeden Moment aus sein könnte – nicht wahr, Addie?»

Mrs. Jefferson nickte.

«Es ist erstaunlich, daß er sich soweit erholt hat.»

Melchett sagte trocken:

«Ein Mord ist nicht gerade ein Beruhigungsmittel. Wir werden so vorsichtig wie möglich sein.»

Während des Gespräches hatte er Mark Gaskell betrachtet. Der Bursche gefiel ihm nicht besonders. Ein wildes, skrupelloses Raubvogelgesicht. Ein Mann, der gewohnt ist, zu tun, was er will, und den die Frauen bewundern.

«Aber keiner, dem ich allzusehr vertraue», dachte der Colonel.

Skrupellos – das war das richtige Wort.

So einem Burschen war alles zuzutrauen ...

In dem großen Schlafzimmer mit der Aussicht auf die See saß Conway Jefferson im Rollstuhl am Fenster.

Kaum befand man sich in dem gleichen Raum mit diesem merkwürdigen Mann, als man sich auch schon von seiner großen Persönlichkeit und seiner geistigen Kraft angezogen und beeindruckt fühlte. Es war, als ob das Unglück, das ihn zum Krüppel gemacht hatte, die Lebensflamme in seinem verstümmelten Körper zu noch hellerer Glut anfachen würde.

Er hatte einen gutgeformten Kopf. Sein rotes Haar war leicht angegraut, das derbgeschnittene, ausdrucksvolle Gesicht war von der Sonne tiefbraun gebrannt, und die Augen zeigten ein grellblaues Leuchten. Kein Zeichen von Krankheit oder Gebrechlichkeit war an ihm zu bemerken. Die tiefen Furchen auf seinem Antlitz sprachen von Leid, aber nicht von Schwäche. Dies war ein Mann, der keine sinnlosen Kämpfe *gegen* das

Schicksal ausfocht, sondern der *hinnahm,* was das Los ihm bestimmte, und *trotzdem* Sieger bleiben mußte.
Jetzt sprach er: «Es ist gut, daß Sie kommen.» Sein rascher Blick prüfte die beiden Männer. «Sie sind der Polizeichef von Radfordshire? Schön. Und Sie sind Superintendent Harper? Nehmen Sie Platz. Zigaretten sind auf dem Tisch dort.»
Die beiden Herren dankten und setzten sich. Melchett begann: «Soviel ich höre, interessierten Sie sich für die — Verstorbene?»
Ein etwas spöttisches Lächeln flog über das durchfurchte Gesicht.
«Ja. All die guten Leutchen hier haben wohl nichts Eiligeres zu tun gehabt, als Ihnen das zu berichten. Na — es ist kein Geheimnis. Und wieviel haben Sie von meiner Familie erfahren?»
Bei dieser Frage blickte er schnell von einem zum andern.
Schließlich antwortete Melchett:
«Mrs. Jefferson erzählte uns nur, daß die Kleine Sie mit ihrem Geplauder amüsierte, daß sie so eine Art Schützling von Ihnen war. Mit Mr. Gaskell haben wir kaum ein halbes Dutzend Worte gewechselt.»
Conway Jefferson lächelte.
«Addie ist ein diskretes Geschöpf. Mark hätte sich schon deutlicher ausgesprochen. Ich glaube, Melchett, es wird gut sein, wenn ich Ihnen ein paar Tatsachen klar und deutlich mitteile. Mir ist es wichtig, daß Sie meine Haltung in dieser Sache verstehen. Dazu muß ich zunächst auf die große Tragödie meines Lebens zurückgreifen. Vor acht Jahren verlor ich meine Frau, meinen Sohn und meine Tochter durch einen Flugzeugunfall. Seither bin ich nur noch ein halber Mensch — und dabei spreche ich nicht von meinem physischen Zustand. Meine Familie bedeutete mir alles! Mein Schwiegersohn und meine Schwiegertochter waren sehr gut zu mir, sie taten, was sie konnten, um mir mein eigenes Fleisch und Blut zu ersetzen. Aber es ist mir klargeworden — besonders in der letzten Zeit —, daß jedes von ihnen schließlich und endlich ein eigenes Leben zu leben hat.
Ich bin also doch im Grunde einsam, das werden Sie verstehen. Ich liebe junge Menschen, sie tun mir gut. Ein- oder zweimal habe ich schon mit dem Gedanken gespielt, ein Mädchen oder einen Jungen zu adoptieren. Während dieser letzten Monate gewann ich das arme Kind, das getötet worden ist, lieb. Sie war

so natürlich — vollkommen naiv. Sie plauderte mir von ihrem Leben vor, von ihren Erfahrungen; sie sprach von Mammi und Papi, von ihrer Kinderzeit in der billigen, armseligen Wohnung ... Durch sie lernte ich eine Welt kennen, die so ganz anders war als alles, was mich bisher umgeben hatte! Sie klagte nie, sie fühlte sich nie zurückgesetzt. Sie war ein schlichtes, tapferes, schwer arbeitendes Kind, unverdorben und reizend. Vielleicht keine Lady. Aber Gott sei Dank weder vulgär noch — gräßliches Wort — *ladylike*.

Meine Zuneigung für Ruby wuchs immer mehr. Ich faßte den Entschluß, sie zu adoptieren. Meine Herren, Ruby sollte — gesetzmäßig — meine Tochter werden. Ich hoffe, das erklärt das Verhältnis, in dem ich zu ihr stand, und die Schritte, die ich unternahm, sobald ich von ihrem unerklärlichen Verschwinden hörte.»

Er machte eine Pause. Dann fragte Harper mit seiner ruhigen, unbeteiligten Stimme: «Und würden Sie uns noch berichten, was Ihr Schwiegersohn und Ihre Schwiegertochter dazu gesagt haben.»

Jefferson antwortete sogleich:

«Was konnten sie sagen? Sie waren vielleicht nicht sehr entzückt davon. In solchen Angelegenheiten gibt es viel Vorurteil. Aber sie haben sich sehr gut benommen — ja, sehr gut. Wissen Sie, die beiden sind keineswegs abhängig von mir. Als mein Sohn Frank heiratete, übertrug ich ihm die Hälfte meines Besitzes. Ich fand das richtig. Man soll seine Kinder nicht warten lassen, bis man tot ist. Sie brauchen das Geld, solange sie jung sind, nicht erst in den mittleren Jahren. Es war ebenso mit meiner Tochter Rosamund. Als sie darauf bestand, einen armen Mann zu heiraten, erhielt sie eine große Mitgift in barem Geld. Diese Summe erbte Mark Gaskell nach ihrem Tod. Sie sehen also, vom finanziellen Standpunkt aus war die Sache ganz einfach.»

«Jawohl, ganz einfach, Mr. Jefferson», sagte Superintendent Harper.

Doch in seiner Stimme war eine gewisse Zurückhaltung. Conway Jefferson reagierte sofort darauf.

«Sie sind anderer Ansicht, wie?»

«Es kommt mir nicht zu, das zu sagen, Sir, aber nach meiner

Erfahrung benehmen sich Familienmitglieder oft merkwürdig.»
«Da haben Sie wohl recht, Superintendent; aber Sie müssen bedenken, daß Mr. Gaskell und Mrs. Jefferson genaugenommen nicht wirklich meine *Familie* sind. Sie sind nicht meine Blutsverwandten.»
«Das macht natürlich einen Unterschied», gab Harper zu.
Conway Jefferson blinzelte. «Das will nicht heißen, daß die beiden mich nicht für einen alten Narren hielten. Jeder normale Mensch mußte das von mir denken. Aber ich war kein Narr. Ich kenne das Leben. Mit etwas Bildung und Erziehung hätte Ruby Keene in jeder Gesellschaft ihren Platz behaupten können.»
Nun sprach Melchett:
«Ich fürchte, Sie werden uns für indiskret und zudringlich halten; aber es ist sehr wichtig für uns, alle Tatsachen genau zu kennen. Sie beabsichtigten das Mädchen zu adoptieren, aber Sie hatten es noch nicht getan? Sie hatten noch keine finanziellen Verfügungen getroffen?»
«Ich weiß, worauf Sie hinaus wollen. Sie suchen jemanden, dem durch den Tod des Mädchens ein Vorteil hätte erwachsen können? Doch so lagen die Dinge nicht. Die notwendigen Formalitäten für die gesetzliche Adoption waren unterwegs, aber noch nicht abgeschlossen.»
Melchett sagte langsam:
«Wenn also Ihnen etwas zugestoßen wäre — —?»
Schnell entgegnete Jefferson:
«Unwahrscheinlich, daß mir etwas zustoßen könnte! Ich bin ein Krüppel — aber ich bin nicht krank. Wenn auch die Ärzte sich gerne wichtig machen und mich vor Überanstrengungen warnen. Überanstrengung! Ich bin so stark wie ein Pferd! Trotzdem bin ich mir natürlich bewußt, daß jedes Leben jederzeit gefährdet ist. Mein Gott, wer sollte das besser wissen als ich! Der stärkste Mann kann plötzlich sterben. Aber ich habe vorgesorgt. Vor etwa zehn Tagen habe ich ein neues Testament gemacht.»
«Ja?» Harper beugte sich gespannt vor.
«Ich hinterließ Ruby Keene die Summe von fünfzigtausend Pfund. Mit fünfundzwanzig Jahren, wenn sie großjährig geworden wäre, hätte sie das Geld erhalten.»

Die beiden Herren machten große Augen. Beinahe ehrfürchtig bemerkte Harper:
«Das ist sehr viel Geld, Mr. Jefferson.»
«Ja, heutzutage ist das viel.»
«Und das wollten Sie einem Mädchen hinterlassen, das Sie erst wenige Wochen kannten?»
In den lebhaften Augen blitzte Ärger auf.
«Muß ich immer und immer dasselbe sagen? Ich habe keine Blutsverwandten — keine Nichten oder Neffen, nicht einmal entfernte Cousins! Ich hätte das Geld einem Wohltätigkeitsunternehmen verschreiben können. Aber ein einzelner Mensch, den ich kenne, bedeutet mir mehr.» Er lachte. «Aschenbrödel wurde über Nacht zur Prinzessin! Ein Feen-Vater anstatt einer Feen-Mutter. Warum nicht? Es ist *mein* Geld. *Ich* habe es verdient.»
Colonel Melchett fragte:
«Haben Sie noch andere Legate ausgesetzt?»
«Eine kleine Summe erhält Edwards, mein Diener — der Rest wird zwischen Mark und Addie geteilt.»
«Und dieser Rest — verzeihen Sie — wäre der bedeutend gewesen?»
«Wahrscheinlich nicht. Genau kann ich es nicht sagen. Nach allen nötigen Zahlungen und Steuern würden wahrscheinlich fünf- bis zehntausend Pfund netto übrigbleiben.»
«Hm.»
«Glauben Sie nicht, daß ich kleinlich gegen Mark und Addie bin. Wie ich Ihnen schon sagte, habe ich meinen Besitz geteilt, als meine Kinder heirateten. Ich habe mir selbst tatsächlich eine relativ kleine Summe zurückbehalten. Aber nach — nach der Tragödie — brauchte ich eine Beschäftigung. Ich stürzte mich in die Arbeit. Ich ließ mein Schlafzimmer in meinem Londoner Haus durch eine direkte Telefonleitung mit meinem Büro verbinden. So arbeitete ich beinahe Tag und Nacht. Das half mir in meinem großen Kummer, und das gab mir das Gefühl, daß ich trotz meiner — meiner Verstümmelung — doch noch etwas leisten könne. Ich ließ mich in verschiedene große Unternehmungen ein —» sein Tonfall veränderte sich, als spräche er mehr zu sich selbst als zu seinen Zuhörern — «und durch eine Ironie des Schicksals gelang mir einfach alles. Meine wildesten

Spekulationen hatten Erfolg. Was immer ich auch riskierte, ich hatte Glück. Was ich berührte, verwandelte sich in Gold. Die Vorsehung wollte mich wohl für meine Verluste entschädigen.»
Sein Mund schloß sich bitter. Die Leidenslinien in seinem Antlitz vertieften sich.
Dann nahm er sich zusammen und lächelte.
«Sie sehen also, das Geld, das ich Ruby vermachte, war ganz und gar mein eigenes. Ich konnte damit tun, was mir beliebte.»
Melchett entgegnete schnell:
«Ganz zweifellos, Mr. Jefferson, das steht außer Frage.»
«Gut. Jetzt aber möchte ich *Sie* etwas fragen, wenn ich darf. Ich möchte Näheres über diese schreckliche Begebenheit erfahren. Alles, was ich weiß, ist, daß sie — daß die kleine Ruby erwürgt aufgefunden wurde, etwa zwanzig Meilen von hier.»
«Das stimmt. In Gossington Hall.»
Jefferson stutzte.
«Gossington? Aber das ist —»
«Colonel Bantrys Haus.»
«Bantry! *Arthur Bantry*? Den kenne ich doch, ihn und seine Frau! Vor ein paar Jahren habe ich die beiden auf einer Reise kennengelernt. Ich wußte nicht, daß sie hier in der Gegend leben. Das ist doch — —» Er brach ab.
Harper bemerkte leichthin:
«Colonel Bantry dinierte vorigen Dienstag hier im Hotel. Haben Sie ihn nicht gesehen?»
«Dienstag? Dienstag? Nein, wir kamen sehr spät zurück. Wir hatten einen Tagesausflug gemacht und nahmen unterwegs das Dinner ein.»
Melchett fragte:
«Hat Ruby Keene niemals von den Bantrys gesprochen?»
Jefferson schüttelte den Kopf.
«Nie. Ich glaube nicht, daß sie sie gekannt hat. Sicher nicht. Sie kannte nur Artisten und ähnliche Leute.» Er machte eine Pause, dann fragte er plötzlich:
«Was sagt Bantry dazu?»
«Er hat keinerlei Erklärung. Er war gestern in der Gesellschaft der Konservativen. Die Leiche wurde heute früh entdeckt. Colonel Bantry sagt, er habe das Mädchen nie im Leben gesehen.»

Jefferson nickte.
«Eine phantastische Geschichte.»
Superintendent Harper räusperte sich:
«Haben Sie irgendeinen Verdacht, wer den Mord begangen haben könnte?»
«Guter Gott, ich wollte, ich hätte einen!» Auf Jeffersons Stirne schwollen die Adern. «Es ist unglaublich, unvorstellbar! Ich würde sagen, so etwas kann nicht passieren — wenn es nicht passiert wäre!»
«Hatte sie vielleicht einen Freund aus der Zeit vor Ihrer Bekanntschaft — einen Mann, der ihr nachstellte — sie bedrohte?»
«Ich bin sicher, das ist nicht der Fall. Sie hätte es mir erzählt. Ruby hat noch nie einen wirklichen *Freund* gehabt. Das hat sie mir selbst gesagt.»
«Das glaube ich gern, daß *sie* Ihnen das gesagt hat!»
Jefferson fuhr fort:
«Vor allem würde es Josie wissen, wenn jemand Ruby nachgelaufen wäre oder sie bedroht hätte. Kann sie Ihnen keinen Hinweis geben?»
«Sie sagt, sie wisse nichts.»
Jefferson runzelte die Stirn.
«Ich habe einfach das Gefühl, daß es die Tat eines Irrsinnigen sein muß. Diese besondere Roheit — und dann der Einbruch in das Landhaus —. Das Ganze ist so unzusammenhängend und sinnlos. Es gibt doch diese gewisse Art von Verbrechern, anormale Menschen, die Mädchen — manchmal sogar Kinder — verschleppen und ermorden. Lustmörder, meine ich.»
Harper sagte: «Gewiß, solche Fälle kommen vor. Aber wir hätten es schon gehört, wenn in dieser Gegend ein solcher Mensch sein Unwesen treiben würde.»
Jefferson fuhr fort:
«Ich habe schon an alle Männer gedacht, die ich je mit Ruby gesehen habe. Hotelgäste und Besucher von auswärts — die Herren, mit denen sie zu tanzen pflegte. Alle scheinen mir vollständig harmlos. Alltagsmenschen. Mit keinem von ihnen war sie näher bekannt oder befreundet.»
Harpers Gesicht blieb unbeweglich. Aber unbemerkt von Conway Jefferson war ein Schimmer von Zweifel darin aufgetaucht.

Es war trotz allem ganz gut möglich, daß Ruby Keene einen Freund gehabt hatte, auch wenn Conway Jefferson nichts davon wußte.
Aber Harper sagte nichts. Der Polizeichef warf ihm einen fragenden Blick zu, dann erhob er sich.
«Vielen Dank, Mr. Jefferson. Das ist alles, was wir im Augenblick wissen wollten.»
«Werden Sie mich über Ihre Fortschritte auf dem laufenden halten?»
«Gewiß, wir bleiben mit Ihnen in Verbindung.»
Die beiden Herren verließen das Zimmer.
Conway Jefferson lehnte sich im Stuhl zurück.
Die Lider senkten sich über das strahlende Blau seiner Augen. Er sah plötzlich sehr müde aus.
Dann, nach ein oder zwei Minuten rief er: «Edwards?»
Der Diener trat sofort aus dem Nebenzimmer ein. Edwards kannte seinen Herrn besser als jeder andere. Sogar seine Nächsten sahen Conway Jefferson nur in seiner Kraft. Edwards kannte auch seine Schwäche. Er hatte Jefferson müde gesehen, entmutigt, lebensüberdrüssig, in Augenblicken, da Verzagtheit und Einsamkeit ihn zu Boden drückten.
«Ja, Sir?»
Jefferson sagte:
«Rufen Sie Sir Henry Clithering an. Er ist in Melborne Abbas. Ich lasse ihn bitten, wenn irgend möglich noch heute herzukommen. Sagen Sie ihm, es sei dringend.»

7

Als sie Mr. Jeffersons Zimmertüre hinter sich geschlossen hatten, sagte Superintendent Harper:
«Jetzt sind wir immerhin einen Schritt weiter. Wir haben ein *Motiv* gefunden, Sir!»
«Hm, fünfzigtausend Pfund, was?»
«Ja, Sir. Es ist schon für viel kleinere Summen gemordet worden.»
«Ja, aber – – –»

Colonel Melchett beendete den Satz nicht. Harper verstand ihn trotzdem.
«Sie halten es in diesem Fall nicht für wahrscheinlich? Ich eigentlich auch nicht. Aber trotzdem muß man sich damit auseinandersetzen.»
«Ja, natürlich.»
Harper fuhr fort:
«Wenn es stimmt, was Mr. Jefferson sagt, daß Mr. Gaskell und Mrs. Jefferson gut versorgt sind und ein schönes Einkommen haben, nun, dann ist es höchst unwahrscheinlich, daß sie einen brutalen Mord begehen sollten.»
«Ganz meine Meinung. Ihre finanziellen Verhältnisse müssen wir natürlich genau kennenlernen. Ich könnte übrigens nicht behaupten, daß mir dieser Gaskell besonders sympathisch ist. Ein wilder, skrupelloser Bursche, aber das ist noch kein Grund, ihn für einen Mörder zu halten.»
«Gewiß, Sir, wie ich schon sagte, ist es *unwahrscheinlich*, daß die beiden mit der Sache zu tun haben. Nach allem, was Josie aussagte, gibt es auch praktisch gar keine Möglichkeit dazu. Gaskell und Mrs. Jefferson spielten den ganzen Abend lang Bridge, und zwar von zehn Uhr vierzig bis Mitternacht. Nein, nach meiner Ansicht gibt es eine andere, viel wahrscheinlichere Möglichkeit.»
«Sie meinen, daß Ruby Keene einen Freund hatte ...»
«Jawohl, Sir. Irgendeinen eifersüchtigen, verrückten jungen Bengel — vielleicht nicht allzu hell im Kopf. Einer, der sie schon kannte, bevor sie hierherkam. Dieser Adoptionsplan hat ihn, sobald er Wind davon bekam, zum Äußersten getrieben. Er fühlt, daß er Ruby verlieren muß, daß sie in eine andere Sphäre versetzt wird — und er wird toll vor Wut und Verzweiflung! Gestern abend nun veranlaßte er sie, das Hotel zu verlassen, um ihn zu treffen. Es kommt zu einem Streit — er verliert völlig den Kopf — *und so geschieht es.*»
«Und wie kam sie in Bantrys Bibliothek?»
«Auch das läßt sich erklären, glaube ich. Nehmen wir mal an, daß er sie in seinem Wagen mitgenommen hatte und daß der Mord unterwegs geschah. Dann kommt er wieder zur Besinnung, sieht, was er angerichtet hat, und sein erster Gedanke ist, wie er sich der Leiche entledigen könne. Nehmen wir an,

daß sie zufällig gerade vor dem Parkgitter eines Herrenhauses halten. Er hat einen Einfall: wenn man sie dort, in jenem Haus, findet, dann wird sich die ganze Aufmerksamkeit, die Aufregung, das Aufsehen um das Haus und seine Bewohner konzentrieren, und auf ihn wird keinerlei Argwohn fallen. Sie ist ein kleines, zartes Ding. Er kann sie leicht tragen. In seinem Wagen befindet sich ein Meißel. Er bricht ein Fenster des Hauses auf, dringt in die Bibliothek ein und legt die Leiche auf den Kaminteppich. Da sie erwürgt wurde, gibt es keine Blutspuren im Auto, die ihn verraten könnten. — Was halten Sie davon, Sir?»
«Gewiß, Harper, das ist alles durchaus möglich. Es fehlt nur noch das eine: *cherchez l'homme!*»
«Wie? Ach ja — ausgezeichnet, Sir!»
Superintendent Harper lächelte taktvoll über den Scherz seines Vorgesetzten, obwohl er durch Colonel Melchetts phantastische französische Aussprache den Sinn seiner Worte nur mühsam verstanden hatte.

«Ach — äh — hören Sie mal — äh — k-k-könnte ich Sie einen Augenblick sprechen?»
George Bartlett war es, der sich den beiden Herren näherte.
Colonel Melchett, der nicht sehr viel für Mr. Bartlett übrig hatte, der aber darauf brannte, zu hören, was Slack bei der Untersuchung von Rubys Zimmer und bei dem Verhör der Stubenmädchen ausgerichtet hatte, stieß schroff hervor:
«Was wollen Sie? Was ist los?»
Mr. Bartlett taumelte ein paar Schritte zurück, öffnete und schloß seinen Mund wie ein Fisch auf dem Trockenen.
«Ja — äh — wahrscheinlich ist es ganz unwichtig — wissen Sie —. Dachte, ich müßt' es Ihnen doch erzählen — und überhaupt. Tatsache ist, ich kann — äh — meinen Wagen nicht finden.»
«Was meinen Sie damit, Sie können Ihren Wagen nicht finden?»
Unter heftigem Stottern erklärte Mr. Bartlett, er meine damit, daß er seinen Wagen nicht finden könne.
Superintendent Harper fragte:
«Glauben Sie, daß er gestohlen wurde?»

Dankbar für diese etwas mildere Redeweise wandte sich George Bartlett Harper zu.
«Ja, das ist es eben, wissen Sie. Ich meine, man kann es doch nicht wissen, nicht wahr? Ich meine — jemand kann doch einfach damit fortgesaust sein, ohne sich was Böses dabei zu denken — verstehen Sie mich?»
«Wann haben Sie Ihr Auto zum letztenmal gesehen, Mr. Bartlett?»
«Ja — äh — ich hab' schon versucht, mich zu besinnen. Komisch, wie schwer es ist, sich auf etwas zu besinnen, nicht wahr?»
Kalt bemerkte Melchett:
«Für einen Menschen von normaler Intelligenz wohl kaum, sollte ich meinen. Soviel ich verstanden habe, sagten Sie vorhin, Ihr Wagen sei gestern abend im Hof des Hotels gestanden — —»
Mr. Bartlett war so kühn, den Polizeichef zu unterbrechen.
«Das ist's ja gerade — stimmt das?»
«Was wollen Sie mit ‹stimmt das?› sagen? Sie haben uns erklärt, *es sei so gewesen.*»
«Na ja — ich meine — das heißt, ich meinte — ich *glaubte,* es sei so — verstehen Sie mich? Ich meine — äh — hinausgegangen und nachgesehen, ob die Karre wirklich da steht — und überhaupt — das habe ich nicht — verstehen Sie?»
Melchett seufzte. Er nahm seine ganze Geduld zusammen.
«Jetzt passen Sie mal auf. Wir wollen die Sache mal ganz ruhig und klar besprechen. Wann haben Sie ihren Wagen das letzte Mal gesehen — tatsächlich *gesehen?* Was ist es übrigens für eine Marke?» — «Minoan 14.»
«Und zuletzt sahen Sie ihn — wann?»
George Bartletts Adamsapfel zuckte konvulsivisch auf und ab.
«Hab' versucht, mir das zu überlegen. Vor dem Lunch gestern hab' ich ihn 'rausgeholt. Wollt' am Nachmittag eine kleine Spritztour machen. Aber irgendwie — Sie wissen ja, wie das so geht — bin ich statt dessen eingeschlafen. Dann, nach dem Tee, hab' ich eine Partie Tennis gespielt — und so — und nachher gebadet.»
«Und damals stand der Wagen noch im Hof?»
«Wahrscheinlich. Ich meine, dort hatte ich ihn hingestellt. Wissen Sie, ich dachte mir nämlich, vielleicht nehme ich jemanden

auf eine kleine Tour mit. Nach dem Dinner, meine ich. Aber ich hatte kein Glück an diesem Abend. War nichts los. Hab' seither die Karre nicht mehr gebraucht.»
Harper fragte:
«Aber soviel Sie wissen, war doch das Auto noch im Hof?»
«Ja, natürlich. Ich meine – ich hab' es dorthin gestellt – nicht wahr?»
«Hätten Sie es gemerkt, wenn es *nicht mehr* dort gewesen wäre?»
Mr. Bartlett schüttelte den Kopf.
«Das glaube ich nicht – verstehen Sie mich. Viele Wagen fahren die ganze Zeit ein und aus – und überhaupt. – Haufenweise *Minoans*.»
Der Superintendent nickte. Er hatte eben einen Blick aus dem Fenster geworfen. Gerade jetzt standen nicht weniger als acht *Minoan 14* im Hof. Es war die übliche, wohlfeile Automarke dieses Jahres.
«Stellen Sie Ihren Wagen für gewöhnlich über Nacht in die Garage?» fragte Colonel Melchett.
«Kümmere mich nicht viel darum. Schönes Wetter – und überhaupt. Schrecklich langweilig, so ein Auto zu versorgen, wissen Sie.»
Harper wandte sich an den Colonel: «Ich treffe Sie oben, wenn Sie erlauben, Sir. Jetzt will ich nur schnell Sergeant Higgins holen. Er kann eine detaillierte Aussage Mr. Bartletts zu Protokoll nehmen.»
«In Ordnung, Harper.»
Mr. Bartlett murmelte wichtigtuerisch:
«Hab' mir gedacht, ich muß es Ihnen doch sagen – wissen Sie. Könnte Ihnen doch helfen – nicht wahr?»

Mr. Prestcott gewährte seiner zweiten Tänzerin nur Kost und Logis. Wie immer die Kost gewesen sein mochte, das Logis war jämmerlich.
Dei beiden Zimmer von Josephine Turner und Ruby Keene befanden sich am äußersten Ende eines trübseligen und düsteren Korridors. Es waren kleine Räume, gegen Norden gelegen, mit einer Aussicht auf die Felsen, die hinter dem Hotel emporrag-

ten. Die Einrichtung bestand aus schäbigen, ausgemusterten «Prachtstücken», die vor etwa dreißig Jahren die herrschaftlichen Appartements geziert hatten. Jetzt, nachdem das Hotel modernisiert worden war und man in den Schlafzimmern praktische Wandschränke eingebaut hatte, standen die riesenhaften viktorianischen Ungetüme aus Mahagoni- und Eichenholz in den Zimmern der Angestellten und in drittklassigen Gastzimmern, die nur während der Hochsaison vermietet wurden.

Wie Melchett sofort sah, eignete sich die Lage von Ruby Keenes Zimmer vortrefflich dazu, das Hotel unbemerkt zu verlassen. Allerdings waren die Bemühungen, das geheimnisvolle Verschwinden der Tänzerin aufzuklären, durch eben diese örtlichen Umstände außerordentlich erschwert.

Am Ende des Korridors führte eine schmale Treppe hinunter auf einen ebenso düsteren Flur. Hier befand sich eine Glastüre, durch welche man auf eine kaum benützte Seitenterrasse gelangte; von dort aus konnte man auf die große Hauptterrasse des Hotels gehen, oder aber man konnte über einen kleinen Pfad auf die Wiese hinaus und einen Klippenweg entlang wandern, der in sehr schlechtem Zustand war und deshalb nur selten betreten wurde.

Inspektor Slack hatte sich eifrig damit befaßt, die Stubenmädchen zu verhören und Rubys Zimmer nach Spuren abzusuchen. Er hatte das Glück gehabt, den Raum genauso vorzufinden, wie er am Abend vorher verlassen worden war.

Ruby Keene war keine Frühaufsteherin gewesen. Slack stellte fest, daß sie gewöhnlich bis zehn oder halb elf Uhr geschlafen hatte, um dann nach dem Frühstück zu läuten. Da Conway Jefferson sehr früh am Morgen bei dem Hoteldirektor vorgesprochen hatte, war es der Polizei möglich, das Zimmer mit Beschlag zu belegen, bevor eines der Stubenmädchen etwas hätte berühren können. Noch niemand vom Hotelpersonal hatte an diesem Tag den Korridor betreten. Die übrigen Zimmer dieses Hotelflügels wurden jetzt, da keine Hochsaison war, nur einmal in der Woche geöffnet und abgestaubt.

«Alles schön und gut», erklärte Slack mürrisch. «Das bedeutet: *wenn* etwas zu finden wäre, dann hätten wir es gefunden. Aber es ist nichts zu finden.»

Die Polizei von Glenshire hatte das Zimmer schon nach Finger-

abdrücken durchsucht, aber alle vorhandenen waren durchaus unverdächtig. Da waren Rubys eigene Fingerspuren, die von Josie und den beiden Stubenmädchen, welche sich in den Morgen- und Abendservice teilten.
Es fanden sich auch ein paar Fingerabdrücke, die Raymond Starr hinterlassen hatte, als er — gemäß seiner Aussage — mit Josie zusammen seine kleine Partnerin, die nicht zur zweiten Tanznummer erschienen war, suchen wollte.
In den großen Fächern des schweren Mahagoni-Schreibtisches fanden sich Briefe und mancher Kleinkram aufgehäuft. Slack hatte alles sorgfältig durchsucht, aber nichts Aufschlußreiches gefunden. Rechnungen, Quittungen, Programme, Kinokarten, Zeitungsausschnitte, Magazine mit kosmetischen Ratschlägen. Unter den Briefen befanden sich mehrere von «Lil», offenbar eine Freundin aus dem Palais de Danse. Verschiedene kleine Ereignisse und Klatschgeschichten wurden darin erzählt, es wurde versichert, daß man «große Sehnsucht nach Ruby» hatte. «. . . Mr. Findeison fragt so oft nach Dir. Ganz unglücklich, der arme Kerl. Der kleine Freddy hält sich jetzt, da Du fort bist, an May. Barny fragt ab und zu nach Dir. Sonst ist alles so ziemlich beim alten. Mr. Grouser ist zu uns Mädel so gemein wie immer. Ada hat er 'rausgeschmissen, weil sie mit einem Burschen ging . . .»
Slack hatte die erwähnten Namen gewissenhaft notiert. Man würde Nachforschungen anstellen und möglicherweise nützliche Informationen erhalten. Melchett und Harper stimmten ihm zu. Das war aber auch das ganze Ergebnis von Slacks Arbeit in Rubys Zimmer.
In der Mitte des Raumes war das leichte rosa Tanzkleid, das Ruby am frühen Abend getragen hatte, über einen Stuhl geworfen. Ein paar rosa Seidenpumps mit hohen Absätzen lagen achtlos hingeschleudert auf dem Boden. Hauchdünne Seidenstrümpfe fand man zusammengerollt daneben. In einem Strumpf war eine Laufmasche. Melchett erinnerte sich daran, daß die Leiche nackte Beine hatte. Wie Slack zu berichten wußte, war dies eine von Rubys Gewohnheiten gewesen: anstatt Strümpfe zu tragen, schminkte sie ihre Beine und lackierte die Fußnägel; auf diese Weise sparte sie Geld. Nur zum Tanzen zog sie manchmal Strümpfe an. Die Tür des Kleiderschrankes

stand offen. Man sah mehrere wohlfeile Abendkleider und eine Reihe von Schuhen. Etwas Schmutzwäsche befand sich im Wäschesack. Spuren der Maniküre, wie Wattereste mit rotem Lack und abgeschnittene Nägel, lagen zusammen mit gebrauchten Abschminkservietten im Papierkorb — also absolut nichts Ungewöhnliches! Alles Vorgefundene sprach klar und deutlich: Ruby Keene war in ihr Zimmer hinaufgeeilt, hatte sich umgezogen und war wieder weggelaufen — *wohin?*

Josephine Turner, von der man annehmen konnte, daß sie Rubys Leben und Freunde am besten kannte, hatte sich als unfähig erwiesen, zu helfen. Nach Inspektor Slacks Meinung war dies durchaus begreiflich.

«Wenn das, was Sie mir erzählen, wahr ist, Sir — ich meine diese Adoptionsgeschichte —, nun, dann hätte Josie ihr möglichstes getan, um Ruby dazu zu bringen, mit alten Freunden zu brechen, die ihr — sozusagen — in die Suppe spucken könnten. Soviel ich höre, war dieser Mr. Jefferson ganz außer sich darüber, was für ein süßes, unschuldiges, kindliches kleines Goldstück diese Ruby Keene gewesen ist. Angenommen, Ruby hat einen Freund — vielleicht sogar einen ‹schweren Jungen› —, das würde der alte Herr nicht so ohne weiteres schlucken. So muß also Ruby es geheimhalten. Viel weiß Josie keinesfalls über ihre Cousine, über deren Freunde und so weiter. Aber eines hätte sie ganz sicher zu verhindern gesucht, nämlich daß Ruby sich ihre große Chance verdirbt, indem sie die Beziehung mit einem unerwünschten Liebsten weiterführt. Es ist also ganz selbstverständlich, daß Ruby (die nach meiner Meinung ein schlaues kleines Aas war!) ihren Mund hält, wenn sie sich mit einem alten Freund treffen will. Besonders Josie erzählt sie kein Wort davon; denn die würde sagen: ‹Nein, Mädel, das tust du nicht!› Aber Sie wissen ja, wie die Mädchen sind — besonders die jungen —, einem flotten Burschen zuliebe begehen sie die größten Dummheiten. Ruby will ihren Schatz sehen. Er kommt her, hört von dem alten Jefferson und von dem Adoptieren, kriegt einen Koller und dreht dem Mädchen den Hals um.»

«Ich glaube, Sie haben recht, Slack», meinte Colonel Melchett, indem er den Widerwillen, der ihn bei Slacks rauher Art, eine Sache darzustellen, meistens überkam, unterdrückte. «In die-

sem Falle sollte es uns leicht genug werden, die Identität des ‹schweren Jungen› festzustellen.»
«Überlassen Sie das mir, Sir», sagte Slack mit dem ihm eigenen Selbstvertrauen. «Ich werde mir diese ‹Lil› aus dem Palais de Danse mal vornehmen und sie um- und umdrehen wie einen Handschuh. Wir werden die Wahrheit bald heraus haben.»
Melchett fragte sich, ob sie wirklich bald soweit sein würden. Slacks Energie und Tatenlust ermüdeten ihn immer.
«Noch eine andere Person gibt es, von der man vielleicht einen Fingerzeig bekommen könnte», fuhr Slack fort, «und das ist der Tanz- und Tennistrainer. Er muß sehr viel mit der Kleinen zusammen gewesen sein und weiß vielleicht mehr von ihr als Josie. Nicht unwahrscheinlich, daß sie sich ihm gegenüber ein bißchen gehenließ und etwas ausschwatzte.»
«Das habe ich mit Superintendent Harper auch schon besprochen.»
«Gut, Sir; die Stubenmädchen habe ich gründlich ins Gebet genommen! Die wissen gar nichts. Ich habe den Eindruck, daß sie die beiden Tänzerinnen ein wenig verachten. Jedenfalls haben sie sich nicht viel um sie bemüht. Das eine Stubenmädchen war gestern abend um sieben Uhr zuletzt oben, machte das Bett für die Nacht, zog die Vorhänge zu und so weiter. Nebenan ist noch ein Badezimmer, möchten Sie es sehen?»
Das Badezimmer lag zwischen Rubys Zimmer und dem von Josie, das ein wenig größer war. Colonel Melchett wunderte sich im stillen über die Unmengen von Schönheitsmitteln, die Frauen zu benützen imstande sind. Ganze Reihen von Tiegeln mit Gesichtscreme, Reinigungscreme, Deckcreme, Hautnährcreme! Dosen mit Puder in allen Schattierungen. Ein unordentlicher Haufen von verschiedenen Lippenstiften, Brauenstifte und blaue Schminke für die Augenlider. Mindestens zwölf verschiedene Fläschchen mit Nagellack, Abschminkservietten, Wattebausche, gebrauchte Puderquasten, Flaschen mit Teintwasser — Astringent, Tonic, Cleansing usw.
Der Polizeichef murmelte erschüttert: «Wollen Sie behaupten, daß die Frauen all das Zeug *wirklich* gebrauchen?»
Inspektor Slack, der immer alles wußte, war so freundlich, ihn aufzuklären.
«Im Privatleben, sozusagen, benützt eine Dame eine oder zwei

diskrete Pudersorten, eine für den Abend und eine für den Tag. Meistens weiß sie, was ihr gut steht, und bleibt dabei. Aber diese Artistinnen müssen sozusagen immer anders aussehen. Sie haben Tanzvorführungen. Einen Abend ist es ein Tango, und am nächsten ist es ein Biedermeier-Walzer, dann wieder eine Art Apachentanz oder einfach ein moderner Rumba. Und natürlich müssen sie sich jedesmal anders schminken.»
«Du lieber Gott! Kein Wunder, daß die Hersteller dieser Cremes und Mixturen ein Vermögen machen.»
«Leicht verdientes Geld, das kann man wohl sagen, leicht verdientes Geld. Natürlich, die viele Reklame kostet sie auch etwas.»
Colonel Melchett riß sich von dem faszinierenden, jahrhundertealten Problem der weiblichen Verschönerungskunst los. Er wandte sich Harper zu, der eben eintrat:
«Da ist noch dieser Tanzbursche. Nehmen Sie ihn auf sich, Harper?»
«Jawohl, Sir.»
Während sie hinuntergingen, fragte Harper:
«Was halten Sie von Mr. Bartletts Geschichte, Sir?»
«Über seinen Wagen? Ich glaube, Harper, auf diesen jungen Mann muß man ein Auge haben. Faule Geschichte. Angenommen, er hat gestern abend schließlich *doch* Ruby Keene in seinem Wagen ausgeführt?»

Superintendent Harpers Wesen war ruhig, freundlich und sehr zurückhaltend. Diese Fälle, mit welchen sich die Polizei zweier Grafschaften gemeinsam zu befassen hatte, waren immer schwierig. Harper schätzte Colonel Melchett und hielt ihn für einen fähigen Polizeichef. Trotzdem war er froh, dieses Verhör selbst erledigen zu können. Niemals zuviel auf einmal unternehmen, das war Harpers Prinzip. Eine rein sachliche, beinahe unbeteiligte Art der Fragestellung schien ihm für das erste Mal das Richtige. Das flößt dem Verhörten Vertrauen ein und veranlaßt ihn, sich bei einem späteren Verhör rücksichtsloser auszusprechen.
Harper kannte Raymond Starr schon vom Sehen. Eine gute Erscheinung, hochgewachsen, schlank, geschmeidig und charmant,

mit sehr weißen Zähnen im bronzefarbigen Gesicht. Seine Haare waren dunkel, seine Bewegungen voll Anmut. Er hatte angenehme, freundliche Manieren und war bei den Hotelgästen sehr beliebt.

«Ich fürchte, ich kann Ihnen wenig nützen, Herr Superintendent. Natürlich habe ich Ruby ganz gut gekannt, sie war mehr als einen Monat hier. Wir studierten unsere Tänze miteinander ein und so weiter. Aber ich habe wirklich nichts Interessantes zu berichten. Sie war ein ganz nettes, ziemlich dummes Mädchen.»

«Es liegt uns ganz besonders viel daran, etwas über Miss Keenes Bekanntschaften zu erfahren. Über ihre Bekanntschaften mit Männern.»

«Das kann ich mir vorstellen. Aber ich habe keine Ahnung! Sie hatte ein paar Verehrer hier im Hotel, aber gar nichts Besonderes. Wissen Sie, Ruby hat eben fast ausschließlich mit der Familie Jefferson verkehrt.»

«Ja, die Familie Jefferson.» Nachdenklich hielt Harper inne. Er warf dem jungen Mann einen schlauen Blick zu. «Was halten Sie von dieser Angelegenheit, Mr. Starr?»

Kühl erwiderte Raymond Starr: «Von welcher Angelegenheit?»

«Wußten Sie, daß Mr. Jefferson im Begriffe war, Ruby Keene regelrecht zu adoptieren?»

Dies schien dem Tänzer neu zu sein. Er spitzte die Lippen und stieß einen Pfiff aus. Dann rief er:

«So ein schlaues kleines Biest! Na ja, kein Narr ist so närrisch wie ein alter Narr.» — «So sehen Sie also die Sache an?»

«Was soll man denn sonst sagen? Wenn der alte Junge schon jemanden adoptieren wollte, warum suchte er sich dann nicht ein Mädchen aus seiner eigenen Gesellschaftsschicht aus?»

«Hat Ruby Keene Ihnen nie etwas davon erzählt?»

«Nein, nie. Ich habe schon bemerkt, daß sie in letzter Zeit aus irgendeinem Grund mächtig aufgeblasen war, aber ich wußte nicht, weshalb.»

«Und Josie?»

«Ach, ich glaube, Josie muß gewußt haben, was im Gange war. Wahrscheinlich war sie es überhaupt, die diesen Plan ausgeheckt hat. Josie ist nicht dumm. Sie hat einen hellen Kopf auf ihren Schultern, dieses Mädel.»

Harper nickte. Josie hatte Ruby Keene kommen lassen. Josie hatte zweifellos die Freundschaft mit Conway Jefferson begünstigt. Kein Wunder, daß sie sich aufgeregt hatte, als Ruby an jenem Abend nicht zu ihrer Tanznummer erschien und der alte Herr darüber außer sich geriet. Sie mußte fürchten, daß ihre Pläne scheitern könnten.
Der Superintendent fragte:
«Glauben Sie, daß Ruby Keene imstande war, ein Geheimnis zu bewahren?»
«Ja — so gut wie die meisten Mädchen. Sie sprach nicht viel über ihre eigenen Angelegenheiten.»
«Hat sie jemals etwas erwähnt — irgend etwas — über einen Freund — einem aus ihrem früheren Leben, der sie hier besuchen wollte oder mit dem sie Schwierigkeiten hatte? — Sie verstehen ja sicher, was ich meine.»
«Ich verstehe Sie vollkommen. Aber soviel ich weiß, gab es niemanden dieser Art. Jedenfalls sagte sie nie etwas.»
«Danke, Mr. Starr. Wollen Sie mir jetzt, bitte, nur noch Ihre persönliche Darstellung von dem, was gestern abend vorgefallen ist, geben.»
«Gewiß. Um zehn Uhr dreißig absolvierten Ruby und ich unsere Tanznummer — —»
«Bemerkten Sie dabei irgend etwas Ungewöhnliches an ihr?»
Raymond überlegte.
«Ich glaube nicht. Was sie nachher tat, habe ich nicht beachtet. Ich mußte mich um meine Kundinnen kümmern, die Damen, mit denen ich zu tanzen habe, wissen Sie. Ich erinnere mich nur, bemerkt zu haben, daß Ruby nicht mehr im Tanzsaal war. Um zwölf Uhr erschien sie nicht. Ich ärgerte mich sehr und ging deshalb zu Josie. Josie spielte mit den Jeffersons Bridge. Sie hatte keine Ahnung, wo Ruby sein könnte. Ich glaube, sie war ziemlich erschrocken. Ich sah, wie sie Mr. Jefferson verstohlen mit einem ängstlichen Blick streifte. Dann bat ich die Jazzband, noch einen Tanz zu spielen, und ging ins Büro, um Ruby anrufen zu lassen. Es kam keine Antwort. Ich ging zu Josie zurück. Sie vermutete, daß Ruby vielleicht in ihrem Zimmmer eingeschlafen sei. Eine idiotische Vermutung, wirklich. Aber sie hat das natürlich nur wegen den Jeffersons gesagt! Sie kam mit mir und sagte, wir würden zusammen hinaufgehen.»

«Ja, Mr. Starr. Was hat sie gesagt, als sie mit Ihnen allein war?»
«Soweit ich mich erinnern kann, schaute sie sehr wütend drein und sagte: ‹Verdammte kleine Närrin. Solche Sachen kann sie hier nicht aufführen. Sie macht sich all ihre Chancen kaputt. Weißt du, mit wem sie ist?›»
«Ich sagte, ich hätte keine blasse Ahnung. Zuletzt sah ich sie mit dem jungen Bartlett tanzen. Josie sagte: ‹Mit *dem* ist sie nicht losgezogen. Was kann sie bloß treiben? Sie ist doch nicht mit diesem Filmmenschen, wie?›»
Harper sagte heftig:
«*Filmmensch?* Wer ist das?»
«Ich weiß nicht, wie er heißt. Er hat nie hier gewohnt. Sieht sehr merkwürdig aus, der Bursche — schwarzes Haar und ganz theatralisch. Er hat, glaube ich, etwas mit der Filmindustrie zu tun — wenigstens hat er Ruby das erzählt. Zwei- oder dreimal kam er zum Dinner her, und nachher tanzte er mit Ruby. Aber ich glaube nicht, daß sie ihn näher kannte. Darum war ich auch ganz überrascht, als Josie ihn erwähnte. Ich sagte, ich glaube nicht, daß er heute abend hier war. Josie sagte: ‹Na, mit *irgend jemandem* muß sie doch fortgegangen sein. Was um alles in der Welt soll ich denn Jefferson sagen?› Ich sagte, was geht denn das die Jeffersons an? Und Josie sagte, *es geht sie an.* Und dann sagte sie noch, daß sie es Ruby nie verzeihen würde, wenn sie mit dieser Dummheit etwas angerichtet hätte.
Dann kamen wir in Rubys Zimmer. Die war natürlich nicht da, aber sie war dagewesen; denn das Kleid, das sie getragen hatte, lag auf einem Stuhl. Josie schaute im Schrank nach und meinte, Ruby hätte wohl ihr altes weißes Kleid angezogen. Normalerweise hätte sie jetzt ein schwarzes Samtkleid tragen sollen, für unseren spanischen Tanz. Jetzt war ich wirklich schon sehr wütend darüber, daß die Kleine mich so im Stich ließ. Josie tat, was sie konnte, um mich zu beruhigen, und sagte, sie würde selber tanzen, so daß der alte Prestcott uns beiden nichts vorzuwerfen hätte. Sie zog sich um, und dann gingen wir hinunter und tanzten einen Tango — etwas stilisiert, ganz wirkungsvoll, aber nicht anstrengend. Josie war schrecklich verärgert, denn ihr Knöchel tat ihr weh. Nachher bat sie mich, ihr zu helfen, sie wollte die Jeffersons beruhigen. Sie sagte, es sei wichtig. Da hab' ich natürlich getan, was ich konnte.»

Superintendent Harper nickte. Er sagte:
«Danke, Mr. Starr.»
Und er dachte: «Es *war* wichtig, das kann man wohl sagen! Fünfzigtausend Pfund!»
Er blickte Raymond Starr nach, der sich mit elastischen Schritten entfernte, die Treppe der Terrasse hinunterging und unterwegs ein Netz mit Tennisbällen und einen Schläger aufnahm. Mrs. Jefferson, die ebenfalls einen Tennisschläger trug, gesellte sich zu ihm, und beide begaben sich auf den Tennisplatz.
«Verzeihung, Sir.» Sergeant Higgins stand atemlos vor Harper. «Eben ist eine Nachricht für Sie von der Polizeistation gekommen. Arbeiter haben gemeldet, sie hätten heute morgen einen Feuerschein gesehen. Vor einer halben Stunde fand man in einem Steinbruch ein ausgebranntes Auto. Es ist Venns Steinbruch – ungefähr zwei Meilen von hier entfernt. In dem Wagen ist eine verkohlte Leiche.»
Über Harpers kräftige Züge flog ein plötzliches Rot. Er rief:
«Was ist mit Glenshire los? Eine Mordepidemie? Haben Sie noch ein paar Schauerdramen auf Lager?»
Dann fragte er: «Ist die Wagennummer noch erkennbar?»
«Nein, Sir, aber wir können sie natürlich durch die Nummer des Motors feststellen lassen. Man glaubt, daß es ein *Minoan 14* ist.»

8

Als *Sir Henry Clithering* durch die Hotelhalle schritt, sah er sich kaum um. Er war tief in Gedanken versunken. Trotzdem machte sein Unterbewußtsein gewisse Wahrnehmungen, die sich – wie das so geht – unwillkürlich in ihm festsetzten, um zu gegebener Zeit wieder aufzutauchen.
Im Lift überlegte Sir Henry, was wohl seinen Freund plötzlich in so große Aufregung versetzt haben mochte. Conway Jefferson war nicht der Mann, ohne triftigen Grund so dringende Botschaften auszusenden. Also mußte etwas ganz Ungewöhnliches vorgefallen sein.
Jefferson verlor keine Zeit mit Redensarten. Er sagte nur:

«Ich danke dir, daß du gekommen bist. Edwards, bringen Sie Sir Henry etwas zu trinken. Setz dich, Mann. Ich vermute, du hast noch nichts gehört — wie? Es steht wohl noch nichts in den Zeitungen?»
Sir Henry schüttelte den Kopf, seine Neugier erwachte.
«Was ist geschehen?»
«Ein Mord ist geschehen. Ich bin von dem Ereignis betroffen, ebenso deine Freunde, die Bantrys.»
«Arthur und Dolly Bantry?» Clithering schien ungläubig.
«Ja. Du mußt wissen, die Leiche wurde in ihrem Haus gefunden.»
Klar und logisch erzählte Conway Jefferson nun, was geschehen war. Sir Henry lauschte, ohne zu unterbrechen. Beide Männer waren gewöhnt, einer Sache auf den Grund zu gehen. Während seiner Dienstzeit als hoher Kommissar der Polizei in der Hauptstadt war Sir Henry bekannt für seinen scharfen Blick gewesen, mit welchem er die wesentlichsten Punkte eines Falles sofort herausfand.
«Eine ganz ungewöhnliche Geschichte», meinte er, als sein Freund geendet hatte. «Was glaubst du — wie kam es, daß die Bantrys darin verwickelt wurden?»
«Eben das macht mir Sorgen. Siehst du, Henry, die bloße Tatsache, daß ich die Bantrys kenne, muß einen Einfluß gehabt haben. Das ist die einzige Beziehung, die ich sehe. Weder Arthur noch Dolly haben das Mädchen gekannt. Das sagen sie aus — und es besteht kein Grund, daran zu zweifeln. Es ist überhaupt höchst unwahrscheinlich, daß sie Ruby je gesehen haben. Es ist also meiner Meinung nach ganz gut möglich, daß das Mädchen fortgelockt wurde und man ihre Leiche absichtlich im Hause einer mir befreundeten Familie ließ.»
Clithering sagte: «Ich glaube, das ist recht weit hergeholt.»
«Aber es ist doch *möglich*», beharrte der andere.
«Ja, aber unwahrscheinlich. Was willst du eigentlich von *mir*?»
Bitter entgegnete Conway Jefferson:
«Ich bin ein Krüppel. Eine Tatsache, die ich meistens ignoriere — der ich nicht ins Auge schauen mag. Aber jetzt nützt mir das Versteckspiel nichts mehr. Ich kann nicht umhergehen, wie ich will — die Leute ausfragen —, Nachforschungen anstellen. Ich muß hier im Rollstuhl hocken und muß dankbar sein, wenn

die Polizei mir gnädigst ein paar Brocken Neuigkeiten zuwirft. Kennst du übrigens zufällig Colonel Melchett, den Polizeichef von Radfordshire?»

«Ja, ich habe ihn mal getroffen.»

Etwas regte sich in Clitherings Bewußtsein. Ein Gesicht – eine Gestalt, die er beim Durchschreiten der Hall unwillkürlich wahrgenommen hatte: eine aufrechte alte Dame, deren Züge ihm bekannt waren. Irgendwie mußte ihn das an seine letzte Begegnung mit Melchett erinnern ...

Er sagte:

«Mutest du mir zu, den Amateurdetektiv zu spielen? Das liegt mir nicht.»

«Du bist eben *kein* Amateur! Das ist es ja gerade!»

«Ich stehe nicht mehr im Beruf. Du weißt, ich habe mich zurückgezogen.»

Jefferson entgegnete:

«Das vereinfacht die Sache.»

«Du meinst, wenn ich noch in Scotland Yard wäre, könnte ich mich nicht einmischen? Das ist allerdings richtig.»

«Wie die Dinge liegen, bist du durch deine Stellung und deine Erfahrungen absolut berechtigt, dich für diesen Fall zu interessieren. Jede von dir angebotene Mitarbeit wird willkommen sein.»

«Ich gebe zu, daß in formeller Beziehung meiner Teilnahme nichts im Wege stehen würde; aber was willst du nun *wirklich*, Conway? Willst du den Mörder dieses Mädchens finden?»

«Genau das.»

«Du selbst hast keine Ahnung, wer es sein könnte?»

«Keine.»

Sir Henry sagte langsam:

«Du wirst mir wahrscheinlich nicht glauben. Aber unten, in der Hall, hast du jetzt in diesem Augenblick eine Person sitzen, die es meisterhaft versteht, Geheimnisse zu enthüllen. Jemand, der tüchtiger ist als ich und der aller Wahrscheinlichkeit nach in dieser Sache auch verschiedene wichtige lokale Details kennt.»

«Wovon sprichst du?»

«Unten in der Hall, an der dritten Säule links, sitzt eine alte Dame mit einem reizenden, sanften Altjungferngesicht und mit einem Geist, der alle Tiefen des menschlichen Wesens kennt und sie als etwas Alltägliches hinnimmt. Ihr Name ist Miss Marple. Sie kommt aus dem Dorf St. Mary Mead, eineinhalb Meilen von Gossington entfernt. Sie ist mit den Bantrys befreundet. Bei allem, was mit dem Aufspüren eines Verbrechens zusammenhängt, ist sie ganz groß, Conway!»

Mit finster gerunzelten Brauen starrte Jefferson seinen Freund an. Er sagte böse:

«Du scherzest.»

«Nein, ich scherze nicht. Du hast eben von Melchett gesprochen. Zum letztenmal traf ich Melchett anläßlich einer Dorftragödie. Ein Mädchen – man glaubte, es habe sich ertränkt. Die Polizei hatte den berechtigten Verdacht, es sei nicht Selbstmord, sondern Mord gewesen. Man glaubte zu wissen, wer der Täter war. Da kommt die alte Miss Marple zu mir, zitternd und bebend. Sie habe Angst, sagt sie, man würde den Falschen hängen. Sie habe keine Beweise, aber sie wisse, wer es getan hat. Gibt mir ein Stück Papier, auf dem ein Name geschrieben steht. Und, bei Gott, Jefferson – *sie hatte recht!*»

Conway Jeffersons Brauen zogen sich noch dichter zusammen. Ungläubig brummte er:

«Weibliche Intuition, vermutlich.»

«Nein, so nennt sie es nicht. Sie nennt es *Spezialwissenschaft.*»

«Was heißt das?»

«Siehst du, Jeff, es gibt ein System, dessen wir uns bei der Polizei auch bedienen. Bei einem Einbruch wissen wir zum Beispiel meistens ziemlich genau, wer ihn verübt haben könnte. Bei einem unkomplizierten Fall natürlich. Wir kennen die bestimmten Typen von Einbrechern und die bestimmte Methode, mit der jeder von ihnen arbeitet. Das gibt uns entscheidende Anhaltspunkte. Miss Marple wiederum hält sich an interessante, wenn auch oft ganz triviale Parallelfälle aus dem Dorfleben. Sie hat ganze Serien davon auf Lager, vergleicht die Reaktionen und kommt damit oft auf erstaunlich richtige Spuren.»

Jefferson meinte skeptisch:

«Was kann sie schon über ein Mädchen wissen, das in einem Artistenmilieu aufgewachsen ist und wahrscheinlich nie im Leben in einem Dorf war?»

«Sie könnte —» sagte Sir Henry Clithering überzeugt, «gewisse Ideen haben . . .»

Miss Marple errötete vor Freude, als Sir Henry sich ihr näherte.
«Oh, Sir Henry! Das nenne ich wirklich Glück, Sie hier zu treffen!»
Sir Henry erklärte galant:
«Für mich ist es jedenfalls ein großes Vergnügen.»
Miss Marple flüsterte, dunkelrot wie ein Backfisch:
«Wie nett von Ihnen . . .»
«Wohnen Sie hier, im Hotel?»
«Ja, wir sind heute angekommen.»
«*Wir?*»
«Mrs. Bantry ist auch da.» Sie sah ihn scharf an. «Wissen Sie schon? Ja, ich sehe es Ihnen an. Schrecklich, nicht wahr?»
«Was macht denn Dolly Bantry da? Ist ihr Mann auch mit?»
«Nein. Die beiden reagieren natürlich ganz verschieden. Colonel Bantry, der Arme, sperrt sich nur in sein Arbeitszimmer ein oder verkriecht sich draußen auf dem Gut, wenn etwas passiert. Wie eine Schildkröte, die ihren Kopf einzieht und hofft, daß man sie dann nicht bemerkt. Dolly ist anders. *Ganz* anders.»
«Dolly — das glaub' ich!» rief Sir Henry, der seine alten Freunde recht gut kannte. «Sie genießt es beinahe, wie?»
«Na — eh — ja. Das arme Herz.»
«Und *Sie* mußten mitkommen, um für Dolly die Kaninchen aus dem Zylinderhut hervorzuzaubern, wie?»
Miss Marple erwiderte gelassen:
«Dolly meinte, daß eine Ortsveränderung ihr guttun würde, und allein wollte sie nicht fahren.» Ihre Augen trafen sich, sie zwinkerte leicht. «Ihre Darstellung hat übrigens etwas Wahres. Das ist ein bißchen beschämend für mich, weil ich natürlich nicht das geringste zustande bringen werde.»
«Keine ‹Ideen›? Keine Parallelfälle aus dem Dorfleben?»
«Ich kenne den Fall noch sehr wenig.»
«Dem kann ich, glaube ich, abhelfen. Wir wollen Kriegsrat halten, Miss Marple.»
Er gab eine kurze Darstellung der Vorfälle. Miss Marple lauschte mit lebhaftem Interesse.

«Armer Mr. Jefferson», sagte sie. «Was für eine traurige Geschichte. Diese schrecklichen Unfälle! Daß er allein am Leben bleiben mußte, und noch dazu als Krüppel, scheint mir grausamer, als wenn er auch umgekommen wäre.»
«Ja, da haben Sie recht. Darum bewundern ihn auch alle seine Freunde so sehr; wegen der Tapferkeit, mit der er sein Schicksal trägt, mit der er gegen Schmerz und Kummer und körperliche Beschwerden ankämpft.»
«Ja, es ist großartig.»
«Das einzige, was ich von ihm nicht verstehen kann, ist diese plötzliche Zuneigung zu der kleinen Tänzerin. Sie kann natürlich hervorragende Eigenschaften gehabt haben.»
«Wahrscheinlich nicht», sagte Miss Marple sanft.
«Sie glauben?»
«Ich glaube nicht, daß ihre Eigenschaften etwas damit zu tun hatten.»
Sir Henry sah sie nachdenklich an.
«Er ist kein lüsterner alter Mann, wissen Sie.»
«Aber nein, nein!» Miss Marple wurde ganz verlegen. «Das wollte ich absolut nicht andeuten. Ich habe mich schlecht ausgedrückt — ich wollte nur sagen, daß Mr. Jefferson ein nettes, fröhliches Mädchen brauchte, die den Platz seiner verstorbenen Tochter einnehmen konnte. Und Ruby Keene sah ihre große Chance und spielte diese Rolle so gut sie es vermochte! Das klingt vielleicht ein bißchen herzlos, ich weiß, aber solche Fälle habe ich schon oft gesehen. Das junge Dienstmädchen von Mr. Harbottle, zum Beispiel. Ein *sehr* gewöhnliches Mädchen, aber manierlich und freundlich. Mr. Harbottles Schwester wurde zur Pflege eines sterbenden Verwandten abberufen. Bei ihrer Rückkehr war das Mädchen ganz überheblich und frech geworden, saß im Wohnzimmer, lachte und sprach und trug weder Häubchen noch Schürze. Miss Harbottle wies sie scharf zurecht, aber das junge Ding wurde unverschämt. Und dann sagte der alte Harbottle zu seiner Schwester, er sei der Meinung, daß sie ihm lange genug den Haushalt geführt habe und daß er sich jetzt anders einrichten wolle. Sie war wie vom Donner gerührt.
Dieser Skandal im Dorf! Aber die arme Miss Harbottle mußte gehen und wohnt jetzt sehr unbequem in einem möblierten Zimmer in Eastbourne. Die Leute haben natürlich alles mög-

liche geredet. Aber ich glaube nicht, daß Mr. Harbottle intime Beziehungen zu dem Mädchen unterhielt. Es war ganz einfach so, daß es dem alten Herrn viel angenehmer war, ein junges, fröhliches Geschöpf um sich zu haben, das ihm erzählte, wie klug und amüsant er sei, anstelle seiner Schwester, die ihn dauernd auf seine Fehler aufmerksam machte — mochte sie eine noch so gute und sparsame Hausfrau sein.»

Es trat eine kleine Pause ein. Dann begann Miss Marple von neuem:

«Und dann gab es noch die Geschichte mit Mr. Badger, der die große Drogerie hat. Er gab furchtbar an mit einer jungen Person, die in der Abteilung für Schönheitsmittel arbeitete. Sagte seiner Frau, sie wollten sie als Tochter betrachten und sie zu sich ins Haus nehmen. Mrs. Badger war ganz anderer Ansicht.»

Sir Henry meinte: «Wenn sie nur ein Mädchen aus seiner eigenen Gesellschaftsklasse gewesen wäre — das Kind eines Freundes — —»

Miss Marple unterbrach ihn:

«Oh! Aber das wäre von seinem Standpunkt aus lange nicht so befriedigend gewesen. Es ist wie die Geschichte vom König und dem Bettelmädchen. Wenn man wirklich ein einsamer, müder alter Mann ist und wenn einen die eigene Familie vielleicht ein wenig vernachlässigt, dann ist man — —» Sie hielt einen Augenblick inne — «nun, jemanden zu begönnern, der von dieser Großartigkeit ganz überwältigt ist — (ich drücke mich etwas übertrieben aus, aber ich hoffe, Sie verstehen, was ich meine) — ja, das ist viel interessanter. Man fühlt sich viel bedeutender — wie ein leutseliger Monarch! Der empfangende Teil wird eher hingerissen sein, und das ist für den Geber natürlich immer ein angenehmes Gefühl.»

Nach einer Pause fuhr sie fort: «Dieser Mr. Badger, wissen Sie, der kaufte dem Mädchen wirklich phantastische Geschenke. Ein Diamantarmband und ein sehr teures Radio-Grammo. Hat dafür seine Ersparnisse angegriffen. Nun, Mrs. Badger war viel schlauer als die arme Miss Harbottle (die Ehe macht natürlich etwas aus!). Sie nahm sich die Mühe, ein paar Dingen auf die Spur zu kommen. Als Mr. Badger entdeckte, daß sein Schützling es mit einem äußerst zweifelhaften jungen Mann hielt, der seine ganze Zeit auf der Rennbahn verbrachte, und daß sie das Armband sofort versetzt hatte, um ihrem Freund Geld zu geben – nun, da war Mr. Badger direkt angeekelt, und die ganze Geschichte ging gut vorbei. Zum nächsten Weihnachtsfest schenkte er seiner Frau einen Brillantring.»

Ihre hübschen, klugen Augen begegneten denen von Sir Henry. Er fragte sich, ob ihre Worte ein Hinweis sein sollten.

«Wollen Sie damit andeuten, daß die Haltung meines Freundes zu Ruby Keene anders geworden wäre, wenn es einen jungen Mann in ihrem Leben gegeben hätte?»

«Das glaube ich schon. Möglicherweise hätte Mr. Jefferson in ein oder zwei Jahren den Wunsch gehabt, sie nach seinem eigenen Geschmack zu verheiraten. Noch wahrscheinlicher ist es, daß er sie lieber unverheiratet bei sich behalten hätte. Die Männer sind meistens ziemlich egoistisch. Aber ich bin überzeugt, wenn Ruby Keene einen Freund gehabt hat, so ist sie sicher bemüht gewesen, dies streng geheimzuhalten.»

«Und das hätte dem jungen Mann mißfallen?»

«Das wäre sicher die einleuchtendste Erklärung. Es hat mich merkwürdig berührt, daß ihre Cousine, die junge Dame, die heute früh in Gossington war, ausgesprochen *zornig* über Ruby zu sein schien. Nach allem, was Sie mir erzählt haben, glaube ich auch zu verstehen, *warum*. Zweifellos hat sie sich schon darauf gefreut, aus der Adoption ihre Vorteile zu ziehen.» –

«Eine ziemlich kaltherzige Dame, nicht wahr?»

«Das ist vielleicht zu streng geurteilt. Das arme Ding muß sich ihren Lebensunterhalt schwer verdienen. Man kann von ihr nicht viel Sentimentalität verlangen, nur weil zwei wohlhabende Leute – als welche Sie mir Mr. Gaskell und Mrs. Jefferson beschreiben – um eine weitere große Geldsumme kommen sollen, auf die sie keinerlei moralisches Recht haben. Ich halte Miss Turner für eine eigenwillige, ehrgeizige junge Person, keineswegs bösartig, mit sehr viel *joie de vivre*. Ein bißchen», fügte Miss Marple hinzu, «wie Jessie Golden, die Tochter des Bäckers.»

«Was ist mit der passiert?»

«Sie war Kinderpflegerin und heiratete den Sohn des Hauses, der gerade auf Urlaub daheim war. Er hat eine schöne Stellung in Indien. Sie ist eine sehr brave Ehefrau geworden, glaube ich.»

Sir Henry ging über diese interessante, abschweifende Happyendgeschichte hinweg und kam wieder zur Sache.
«Gibt es nach Ihrer Ansicht einen bestimmten Grund, aus dem mein Freund plötzlich diesen ‹König-und-Bettelmädchen-Komplex› entwickelt hat?»
«Das könnte wohl sein.»
«Und zwar?»
Etwas zögernd erwiderte Miss Marple:
«Ich halte es für möglich – es ist natürlich nur eine Vermutung – daß sein Schwiegersohn und seine Schwiegertochter sich vielleicht wieder verheiraten wollten.»
«Dagegen könnte er doch gewiß nichts einzuwenden haben?»
«Oh, nein, nein – *einwenden* würde er nichts! Aber Sie müssen es einmal von *seinem* Standpunkt aus betrachten. Sehen Sie, er hat eine furchtbare Erschütterung erlitten, einen entsetzlichen Verlust – die beiden jungen Leute ebenfalls. Diese drei verwaisten Menschen leben nun zusammen, und das Band zwischen ihnen ist der Schmerz um die geliebten Verstorbenen. Aber – wie meine gute Mutter immer sagte – die Zeit heilt alle Wunden. Mr. Gaskell und Mrs. Jefferson sind jung. Ohne es selbst zu wissen, haben sie wohl angefangen, unruhig zu werden, sich gegen die Fesseln, die sie an ihr vergangenes Leid schmieden, aufzubäumen. Infolgedessen mag es geschehen sein, daß der alte Herr plötzlich fühlte, wie sich die Wärme und Zuneigung seiner Schwiegerkinder ihm gegenüber abzukühlen begann, ohne daß er eine Ursache dafür hätte entdecken können. So geht es meistens. Die Männer fühlen sich so leicht vernachlässigt. Bei Mr. Harbottle kam es, weil Miss Harbottle zu den Verwandten reiste. Und bei den Badgers, weil Mrs. Badger sich so für Spiritismus interessierte und zu den Seancen ging.»
«Ich muß sagen», erklärte Sir Henry bedrückt – «die Art, wie Sie uns alle über einen Leisten schlagen, ist mir sehr peinlich.»
Miss Marple schüttelte traurig den Kopf.
«Die Menschen sind überall so ziemlich gleich, Sir Henry.»
Verärgert rief Henry Clithering:
«Mr. Harbottle! Mr. Badger! Und der arme Conway! Ich möchte nicht persönlich werden, aber haben Sie vielleicht für meine Wenigkeit auch schon einen Doppelgänger in Ihrem Dorf entdeckt?»

«Aber gewiß! Briggs.»
«Wer ist Briggs?»
«Er war der Obergärtner in Old Hall. Der beste, den sie je hatten. Er wußte es *genau*, wenn einer der Untergärtner irgendwo im Park nachlässig arbeitete – es war direkt unheimlich! Er kam mit nur drei Mann und einem Burschen aus, und alles war besser gehalten, als wenn ein anderer mit sechs Leuten geschafft hätte. Für seine Wicken hat er mehrere erste Preise bekommen. – Jetzt hat er sich zurückgezogen.»
«So wie ich.»
«Aber manchmal nimmt er noch Gelegenheitsarbeit an – wenn ihm die Leute sympathisch sind.»
«Ah – wiederum so wie ich! Das mache ich gerade jetzt – Gelegenheitsarbeit –, um einem alten Freund zu helfen.»
«Zwei alten Freunden.»
«Zwei – –?» Sir Henry war etwas verdutzt.
Miss Marple erklärte:
«Wahrscheinlich meinen Sie Mr. Jefferson. Aber an den habe ich nicht gedacht. Ich dachte an Colonel Bantry und seine Frau.»
«Ja – ach ja – ich verstehe – –» Dann fragte er unvermittelt: «Haben Sie Dolly Bantry deshalb ‹armes Herz› genannt – vorhin, zu Beginn unseres Gespräches?»
«Ja. Sie hat die Situation noch nicht erfaßt. *Ich* schon, denn ich habe mehr Erfahrung. Sehen Sie, Sir Henry, es besteht eine starke Möglichkeit, daß dieses Verbrechen eines der vielen sein wird, die niemals aufgeklärt werden. So wie die Sache in Brighton mit der Leiche im Koffer. Aber in unserem Fall wäre es für die Bantrys geradezu katastrophal. Colonel Bantry ist, wie übrigens fast alle pensionierten Militärs, anormal empfindlich. Er ist von der öffentlichen Meinung sehr abhängig. Eine Weile wird er nichts bemerken. Aber dann wird es anfangen, ihm zuzusetzen. Hier ein kühles Wort – dort ein abweisender Blick – Einladungen werden nicht angenommen, Ausreden werden vorgebracht – und nach und nach wird es ihm aufdämmern – und er wird sich in sich selbst zurückziehen und schrecklich elend und verzweifelt sein.»
«Wenn ich Sie recht verstehe, Miss Marple, so meinen Sie, die Leute werden glauben, daß *er* etwas damit zu tun habe, weil die Leiche in seiner Bibliothek gefunden wurde?»

«Natürlich! Ich zweifle nicht daran, daß sie es jetzt schon behaupten. Es wird immer ärger werden. Man wird den Bantrys die kalte Schulter zeigen und wird sie meiden. Darum *muß* die Wahrheit ans Licht kommen, und darum habe ich auch eingewilligt, Mrs. Bantry hierher zu begleiten. – Eine offene Anklage ist etwas anderes. Einem alten Soldaten wird es leichtfallen, ihr zu begegnen. Er kann sich entrüsten, er kann kämpfen. Aber dieses heimliche Getuschel wird ihn zerbrechen – wird alle beide zerbrechen. Sie sehen also, Sir Henry, wir *müssen* einfach die Wahrheit herauskriegen.»

«Haben Sie eine Idee, warum die Leiche gerade in Bantrys Haus gefunden wurde? Dafür muß es doch eine Erklärung geben – gewisse Zusammenhänge!»

«Das Mädchen wurde zum letztenmal etwa zwanzig Minuten vor elf Uhr gesehen. Um Mitternacht war sie, nach ärztlichem Befund – schon tot. Gossington ist etwa achtzehn Meilen von hier entfernt. Sechzehn Meilen guter Fahrweg, und dann kommt man auf die Hauptstraße. Ein starker Wagen könnte es leicht in einer knappen halben Stunde machen. Tatsächlich würde kein Wagen länger als fünfunddreißig Minuten brauchen. Aber warum jemand sie hier töten sollte und dann ihre Leiche nach Gossington schleppen – oder sie nach Gossington bringen, um sie dort zu erdrosseln –, das weiß ich nicht.»

«Natürlich wissen Sie das nicht, weil es nicht geschehen ist.»

«Sie glauben also, daß sie von einem Burschen erwürgt wurde, der sie im Auto mitgenommen hatte und der sich dann entschloß, sie ins erstbeste Haus hineinzupraktizieren?»

«Ich glaube nichts Derartiges. Ich glaube, daß alles nach einem sehr sorgfältig ausgearbeiteten Plan durchgeführt wurde. Die Sache ist nur die – – der Plan mißlang.»

Sir Henry starrte sie an.

«Wieso mißlang der Plan?»

Miss Marple sagte beinahe entschuldigend:

«So etwas kann doch vorkommen, nicht wahr? Wenn ich jetzt sagen würde, daß gerade dieser Plan mißlang, weil die menschliche Seele soviel wunderbarer, empfindsamer und unberechenbarer ist, als man denkt – so würde das nicht sehr logisch klingen – nicht wahr? Aber das ist meine Meinung – und – –»

Sie brach ab. «– und da kommt Mrs. Bantry.»

9

Mrs. Bantry, die in Begleitung von Adelaide Jefferson war, ging auf Sir Henry zu und rief: «*Sie?*»
«Ja – ich persönlich.» Er nahm ihre beiden Hände und drückte sie warm. «Ich kann Ihnen nicht sagen, wie leid mir das alles tut, Mrs. B.»
Mrs. Bantry erwiderte mechanisch:
«*Nennen Sie mich nicht Mrs. B.*» Dann fuhr sie fort: «Arthur ist nicht da. Er nimmt die ganze Geschichte sehr ernst. Miss Marple und ich sind hergekommen, um Detektiv zu spielen. Kennen Sie Mrs. Jefferson?»
«Ja, natürlich.»
Sie begrüßten einander. Adelaide fragte:
«Haben Sie meinen Schwiegervater schon gesprochen?»
«Ja.»
«Das freut mich. Wir sind besorgt um ihn. Es war ein furchtbarer Schlag.»
Mrs. Bantry schlug vor:
«Wir wollen auf die Terrasse gehen, etwas trinken und alles besprechen!»
Die vier begaben sich hinaus und trafen dort Mark Gaskell, der ganz allein am äußersten Ende der Terrasse saß.
Nachdem ein paar gleichgültige Worte gewechselt und die verschiedenen Getränke gebracht worden waren, stürzte sich Mrs. Bantry mit dem ihr eigenen Eifer sofort mitten in das Thema, das allen am Herzen lag.
«Wir können doch darüber sprechen, nicht wahr? Wir alle sind doch alte Freunde – bis auf Miss Marple – und die kennt sich mit Verbrechen aus! Sie will uns helfen.»
Mark Gaskell sah Miss Marple etwas irritiert an. Unsicher fragte er:
«Sind Sie – schreiben Sie Detektivromane?» Wie er wußte, schrieben manchmal Personen, von denen man es niemals für möglich halten würde, Detektivromane. Miss Marple in ihren unmodernen Altjungfernkleidern schien so ein Fall zu sein.
«O nein – dazu bin ich bei weitem nicht geschickt genug!»
«Sie ist großartig –», rief Mrs. Bantry ungeduldig, «– ich kann euch nicht erklären, wieso – aber sie ist wirklich großartig!

Also Addie, ich möchte jetzt mal alles über die Sache wissen. Wie war sie *wirklich* — diese Tänzerin?»
«Nun — —», Adelaide Jefferson hielt inne, blickte zu Mark hinüber und sagte lachend: «Du bist so geradeaus.»
«War sie dir sympathisch?»
«Nein, natürlich nicht.»
«Wie war sie nun wirklich?» Dolly Bantry ging mit ihrem Verhör auf Mark Gaskell über. Der überlegte.
«Eine ganz gewöhnliche ‹Goldgräberin›. Und sie verstand ihr Handwerk. Hat sich Jeff ganz hübsch geködert.»
Beide nannten ihren Schwiegervater Jeff.
Sir Henry schaute Mark mißbilligend an und dachte: «Indiskreter Bursche. Sollte nicht alles so heraussagen.»
Er hatte Mark Gaskells Wesen schon immer mißbilligt. Der Mann war charmant, aber unzuverlässig — sprach zuviel, prahlte öfters — man konnte ihm nicht so recht trauen, dachte Henry Clithering. Manchmal hatte er sich gefragt, ob wohl Conway Jefferson diese Ansicht teilte.
«Aber konntet ihr denn nichts dagegen tun?» fragte Mrs. Bantry.
«Vielleicht hätten wir es tun können —», entgegnete Mark trocken, «wenn wir es rechtzeitig bemerkt haben würden.» Er warf seiner Schwägerin einen Blick zu. Sie errötete leicht. Der Blick war vorwurfsvoll gewesen.
«Mark meint», erklärte sie, «ich hätte es voraussehen müssen.»
«Du hast den alten Jungen zuviel allein gelassen, Addie, Tennisstunden und all das.»
«Ich mußte doch ein bißchen Bewegung haben», verteidigte sie sich. «Wie konnte ich mir träumen lassen, daß — —»
«Nein. Keiner von uns hat sich das je träumen lassen. Jeff war immer ein so vernünftiger, klardenkender alter Junge.»
Miss Marple beteiligte sich nun an der Konversation.
«Männer —», sagte sie in ihrer altjungfräulichen Art, das andere Geschlecht zu erwähnen, als handle es sich um eine Horde wilder Tiere, «— sind meistens keineswegs so klardenkend, wie sie scheinen.»
«Da haben Sie wirklich recht», sagte Mark. «Unglücklicherweise haben wir das nicht bedacht, Miss Marple. Wir fragten uns, was wohl der alte Junge an dieser langweiligen, raffinier-

ten kleinen Talmischönheit fände. Wir dachten, sie sei ganz harmlos. Harmlos! Ich wollte, ich hätte ihr den Hals umgedreht!»

«Mark», sagte Addie, «du mußt dir wirklich ein bißchen überlegen, was du sprichst.»

Er lächelte sie gewinnend an.

«Ja, du hast recht. Sonst werden die Leute noch denken, daß ich ihr *wirklich* den Hals umgedreht habe. Na ja, ich bin wahrscheinlich sowieso verdächtig. Wenn irgend jemand daran interessiert war, das Mädchen tot zu sehen, so waren es Addie und ich.»

«Mark», rief Mrs. Jefferson halb lachend und halb ärgerlich, *«wirklich, sprich nicht so!»*

«Schon gut, schon gut», sagte Mark Gaskell friedfertig, «aber ich rede gerne so, wie ich denke. Fünfzigtausend Pfund wollte unser verehrter Schwiegervater diesem halbwüchsigen, ordinären Flittchen aussetzen!»

«Mark, hör auf — sie ist tot.»

«Ja, sie ist tot, das arme Wurm. Und schließlich, warum sollte sie die Waffen nicht nützen, die sie von der Natur mitbekommen hat? ‹Wer bin ich, daß ich richten dürfte?› Habe selbst in meinem Leben allerhand Gemeinheiten begangen. Nein, nein, wir wollen sagen, Ruby hatte das Recht, berechnend, habgierig und raffiniert zu sein. Und wir waren Trottel, daß wir nicht früher gemerkt haben, was gespielt wurde.»

Sir Henry fragte:

«Was haben Sie denn gesagt, als Conway Ihnen seine Absicht, das Mädchen zu adoptieren, mitteilte?»

Mark hob die Schultern.

«Was konnten wir sagen? Addie, immer eine kleine Dame, zeigte bewundernswerte Selbstbeherrschung. Setzte ein tapferes Gesicht auf. Ich tat, was ich konnte, um ihrem Beispiel zu folgen.»

«Na, *ich* hätte einen schönen Krach geschlagen!» rief Mrs. Bantry.

«Offen gesagt, hatten wir gar kein Recht dazu, einen Krach zu machen. Es ist Jeffs Geld! Wir sind nicht blutsverwandt. Er war sowieso immer verdammt nett zu uns. Es blieb uns nichts anderes übrig, als in den sauren Apfel zu beißen.» Nach-

denklich fügte er hinzu: «Aber sehr heiß haben wir die kleine Ruby nicht geliebt.» Adelaide Jefferson meinte:
«Wenn das Mädchen nur anders gewesen wäre. Jeff hat zwei Patenkinder, wissen Sie. Wenn es eines von diesen gewesen wäre – gut, dann hätte man es wenigstens *verstanden.*» Mit einem Hauch von Gekränktheit fügte sie hinzu: «Und Jeff schien Peter immer so gern zu haben.»
«Natürlich wußte ich immer, daß Peter das Kind deines ersten Mannes ist – aber ich dachte gar nicht mehr daran», erklärte Mrs. Bantry. «Für mich war er immer Mr. Jeffersons Enkel.»
«Für mich auch», sagte Adelaide. Ihre Stimme hatte bei diesen Worten einen Klang, der Miss Marple veranlaßte, sich in ihrem Stuhl umzudrehen und die junge Frau anzublicken.
«Josie war schuld», rief Mark. «Josie hat sie hergebracht.»
Adelaide meinte:
«Aber du glaubst doch sicher nicht, daß sie das *absichtlich* gemacht hat? Nicht wahr? Mark, du hast doch Josie immer so gern gehabt!»
«Ja, ich habe sie gern gehabt. Ich hielt sie für einen guten Kameraden.»
«Es war ein purer Zufall, daß sie die Kleine herbrachte.»
«Josie ist ein kluges Mädchen, meine Liebe.»
«Ja, aber sie konnte doch nicht voraussehen – – –»
«Nein, das konnte sie nicht. Das gebe ich zu. Ich behaupte auch nicht, daß sie sich diesen ganzen Plan ausgedacht hat und den guten Jeff durch Ruby einfangen wollte. Aber ich zweifle nicht, daß sie schon lange gewittert hat, woher der Wind bläst. Lange bevor wir etwas bemerkten, und sie hat mit keinem Wort gewarnt.»
Adelaide seufzte.
«Auch daraus kann man ihr keinen Vorwurf machen.»
«Man kann keinem Menschen einen Vorwurf machen!»
Mrs. Bantry fragte:
«War Ruby Keene sehr hübsch?»
Mark starrte sie an. «Ich dachte, Sie hätten sie – –»
Hastig erwiderte Mrs. Bantry:
«O ja, ich habe sie gesehen – ihre Leiche. Aber sie ist doch erwürgt worden, wissen Sie. Und da kann man nicht wissen – –»
Sie schauderte.

Mark sagte nachdenklich:
«Meiner Meinung nach war sie überhaupt nicht hübsch. Ohne *Make-up* wäre sie beinahe häßlich gewesen. Ein mageres, kleines Proletariergesicht, ein viel zu kurzes Kinn, winzige, eingebogene Mäusezähnchen, eine undefinierbare Nase — —»
«Das klingt ja abstoßend», rief Mrs. Bantry.
«O nein, das war sie nicht. Wie ich Ihnen schon sagte, mit ziemlich viel Schminke brachte sie es fertig, ganz gut auszusehen. Findest du nicht auch, Addie?»
«Ja, so eine Seifenschachtel-Schönheit, rosa und weiß. Sie hatte hübsche blaue Augen.»
«Mit einem so unschuldigen Babyblick. Die Wimpern tuschte sie sich ganz schwarz, damit die Augen noch blauer wirken sollten. Ihr Haar war natürlich gebleicht. Wirklich, wenn ich es mir so überlege, dann hatte sie in ihren Farben — es waren künstliche Farben, aber immerhin — in ihren Farben hatte sie eine ganz leise Ähnlichkeit mit Rosamund, meiner Frau, wissen Sie. Ich glaube wohl, daß es vor allem *das* war, wodurch sie die Aufmerksamkeit des alten Herrn auf sich lenkte.»
Er seufzte.
«Ja, ja, eine böse Sache. Das Schreckliche dabei ist, daß Addie und ich nicht umhin können, froh zu sein, daß sie tot ist — —»
Er unterdrückte einen Widerspruch seiner Schwägerin.
«Es nützt nichts, Addie; ich weiß, was du fühlst. Ich fühle genauso. Und ich will mich nicht verstellen! Aber gleichzeitig — Sie werden mich vielleicht verstehen — tut mir die ganze Sache wegen Jeff wahnsinnig leid. Es hat ihn sehr schwer getroffen. Ich — —»
Mark hielt inne und starrte auf die Türe, die von der Hotelhalle nach der Terrasse führte.
«Sieh mal an — wer kommt denn da? Was bist du doch für eine skrupellose Frau, Addie.»
Mrs. Jefferson blickte über ihre Schulter zurück, stieß einen Ruf aus und erhob sich, während eine leichte Röte ihr Gesicht bedeckte. Schnell schritt sie über die Terrasse und trat zu einem hochgewachsenen Mann in mittleren Jahren mit schmalem, braunem Gesicht, der sich verlegen umsah.
Mrs. Bantry fragte: «Ist das nicht Hugo McLean?»
Gaskell bestätigte:

«Das ist Hugo McLean. Alias William Dobbin.»
«Er ist sehr treu, nicht wahr?» flüsterte Mrs. Bantry.
«Er ist Addie ergeben wie ein Hund», sagte Mark, «sie braucht nur zu pfeifen, und Hugo kommt angetrabt, und sei es vom anderen Ende der Welt. Er hofft eben immer, daß sie ihn eines Tages heiraten wird. Und ich glaube, sie *wird* ihn auch heiraten.»
Miss Marple sah strahlend nach den beiden hin. «Ich verstehe! Ein Roman!»
«Ein ganz altmodischer», versicherte ihr Mark. «Das geht schon seit Jahren. Addie ist eben so eine Frau.» Gedankenvoll fügte er hinzu: «Ich vermute, daß Addie ihm heute früh telefoniert hat. Davon hat sie mir aber nichts erzählt.»
Edwards kam bescheiden auf die Terrasse und blieb neben Mark stehen.
«Verzeihung, Sir. Mr. Jefferson läßt Sie bitten, zu kommen.»
«Ich komme sofort.» Mark sprang auf. Er nickte den anderen zu, rief: «Bis nachher» und ging.
Sir Henry beugte sich zu Miss Marple.
«Nun, was halten Sie von den beiden Herrschaften, die durch dieses Verbrechen soviel gewonnen haben?»
Miss Marple blickte Adelaide Jefferson, die sich mit ihrem alten Freund unterhielt, nachdenklich an.
«Ich glaube, daß sie eine sehr zärtliche Mutter ist.»
«Ja, das ist sie», bestätigte Mrs. Bantry. «Sie vergöttert den kleinen Peter.»
«Sie ist eine von diesen Frauen», erklärte Miss Marple, «die jedermann gern hat. Eine Frau, die immer wieder und wieder heiraten könnte. Damit meine ich nicht, daß sie der *Weibchen-Typ* ist — das wäre etwas ganz anderes.»
«Ich weiß, was Sie meinen», sagte Sir Henry.
«Ich weiß, was Sie beide meinen», rief Mrs. Bantry, «Adelaide ist ganz einfach eine gute Zuhörerin.»
Sir Henry lachte. «Und Mark Gaskell?»
«Ah», machte Miss Marple, «ein dunkler Ehrenmann.»
«Ich bitte um einen Parallelfall aus Ihrem Dorf.»
«Mr. Cargill, der Bildhauer. Er brachte viele Leute dazu, verschiedenes aus ihren Häusern machen zu lassen, wozu sie eigentlich nie die Absicht gehabt hatten. Und was er ihnen für

Rechnungen stellte! Aber er konnte ihnen immer einreden, daß seine Forderungen recht und billig seien. Ein dunkler Ehrenmann. Er machte eine Geldheirat. Das hat Mr. Gaskell auch getan, soviel ich höre.»

«Er gefällt Ihnen nicht?»

«Doch, er gefällt mir. Er gefällt wohl den meisten Frauen. Aber ich falle ihm nicht hinein. Er ist sehr anziehend, aber es ist vielleicht ein bißchen unklug von ihm, soviel zu reden.»

«Unklug ist das richtige Wort», bemerkte Sir Henry. «Mark wird sich noch Unannehmlichkeiten zuziehen, wenn er nicht besser aufpaßt.»

Ein schlanker junger Mann in weißem Flanellanzug kam die Stufen der Terrasse herauf und hielt einen Augenblick inne, als er Adelaide Jefferson und Hugo McLean erblickte.

«Und dies», sagte Sir Henry bedeutungsvoll, «ist X, den wir auch noch in unseren Interessenkreis einbeziehen müssen. Er ist der Tennistrainer und Eintänzer Raymond Starr, Ruby Keenes Partner.»

Miss Marple betrachtete den jungen Mann neugierig.

«Er ist sehr hübsch, nicht wahr?»

«Ja, ich glaube.»

«Seien Sie nicht absurd, Sir Henry», fiel Mrs. Bantry ein, «da gibt es kein ‹ich glaube›. Er ist ein schöner Mensch!»

Miss Marple flüsterte:

«Mrs. Jefferson hat Tennisunterricht genommen, das hat sie doch vorhin gesagt, nicht wahr?»

«Meinst du damit etwas Bestimmtes, Jane, oder nicht?»

Miss Marple hatte keine Möglichkeit mehr, auf diese überraschende Frage zu antworten. Peter Carmody kam über die Terrasse und trat zu ihnen. Er wandte sich an Sir Henry:

«Hören Sie, sind Sie auch ein Detektiv? Ich habe gesehen, wie Sie mit dem Superintendenten gesprochen haben. Der Dicke ist doch Superintendent, nicht wahr?»

«Jawohl, mein Sohn.»

«Und jemand hat mir erzählt, daß Sie ein schrecklich wichtiger Detektiv aus London sind. Der Erste von Scotland Yard oder so etwas Ähnliches.»

«Der Erste von Scotland Yard ist in den Detektivromanen meistens ein vollkommener Trottel, nicht wahr?»

«O nein, heutzutage nicht mehr. Es ist sehr altmodisch, die Polizei lächerlich zu machen. Wissen Sie schon, wer der Mörder ist?»
«Nein. Ich fürchte, noch nicht.»
«Macht dir das Ganze großen Spaß, Peter?» fragte Mrs. Bantry.
«Na ja, ziemlich großen. Es ist doch mal eine Abwechslung, nicht wahr. Ich war auf der Jagd nach Spuren, aber ich hatte kein Glück. Immerhin habe ich ein Andenken. Möchten Sie es gerne sehen? Denken Sie nur, Mutter wollte, daß ich es wegwerfe! Ich finde, Eltern sind manchmal wirklich unvernünftig!»
Er holte aus seiner Tasche eine kleine Zündholzschachtel, öffnete sie und zeigte ihren kostbaren Inhalt.
«Schau'n Sie – *es ist ein Fingernagel! Ihr Fingernagel!* Ich werde auf die Schachtel schreiben: *Fingernagel der Ermordeten* und ihn in die Schule mitnehmen. Eine schöne Erinnerung, finden Sie nicht?»
«Woher hast du es?» fragte Miss Marple.
«Es war wirklich ein Glücksfall. Denn *damals* wußte ich natürlich noch nicht, daß sie ermordet werden würde. Es war gestern abend, vor dem Dinner. Ruby verfing ihren Nagel in Josies Shawl und riß ihn ein – den Nagel, meine ich. Mummy hat ihr ihn abgeschnitten und mir gegeben und gesagt, wirf ihn in den Papierkorb, und das wollte ich auch eigentlich tun, aber dann hab' ich's vergessen und ihn in die Tasche gesteckt – den Nagel, meine ich – und heute früh habe ich mich daran erinnert und hab' schnell nachgeschaut, ob er noch da ist – und er war noch da – und jetzt hab' ich ihn also – als Andenken!»
«Ekelhaft!» rief Mrs. Bantry, und Peter fragte höflich:
«Ja? Finden Sie?»
«Hast du noch andere solche ‹Souvenirs›?» forschte Sir Henry.
«Na, ich weiß nicht. Ich hab' etwas, das vielleicht eines sein könnte.»
«Erkläre dich näher, junger Mann!»
Peter überlegte. Dann zog er einen Briefumschlag aus der Tasche und brachte eine braune, faserige Substanz zum Vorschein, die er darin aufbewahrt hatte.
«Ein kleines Stück vom Schuhband von diesem Kerl, George Bartlett. Ich sah heute früh seine Schuhe vor seiner Zimmertür

stehen – und da habe ich ein Stück Schuhband geklaut – nur so – für den Fall, daß –»

«Für den Fall, daß was?»

«Für den Fall, daß er der Mörder ist, natürlich. Er war doch der letzte, der sie gesehen hat, und das ist immer entsetzlich verdächtig, wissen Sie. Glauben Sie, ist es bald Zeit zum Dinner? Ich bin entsetzlich hungrig! Die Zeit zwischen Tee und Dinner kommt mir immer so lang vor. Hallo, da ist ja Onkel Hugo! Ich wußte gar nicht, daß Mummy ihn gebeten hat, herzukommen. Sie ruft ihn immer, wenn sie in der Tinte sitzt. Da kommt Josie! Heh, Josie!»

Josie, die über die Terrasse daherkam, blieb stehen und sah sehr erstaunt aus, als sie Mrs. Bantry und Miss Marple erkannte.

Mrs. Bantry begrüßte sie liebenswürdig:

«Guten Tag, Miss Turner. Wir sind hergekommen und wollen ein wenig Detektiv spielen.»

Josie blickte sich unbehaglich um. Sie sagte mit gedämpfter Stimme:

«Es ist scheußlich. Niemand weiß es noch. Es steht nämlich noch nicht in den Zeitungen. Jetzt werden mich wahrscheinlich alle ausfragen, und das ist so unangenehm. Ich weiß gar nicht, was ich sagen soll.»

Ihre Augen wanderten beinahe hilfesuchend zu Miss Marple, welche bemerkte: «Ja, ich fürchte, es wird für Sie eine ziemlich schwierige Situation werden.»

Josie tat diese Teilnahme wohl.

«Sehen Sie, Mr. Prestcott sagte mir: ‹Sprechen Sie nicht darüber.› Das ist ja schön und gut, aber ganz bestimmt wird mich jeder fragen, und man kann doch die Leute nicht beleidigen, nicht wahr? Mr. Prestcott sagte, er hoffe, ich sei imstande, meine Arbeit fortzuführen wie bisher. Er war sehr ungehalten wegen der ganzen Affäre, darum will ich mich natürlich bemühen, alles so gut wie möglich zu machen. Ich weiß aber wirklich nicht, warum alles meine Schuld sein soll.»

Sir Henry wandte sich ihr zu.

«Erlauben Sie mir, eine offene Frage an Sie zu richten?»

«Oh, bitte, fragen Sie mich doch nur, was immer Sie wollen», erwiderte Josie nicht ganz aufrichtig.

«Gab es zwischen Mrs. Jefferson, Mr. Gaskell und Ihnen irgendwelche Unannehmlichkeiten wegen dieser Sache?»
«Sie meinen, wegen des Mordes?»
«Nein, ich meine nicht wegen des Mordes.»
Josie stand da und preßte ihre Finger zusammen. Sie erwiderte schwerfällig: «Unannehmlichkeiten? Ja und nein — wenn Sie verstehen, was ich damit sagen will. Keiner hat darüber *gesprochen*. Aber ich fürchte, sie machen mir doch einen Vorwurf — ich meine, daß Mr. Jefferson so eine Schwäche für Ruby hatte. Ich kann aber doch nichts dafür — nicht wahr? So etwas geschieht — und früher habe ich nie davon geträumt, daß es geschehen könnte — nie — keine Sekunde! Ich war selbst ganz sprachlos.»
Die Worte rangen sich mit offenbar unzweifelhafter Ehrlichkeit von ihren Lippen. — Sir Henry sprach freundlich:
«Das glaube ich Ihnen gerne. Aber als es nun mal *geschehen war*?» — Josies Kinn hob sich.
«Nun, das war ein richtiger Glücksfall, nicht wahr? Jeder Mensch hat doch das Recht, einmal im Leben Glück zu haben.»
Sie blickte von einem zum andern, ein wenig kriegerisch und ein wenig fragend. Dann ging sie über die Terrasse und trat in das Hotel.
Peter meinte kritisch:
«Ich glaube eigentlich nicht, daß *sie's* gemacht hat.»
Miss Marple murmelte:
«Interessant ist dieses Stück Fingernagel. Ich habe mir schon Gedanken gemacht, wissen Sie — wie man sich die Fingernägel erklären soll.»
«Nägel?» fragte Sir Henry.
«Die Nägel des ermordeten Mädchens», erklärte Mrs. Bantry. «Sie waren ganz kurz. Jetzt, da Jane davon spricht, kommt es mir auch etwas merkwürdig vor. Solche Mädchen haben doch meistens direkt Krallen.»
Miss Marple setzte fort:
«Aber Ruby Keene hat eben ihren einen Nagel eingerissen und mußte deshalb auch die anderen ganz kurz abschneiden, damit es nicht auffällt. Hat man wohl Nägelschnipsel in ihrem Zimmer gefunden?»
Sir Henry betrachtete das alte Fräulein neugierig.

«Ich werde Harper fragen, sobald er zurückkommt.»
«Von wo zurück? Er ist doch nicht nach Gossington gefahren – oder?»
Sir Henry erwiderte ernst:
«Nein. Es hat sich wieder eine Tragödie abgespielt. Man hat in einem Steinbruch einen fast verbrannten Wagen gefunden – –»
Miss Marple hielt einen Augenblick den Atem an.
«War jemand in dem Wagen?»
«Ich fürchte – ja.»
Miss Marple meinte nachdenklich:
«Das wird wahrscheinlich die vermißte Pfadfinderin sein. – Patience – nein, Pamela Reeves.»
Sir Henry starrte sie an.
«Was in aller Welt, bringt Sie auf diesen Gedanken, Miss Marple?» – Miss Marple errötete tief.
«Nun, es wurde doch im Radio verkündet, daß sie vermißt sei – daß sie gestern abend nicht nach Hause gekommen ist. Und sie ist in Daneleigh Vale zu Hause; das ist nicht sehr weit von hier entfernt. Zuletzt wurde sie bei einer Pfadfinderinnen-Übung in den Danebury Downs gesehen. Das ist ganz nah. Sie mußte tatsächlich auf ihrem Heimweg durch Danemouth kommen. So paßt also alles ganz gut zusammen, nicht wahr. Ich meine, es sieht so aus, als hätte sie etwas gesehen – oder vielleicht gehört – etwas, das niemand hätte hören oder sehen dürfen. Wenn dem so war, dann wäre sie natürlich für den Mörder eine große Gefahr gewesen, und sie mußte – beseitigt werden. Zwei Morde wie diese hier *müssen* doch miteinander in Zusammenhang stehen, glauben Sie nicht auch?»
Sir Henry fragte mit gedämpfter Stimme:
«Sie denken also – an einen zweiten Mord?»
«Warum nicht?» Mit ruhigem, klarem Blick sah sie ihn an. «Wenn jemand einmal einen Mord begangen hat, schreckt er vor einem zweiten nicht zurück. Auch nicht vor einem dritten.»
«Einem dritten? Sie glauben doch nicht am Ende, daß noch ein dritter Mord geschehen wird?»
«Ich halte es für möglich . . . Ich halte es für wahrscheinlich.»
«Miss Marple», sagte Sir Henry, «Sie machen mir angst! Wissen Sie, wer ermordet werden wird?»
Miss Marple erklärte: *«Ich habe eine bestimmte Vermutung.»*

Superintendent Harper betrachtete den verkohlten, verbeulten Metallhaufen. Ein ausgebrannter Wagen ist immer etwas Aufregendes, auch ohne die schauerliche Zugabe einer schwarzverkohlten Leiche.

Venns Steinbruch war ein sehr entlegener Ort, weit fort von jeder menschlichen Behausung. Obwohl ihn eigentlich nur zwei Meilen Luftlinie von Danemouth trennten, schien der Weg, der zu ihm führte, ziemlich lang; denn es war eine jener schmalen, gewundenen, steinigen Seitenstraßen, kaum mehr als ein Fußpfad, auf dem man nirgends hingelangte als nur in den Steinbruch selbst, der schon lange außer Betrieb war. Die einzigen Menschen, die hie und da jetzt noch vorbeikamen, waren gelegentliche Beerenpflücker. Als Versteck für ein Auto war dies ein idealer Platz. Der Wagen wäre wochenlang nicht gefunden worden, hätte der Taglöhner Albert Biggs auf seinem Weg zur Arbeitsstätte nicht den Feuerschein am Himmel gesehen.

Albert Biggs befand sich immer noch auf dem Schauplatz, obwohl man alles, was er aussagen konnte, schon einige Male von ihm gehört hatte. Aber er wiederholte die aufregende Geschichte immer aufs neue und schmückte sie aus, so gut er es vermochte.

«Was los mit meinen Augen, sag' ich, was kann das bloß sein? Tüchtiger Feuerschein war's, droben im Himmel. Kann ein Kartoffelfeuer sein, sag' ich, aber wer macht ein Kartoffelfeuer drüben in Venns Steinbruch? Nein, sag' ich, das ist 'n riesiges Feuer, aber sicher doch. Aber was kann's denn nur sein, sag' ich? Kein Haus, kein Gut in dieser Richtung. Das is drüben bei Venn, sag' ich, dort is es, aber sicher doch. Wußt' nun nicht ganz genau, was ich da tun muß. Da seh' ich doch Konstabler Gregg auf seinem Fahrrad, na, da erzähl' ich's ihm eben. War schon alles 'runtergebrannt, aber ich konnt' ihm noch genau sagen, wo's gewesen is. Dort, in dieser Richtung, sag' ich. Großer Feuerschein im Himmel droben, sag' ich. Ein Landstreicher, so sicher wie nur was, hat dort was angezündet. Aber hab' doch nicht gedacht, daß es ein Auto sein könnt' — noch weniger, daß jemand da drin verbrannt is, bei lebendigem Leib. Schreckliches Unglück, aber sicher doch.»

Die Glenshirer Polizei war eifrig am Werke gewesen. Fotoapparate waren in Aktion getreten, und die Lage der verkohlten Leiche war sorgfältig notiert worden, bevor der Polizeiarzt seinerseits mit den Untersuchungen begonnen hatte. Der Doktor trat jetzt zu Harper, wischte sich schwarze Asche von den Händen und preßte die Lippen grimmig aufeinander.

«Gründliche Arbeit», sagte er, «ein Fuß und ein Schuh sind das einzige, was übrigblieb. Ich persönlich könnte nicht sagen, ob es ein Mann oder eine Frau war. Durch die Untersuchung der Knochen werden wir wahrscheinlich Näheres erfahren. Aber der Schuh ist so ein schwarzer Schnürstiefel — wie die Schulmädchen meistens tragen.»

«Ein Schulmädchen wird in der nächsten Grafschaft vermißt», erklärte Harper, «ganz nahe von hier. Ein Mädchen von sechzehn oder so.»

«Dann ist sie es wahrscheinlich. Armes Kind.»

Harper fragte zögernd: «Sie war doch nicht mehr am Leben, als — —»

«Nein, nein, ich glaube nicht. Es ist kein Zeichen vorhanden, daß sie versucht hätte, aus dem Wagen herauszukommen. Der Körper war einfach so auf dem Sitz zusammengesunken, ein Fuß hing über das Trittbrett hinunter. Sie war höchstwahrscheinlich schon tot, bevor man sie da hineinsetzte. Dann steckte man den Wagen in Brand, um sich der Beweise zu entledigen.»

Er machte eine Pause. Dann fragte er:

«Brauchen Sie mich noch?»

«Ich glaube nicht, danke.»

«Gut, dann fahre ich.»

Der Arzt begab sich zu seinem Wagen. Harper trat zu einem seiner Sergeanten, der ein Autospezialist war. Der Mann war noch mit Untersuchungen beschäftigt und blickte jetzt auf.

«Ein ganz klarer Fall, Sir. Petroleum über den Wagen geschüttet und das Ganze angezündet. Drei leere Kannen liegen drüben in der Hecke.»

Etwas weiter entfernt war ein anderer Mann damit beschäftigt, ein paar kleine Gegenstände, die man aus den Trümmern gezogen hatte, sorgfältig zu sortieren. Da war ein versengter schwarzer Lederschuh und ein paar schwarze, verkohlte Fetzen.

Als Harper sich näherte, blickte sein Untergebener auf und rief: «Sehen Sie sich das mal an, Sir. Da ist der Beweis.»
Harper nahm ihm einen kleinen Gegenstand aus der Hand.
«Der Knopf von einer Pfadfinderinnen-Uniform?»
«Ja, Sir.»
«Jawohl, jetzt können wir unserer Sache sicher sein.»
Harper war ein feinfühliger, warmherziger Mensch. Ihm war elend zumute. Zuerst Ruby Keene — jetzt Pamela Reeves.
Wieder sprach er zu sich selbst:
«Was ist aus Glenshire geworden?»
Das nächste, was er zu tun hatte, war, seinen eigenen Polizeichef anzurufen, hernach mußte er sich mit Colonel Melchett in Verbindung setzen. Pamela Reeves war in Radfordshire verschwunden, aber ihre Leiche war in Glenshire gefunden worden. Dann hatte er noch eine schwere Pflicht zu erfüllen. Er mußte Pamela Reeves' Eltern die Nachricht bringen . . .

Nachdenklich betrachtete Superintendent Harper das kleine Haus, in welchem Pamela Reeves daheim gewesen war.
Eine saubere, kleine Villa, ein hübscher Garten rings um das Haus. Eines dieser kleinen Anwesen, wie sie in den letzten zwanzig Jahren überall auf dem Lande entstanden waren. Pensionierte Offiziere, pensionierte Beamte pflegten sich derartige Heimstätten zu schaffen. Nette, anständige Leute; das Schlimmste, was man von ihnen hätte sagen können, war, daß sie ein wenig langweilig sein mochten. Alles Geld, das sie aufbringen konnten, wandten sie an die gute Erziehung ihrer Kinder. Diese Leute führten ein schlichtes, einfaches Leben, in dem kein Platz war für Tragödien. Und nun brach eine so furchtbare Tragödie in ihren Frieden ein. Harper seufzte.
Er läutete an der Eingangstüre, und man führte ihn in ein Wohnzimmer, in welchem ein Mann mit grauem Schnurrbart und steifer Haltung und eine Frau mit rotgeweinten Augen von ihren Plätzen aufsprangen. Mrs. Reeves rief aufgeregt:
«Wissen Sie etwas von Pamela?»
Dann fuhr sie zurück, von Harpers mitleidigem Blick wie von einem Schlag getroffen.
«Sie müssen sich leider auf eine traurige Nachricht gefaßt machen», murmelte Harper.

«Pamela — —» stammelte die Frau.
Major Reeves fragte kurz:
«Ist dem Kind — etwas zugestoßen?»
«Ja, Sir.»
«Ist sie tot?»
«Nein, nein! O nein!» schrie Mrs. Reeves auf und brach in stürmisches Weinen aus. Major Reeves legte den Arm um sie und zog sie an sich. Seine Lippen zitterten, aber er blickte fragend Superintendent Harper an, der mit gesenktem Kopfe dastand.
«Ein Unfall?»
«Eigentlich nicht, Major Reeves. Man fand sie in einem ausgebrannten Wagen, der in einem Steinbruch zurückgelassen worden war.»
«In einem Wagen? In einem Steinbruch?» Er war offenbar sehr verwirrt.
Jetzt brach Mrs. Reeves völlig zusammen, sank auf das Sofa nieder und schluchzte heftig.
Harper fragte:
«Soll ich nicht lieber ein paar Minuten warten?»
Aber Major Reeves stieß hervor:
«Was bedeutet das? Ein Verbrechen?»
«Es sieht so aus, Sir. Darum würde ich gerne einige Fragen an Sie richten, wenn es Sie nicht zu sehr belästigt.»
«Nein, nein. Sie haben ganz recht. Wenn das, was Sie meinen, wahr ist, dann darf keine Zeit verloren werden. Aber ich kann es nicht glauben. Wer sollte einem Kind wie Pamela etwas zuleide tun?»
Harper sagte hilflos:
«Sie haben die Umstände des Verschwindens Ihrer Tochter bei der hiesigen Polizei schon gemeldet. Sie ging von zu Hause weg, um an einer Pfadfinderinnen-Übung teilzunehmen, und Sie erwarteten sie zum Abendessen. Stimmt das?»
«Ja.»
«Sie sollte im Autobus zurückfahren?»
«Ja.»
«Soviel ich aus dem Bericht ihrer Kameradinnen entnehmen konnte, sagte Pamela, als die Übung vorbei war, daß sie nach Danemouth in das Warenhaus gehen wolle und mit einem spä-

teren Autobus heimfahren werde. Sie finden daran gar nichts Auffallendes?»

«Absolut nichts. Pamela ging sehr gern in das Warenhaus. Sie ging oft nach Danemouth, um Einkäufe zu machen. Die Autobusstation ist nur zehn Minuten von hier, auf der Hauptstraße.»

«Und Sie wissen nicht, ob sie noch irgend etwas anderes vorhatte?»

«Nichts.»

«Wollte sie sich in Danemouth vielleicht mit jemandem treffen?»

«Nein, ganz sicher nicht. Das hätte sie erzählt. Wir erwarteten sie zum Abendessen. Darum riefen wir ja die Polizei an, als es so spät wurde und sie noch immer nicht erschien. Es sah ihr gar nicht ähnlich, nicht heimzukommen.»

«Ihre Tochter hatte wohl keine unangenehmen Freundschaften — ich meine Freunde, mit denen Sie nicht einverstanden waren?»

«Nein, sie hat uns niemals derlei Sorgen gemacht.»

Mrs. Reeves sagte weinend:

«Pam war ja noch ein Kind. Für ihr Alter war sie noch ganz kindlich. Sie dachte nur an Freundinnen, an Sport und Spiele. Sie war in keiner Weise frühreif.»

«Kennen Sie vielleicht einen Mr. George Bartlett aus dem Majestic Hotel in Danemouth?»

Major Reeves starrte ihn an.

«Nie von ihm gehört.»

«Und Sie glauben auch nicht, daß Ihre Tochter ihn kannte?»

«Ganz sicher nicht!» rief der Major. Dann fügte er hastig hinzu: «Was hat er mit der Sache zu tun?»

«Es ist der Eigentümer des Wagens, in dem Ihre Tochter gefunden wurde.»

Mrs. Reeves stammelte: «Aber dann — muß er ja — —»

Schnell fiel Harper ein:

«Er meldete heute früh, daß sein Wagen verschwunden sei. Gestern um die Mittagszeit hat Mr. Bartlett ihn in den Hotelhof gestellt; möglicherweise hat jemand den Wagen dort weggenommen.»

«Hat man nicht gesehen, wer ihn weggenommen hat?»

«Dutzende von Wagen fahren ein und aus, den ganzen Tag hindurch. George Bartlett hatte einen *Minoan 14*, das ist die häufigste Marke.»
Mrs. Reeves schrie:
«Aber tun Sie doch etwas! Finden Sie ihn doch – fangen Sie ihn doch – diesen Teufel, der das getan hat! Mein kleines Mädchen – oh, mein kleines Mädchen! Sie ist doch nicht lebendig verbrannt worden, nicht wahr? Oh, Pam, Pam ...!»
«Sie hat nicht gelitten, Mrs. Reeves. Ich versichere Ihnen, sie war schon tot, bevor der Wagen angezündet wurde.»
Reeves fragte zitternd:
«Und wie wurde Sie getötet?»
Harper sah ihn vielsagend an.
«Das wissen wir nicht. Das Feuer hat uns jede Möglichkeit genommen, das festzustellen.» Er wandte sich an die verzweifelte Mutter: «Glauben Sie mir, Mrs. Reeves, wir tun alles, was wir können. Wir müssen genaue Nachforschungen anstellen. Früher oder später wird sich jemand finden, der Ihre Tochter in Danemouth gesehen hat und uns vielleicht sagen kann, mit wem sie zusammen war. Das braucht alles seine Zeit, wissen Sie. Dutzende, Hunderte von Meldungen werden wir bekommen über eine Pfadfinderin, die hier und da und überall gesehen wurde. All diese Aussagen müssen wir genau prüfen – dazu braucht es viel Sorgfalt und viel Geduld. Aber schließlich werden wir die Wahrheit ans Licht bringen – Sie können ganz sicher sein!»
Mrs. Reeves fragte:
«Wo – wo ist sie? Darf ich zu ihr?»
«Der Polizeiarzt hat noch mit der Untersuchung zu tun. Ich schlage vor, daß Ihr Gatte jetzt mit mir kommt und die Formalitäten erledigt. Inzwischen versuchen Sie doch, Mrs. Reeves, sich alles ins Gedächtnis zurückzurufen, was Pamela gesagt hat. Dinge, worauf Sie vielleicht damals nicht geachtet haben, die uns aber jetzt gewisse Aufklärungen geben könnten. Sie verstehen, was ich meine – auch ganz beiläufig geäußerte Worte oder Sätze. Auf diese Weise können Sie uns am besten helfen.»
Bevor die beiden Männer das Zimmer verließen, zeigte Reeves noch auf eine Fotografie:
«Das ist sie.»

Harper betrachtete das Bild aufmerksam. Es war eine Gruppe Hockeyspielerinnen. In der Mitte des Teams stand Pamela.
«Was für ein liebes Kind», dachte Harper, während er das ernste Gesichtchen zwischen den dunklen Zöpfen ansah.
Er dachte an die verkohlte Leiche im Auto, und seine Lippen preßten sich aufeinander.
Superintendent Harper schwor sich zu: *Der Mord an Pamela Reeves wird keines der ungelösten Rätsel von Glenshire bleiben!*
Ruby Keene — so überlegte er im stillen — hatte ihr Schicksal vielleicht herausgefordert; aber mit Pamela Reeves war es etwas ganz anderes. Ein liebes, unschuldiges Kind, das wußte er jetzt.
Und er wußte auch, daß er den Mörder zur Strecke bingen würde — koste es, was es wolle!

11

Über Melchetts großen Schreibtisch hinweg blickten sich ein oder zwei Tage später der Colonel und Harper in die Augen.
Harper war zu dieser Besprechung nach Much Benham gekommen.
Melchett sagte mürrisch:
«Na, jetzt wissen wir wenigstens, wo wir halten. Oder vielmehr, wo wir nicht halten.»
«Wo wir nicht halten, dürfte wohl der richtige Ausdruck sein, Sir.»
«Wir müssen zwei Tote in Betracht ziehen. Zwei Morde. Ruby Keene und das Kind Pamela Reeves. Viel ist uns nicht geblieben, um diese arme Kleine zu identifizieren — aber immerhin noch genug. Der Schuh, der nicht mitverbrannt ist, wurde vom Vater zweifellos als der ihre erkannt, und außerdem ist da noch der Knopf von der Pfadfinderinnen-Uniform. Eine teuflische Geschichte, Harper.»
Der Superintendent entgegnete ganz leise:
«Das kann man wohl sagen, Sir.»
«Gott sei Dank wissen wir wenigstens ganz bestimmt, daß sie

schon tot war, bevor der Wagen angezündet wurde. Die Art, wie sie dalag, quer über den Sitz, beweist das. Wahrscheinlich hat sie einen Schlag über den Kopf bekommen, armes Kind.»

«Oder ist vielleicht erwürgt worden», bemerkte Harper.

Melchett warf ihm einen scharfen Blick zu.

«Sie glauben?»

«Solche Mörder gibt es.»

«Das weiß ich. Ich habe mit den Eltern gesprochen. Die arme Mutter ist ganz außer sich. Verdammt traurig, die ganze Sache. Für uns handelt es sich zunächst darum, den Kernpunkt aufzuklären: haben diese beiden Morde etwas miteinander zu tun?»

«Das möchte ich entschieden bejahen.»

«Ich auch.»

Der Superintendent schnippte mit den Fingern.

«Pamela wohnte einer Pfadfinderinnen-Übung in den Dünen von Danebury bei. Ihre Gefährtinnen sagen aus, daß ihr Benehmen normal und fröhlich war. Sie ist nicht mit ihren drei Freundinnen im Autobus nach Medchester zurückgekehrt, sondern erklärte ihnen, sie werde nach Danemouth ins Warenhaus gehen und von dort aus im Bus heimfahren. Die Hauptstraße nach Danemouth macht von den Dünen aus eine große Kurve. Pamela Reeves nahm eine Abkürzung über zwei Felder und einen Wiesenpfad, welcher nahe am Majestic Hotel vorbei nach Danemouth führt. Tatsächlich geht dieser Pfad direkt an der Westseite des Hotels hin. Darum ist es möglich, daß sie etwas gehört oder gesehen hat — etwas, das Ruby Keene betrifft — und das gefährlich für den Mörder hätte werden können. Sagen wir mal, sie hört zum Beispiel, wie der Mörder mit Ruby Keene ein Rendezvous für jenen Abend um elf Uhr bespricht. Er bemerkt, daß dieses Schulmädchen ihn belauscht hat, und nun muß er sie zum Schweigen bringen.»

Colonel Melchett warf ein:

«Damit setzen Sie voraus, daß der Mord an Ruby Keene aus Überlegung begangen worden ist — und nicht im Affekt.»

Superintendent Harper stimmte zu.

«Ich glaube, so war es, Sir. Es sieht zwar so aus, als handle es sich um eine plötzliche Gewalttat, um einen Mord aus Leidenschaft oder Eifersucht — aber ich fange an, meine Meinung darüber zu ändern. Würde es sich nämlich um ein Verbrechen aus Leidenschaft handeln, dann bliebe es ganz unerklärlich, wie man es mit dem Tod der kleinen Reeves in Verbindung bringen sollte. Denn wenn sie den Mord selbst mit angesehen haben würde, dann hätte das doch spät in der Nacht sein müssen, ungefähr um elf Uhr; und was hätte sie um diese Zeit in der Nähe des Hotels zu tun gehabt? Bedenken Sie doch, schon um neun Uhr wurden ihre Eltern ängstlich, weil sie noch nicht zu Hause war.»

«Die andere Möglichkeit wäre, daß sie jemanden in Danemouth traf, jemanden, den weder ihre Familie noch ihre Freundinnen kennen, und daß ihr Tod mit dem anderen Mord gar keinen Zusammenhang hat.»

«Gewiß, Sir, aber daran glaube ich nicht. Sehen Sie, sogar dieser alten Dame, der alten Miss Marple, fiel es sofort auf, daß da ein Zusammenhang bestehen müsse. Sie fragte sofort, ob die Leiche in dem verbrannten Wagen die vermißte Pfadfinderin sei. Wirklich, eine kluge alte Dame. So sind alte Damen manchmal. Schlau, wissen Sie. Sie sehen gleich den springenden Punkt.»

«Das ist Miss Marple mehr als einmal gelungen», bemerkte Colonel Melchett trocken.

«Und außerdem, Sir, vergessen Sie den Wagen nicht. Mir scheint es, daß durch ihn der Mord ganz entschieden mit dem Majestic Hotel in Verbindung gebracht wird. Der Wagen gehört Mr. George Bartlett.»

Wieder sahen die beiden Männer einander in die Augen. Dann murmelte Melchett:

«George Bartlett? Möglich! Was meinen Sie?»

Wiederum beleuchtete Harper methodisch die verschiedenen Gesichtspunkte.

«Ruby Keene ist zuletzt mit George Bartlett gesehen worden. Er sagt, sie ging in ihr Zimmer (das wird bestätigt durch das Kleid, das sie an diesem Abend trug und das man in ihrem Zimmer fand), aber ist sie in ihr Zimmer gegangen und – hat sie sich umgezogen, um mit *Mr. Bartlett auszugehen*? Haben sie schon vorher besprochen, miteinander auszugehen – wir wollen mal annehmen, vor dem Dinner – und hat Pamela zufällig dieses Gespräch belauscht?»

«Erst am folgenden Morgen meldete er das Fehlen seines Wagens, und auch dann war er außerordentlich unsicher in seinen Angaben. Er behauptete, sich nicht mehr genau erinnern zu können, wann er das Auto zum letztenmal gesehen habe.»
«Das kann Schlauheit sein, Sir. Meiner Meinung nach ist er entweder ein sehr schlauer Herr, der so tut, als wäre er ein dummer Esel, oder aber – na ja, oder er ist eben ein dummer Esel.»
«Was wir brauchen», rief Melchett, «ist ein Motiv. Wie die Dinge jetzt liegen, gibt es doch keinerlei Motiv für ihn, um Ruby Keene zu töten.»
«Jawohl – hier stocken wir jedesmal. Motiv. Wie ich höre, sind alle Informationen aus dem Palais de Danse in Brixwell negativ?»
«Absolut! Ruby Keene hatte keinen Geliebten. Slack hat sich mit dieser Angelegenheit gründlich befaßt. Alles was recht ist, Slack macht seine Arbeit gewissenhaft.»
«Stimmt, Sir. Er ist die Gründlichkeit selbst. Wenn etwas aufzuspüren gewesen wäre, dann hätte er es gewiß gefunden. Aber es ist eben nichts da. Er brachte eine Liste ihrer eifrigsten Tanzpartner – allen wurde nachgeforscht, alle sind unverdächtig. Harmlose Burschen. Jeder einzelne konnte für diese Nacht ein Alibi beibringen.»
Harper runzelte die Stirn. «Na ja, Alibis. Die muß man sich ein bißchen näher betrachten.»
Melchett warf ihm einen forschenden Blick zu. «Sie meinen? Diesen Teil der Untersuchung habe ich Ihnen überlassen.»
«Ja, Sir. Er ist auch durchgeführt worden – sehr gründlich. Wir haben uns von der Londoner Polizei dabei helfen lassen.»
«Nun?»
«Mr. Conway Jefferson mag glauben, daß Mr. Gaskell und die junge Mrs. Jefferson in guten finanziellen Verhältnissen leben; das ist jedoch nicht der Fall. Sie sind beide in den allergrößten Schwierigkeiten.» – «Ist das wahr?»
«Absolut wahr, Sir. Wie Mr. Jefferson sagte, hat er seinem Sohn und seiner Tochter bei deren Heirat beträchtliche Summen übertragen. Das ist aber mehr als zehn Jahre her. Mr. Jefferson junior bildete sich ein, sehr viel von guter Kapitalanlage zu verstehen. Er investierte sein Geld nicht direkt in

ganz sinnlose Unternehmungen, aber er hatte eine unglückliche Hand und bewies mehr als einmal seinen schwachen Geschäftsgeist. Sein Besitz verminderte sich ständig. Offenbar kam es so weit, daß es der Witwe recht schwer wurde, ihre Existenz im Gleichgewicht zu halten und ihren Sohn in eine gute Schule zu schicken.»

«Aber hat sie denn nicht ihren Schwiegervater um Hilfe gebeten?»

«Nein, Sir. Soviel ich sehen kann, lebte sie bei ihm und hat infolgedessen keine Ausgaben für den Haushalt.»

«Und seine Gesundheit ist derart, daß man nicht erwarten kann, er werde noch lange leben?»

«Richtig, Sir. Nun zu Mr. Mark Gaskell. Er ist ein Spieler, nicht mehr und nicht weniger. Hat sehr schnell das Geld seiner Frau durchgebracht. Gerade jetzt ist er in einer sehr kritischen Situation. Er braucht dringend Geld – und viel Geld.»

«Ich kann nicht behaupten, daß er mir besonders gut gefällt», bemerkte Colonel Melchett. «Ein wildes Gesicht hat der Bursche, wie? Und *er hat* ein Motiv, ein ausreichendes. Wenn er das Mädchen aus dem Wege schafft, dann bedeutet das fünfundzwanzigtausend Pfund für ihn. Ja, das ist wohl ein Motiv.»

«Sie hatten beide ein Motiv.»

«Ich verdächtige Mrs. Jefferson nicht.»

«Nein, Sir, das weiß ich. Und jedenfalls bewährt sich das Alibi für alle beide. Sie können es unmöglich getan haben. So ist es nun einmal.»

«Sie haben einen detaillierten Bericht über jede Bewegung, die sie an diesem Abend gemacht haben?»

«Jawohl. Nehmen wir zuerst Mr. Gaskell. Er dinierte mit seinem Schwiegervater und Mrs. Jefferson, und nachher, als Ruby Keene hinzukam, nahm er den Kaffee mit ihnen. Dann sagte er, er hätte Briefe zu schreiben, und ging fort. In Wirklichkeit nahm er seinen Wagen und machte eine kleine Ausfahrt der Küste entlang. Er sagte mir ganz offen, er könne es nicht aushalten, einen ganzen Abend lang Bridge zu spielen. Der Alte spielt leidenschaftlich gerne. Also redete sich Gaskell mit briefeschreiben aus. Ruby Keene blieb bei den anderen. Mark Gaskell kam zurück, als sie mit Raymond tanzte. Nach dem Tanz kam Ruby auf einen Cocktail zu den Jeffersons, hernach ging sie mit dem jungen Bartlett wieder in den Saal. Gaskell und die anderen begannen mit ihrem Bridge. Das war zwanzig Minuten vor elf — und er verließ den Tisch nicht, bis Mitternacht vorbei war. Das alles ist ganz sicher, Sir. Jedermann sagt dasselbe. Die Familie, die Kellner, alle. Darum kann *er* es nicht getan haben. Und Mrs. Jeffersons Alibi lautet ebenso. Auch sie verließ den Spieltisch nicht. Sie scheiden aus, alle beide scheiden aus.»

Colonel Melchett lehnte sich zurück und klopfte mit einem Papiermesser auf den Tisch. Der Superintendent sagte:

«Immer vorausgesetzt, daß das Mädchen *vor* Mitternacht getötet worden ist.»

«Dr. Haydock behauptet das. In Kriminalfällen ist er ein sehr tüchtiger Bursche. Wenn er etwas sagt, dann ist es auch so.»

«Es kann doch irgendwelche Gründe geben — konstitutionelle — physische Dispositionen oder sonst etwas.»

«Ich werde es ihm nahelegen.» Melchett schaute auf die Uhr, nahm den Telefonhörer ab und verlangte eine Nummer. Dann wandte er sich wieder an Harper: «Haydock sollte um diese Zeit zu Hause sein. Nun, angenommen, daß sie *nach* Mitternacht getötet wurde?»

Harper entgegnete:

«Dann könnte man den Vorgang möglicherweise rekonstruieren. Nach Mitternacht gab es Kommen und Gehen. Wir wollen annehmen, daß Gaskell das Mädchen gebeten hat, ihn draußen irgendwo zu treffen — zum Beispiel um zwölf Uhr zwanzig. Er verschwindet für ein oder zwei Minuten, kommt zurück und bringt die Leiche später fort — in den frühen Morgenstunden.»

«Und fährt sie mehr als dreißig Meilen weit im Auto spazieren, um sie schließlich in Bantrys Bibliothek hinzulegen? Verdammt noch mal, das ist keine sehr wahrscheinliche Geschichte.»

«Nein, gewiß nicht», gab der Superintendent sogleich zu.

Das Telefon läutete. Melchett nahm den Hörer auf.

«Hallo, Haydock, sind Sie's? Es handelt sich um Ruby Keene. Wäre es nicht doch möglich, daß sie *nach* Mitternacht getötet worden ist?»

«Ich habe Ihnen gesagt, daß sie zwischen zehn Uhr und Mitternacht getötet wurde.»

«Ja, ich weiß. Aber könnte man den Termin nicht ein wenig strecken – wie?»
«Nein, man kann ihn nicht strecken. Wenn ich sage, daß sie vor Mitternacht tot war, dann meine ich vor Mitternacht. Bitte, versuchen Sie nicht, an den medizinischen Tatsachen herumzudeuteln.»
«Gewiß, aber könnte es nicht irgendwelche physische Ich-weiß-nicht-was geben? Sie wissen, was ich meine.»
«Ich weiß, daß Sie nicht wissen, wovon Sie sprechen. Das Mädchen war vollkommen gesund und in keiner Weise anormal – und ich denke nicht daran, etwas anderes zu sagen, nur um Ihnen zu helfen, einem unglücklichen Burschen den Strick um den Hals zu legen, einem armen Unschuldigen, auf den Sie Ihre Polizeihunde gehetzt haben. Widersprechen Sie mir nicht! Ich kenne Sie. Nebenbei bemerkt, das Mädchen war nicht bei Bewußtsein, als es erwürgt wurde – das heißt, sie ist zuerst betäubt worden. Mit einem starken Narkotikum. Sie starb durch Erdrosselung, aber zuerst wurde sie betäubt.» Haydock legte den Hörer auf.
Melchett brummte: «So, da haben wir's.»
«Ich habe schon gedacht, ich hätte noch eine andere Möglichkeit gefunden», meinte Harper nachdenklich, «aber auch die scheidet aus.»
«Was? Wer?»
«Genaugenommen ist es Ihr spezieller Kunde, Sir. Basil Blake. Er wohnt in der Nähe von Gossington Hall.»
«Unverschämter junger Lümmel!» Die Stirne des Colonels verdüsterte sich bei der Erinnerung an Blakes freche Grobheit. «Was hat er damit zu tun?»
«Es scheint, daß er Ruby Keene gekannt hat. Er hat öfters im Majestic zu Abend gegessen und mit dem Mädel getanzt. Erinnern Sie sich, was Josie zu Raymond sagte, als man entdeckte, daß Ruby fort war? ‹Sie ist doch nicht mit diesem Filmburschen – wie?› Ich habe herausgefunden, daß sie Blake damit meinte. Er ist bei der Lemville-Filmgesellschaft angestellt, wissen Sie. Josie hat keinerlei Anhaltspunkte, außer, daß sie glaubte, daß Ruby sich sehr für ihn interessierte.»
«Vielversprechend, Harper, vielversprechend.»
«Nicht so vielversprechend, wie es klingt, Sir. Basil Blake war

an diesem Abend bei einem Atelierfest. Sie wissen doch, wie es bei derartigen Veranstaltungen zugeht. Das beginnt um acht Uhr mit Cocktails und geht immer weiter und weiter, bis die Luft zum schneiden dick ist, so daß man gar nicht mehr durchsehen kann. Einer nach dem anderen drückt sich. Nach dem Bericht von Inspektor Slack, der ihn verhört hat, verließ er ungefähr um Mitternacht die Gesellschaft. Um Mitternacht war Ruby Keene schon tot.»

«Hat jemand seine Aussage bestätigt?»

«Die meisten waren, glaube ich, ziemlich — hm — benebelt. Diese — hm — junge Frau in seinem Bungalow — Miss Dinah Lee — sagt, seine Aussage stimme.»

«Das beweist gar nichts!»

«Nein, Sir. Höchstwahrscheinlich nicht. Die Verhöre, die man mit anderen Teilnehmern der Gesellschaft angestellt hat, bestätigen Mr. Blakes Erklärungen im großen ganzen. Nur in bezug auf den Zeitpunkt seines Weggehens sind alle etwas unsicher.»

«Wo liegt dieses Atelier?»

«In Lemville, Sir. Dreißig Meilen südwestlich von London.»

«Hm — ungefähr gleich weit entfernt von hier?»

«Ja, Sir.»

Colonel Melchett rieb sich die Nase. Ziemlich unzufrieden stellte er fest:

«Na, es sieht nicht so aus, als ob wir ihm etwas nachweisen könnten.»

«Das glaube ich auch, Sir. Es gibt keine Beweise dafür, daß er sich ernsthaft für Ruby Keene interessierte. Im Gegenteil» — Superintendent Harper hüstelte —, «er scheint ganz und gar von seiner eigenen kleinen Freundin ausgefüllt zu sein.»

Melchett faßte zusammen:

«Nun, dann sitzen wir also da mit ‹X›, mit einem unbekannten Mörder — so unbekannt, daß nicht einmal Slack eine Spur von ihm finden kann! Oder mit Jeffersons Schwiegersohn, der das Mädchen möglicherweise gerne getötet hätte — aber keine Gelegenheit dazu fand. Mit der Schwiegertochter — dito. Oder mit George Bartlett, der kein Alibi hat — aber unglücklicherweise auch kein Motiv. Oder mit dem jungen Blake, der wohl ein Alibi hat und kein Motiv. So stehen unsere Aktien! Aber halt, ich glaube, wir müssen auch an diesen Tanzburschen denken — Raymond Starr. Schließlich war er sehr viel mit Ruby Keene zusammen.»

«Ich kann nicht glauben, daß sie ihm irgend etwas bedeutet hat — oder aber, er ist ein donnersguter Schauspieler. Und was die Tatsache betrifft, auch er hat ein Alibi. Mehr oder weniger war er von zehn Uhr vierzig bis Mitternacht dauernd sichtbar und tanzte mit verschiedenen Damen. Soweit ich sehe, haben wir keine Möglichkeit, gegen ihn vorzugehen.»

«Wahrhaftig», rief Colonel Melchett, «wir haben keine Möglichkeit, gegen irgend jemanden vorzugehen.»

«Unsere ganze Hoffnung setzen wir auf George Bartlett. Wenn wir bei ihm nur ein Motiv aufspüren könnten!»

«Sie haben Nachforschungen über ihn angestellt?»

«Ja, Sir. Das einzige Kind. Verzärtelt von der Mutter. Nach ihrem Tod vor einem Jahr kam er zu ziemlich viel Geld. Hat es schnell durchgebracht. Eher schwach als schlecht.»

«Vielleicht ist er anormal», erwog Melchett hoffnungsvoll.

Superintendent Harper nickte.

«Ist es Ihnen schon in den Sinn gekommen, Sir — daß dies eine Erklärung für den ganzen Fall sein könnte?»

«Pathologisches Verbrechen?»

«Ja, Sir. Einer dieser Gesellen, die herumgehen und junge Mädchen erwürgen. Die Ärzte haben dafür einen ganz langen Fachausdruck.»

«Das würde unsere ganze Verwirrung klären», seufzte Melchett.

«Nur etwas ist daran, das mir nicht gefällt.»

«Was?»

«Es ist zu einfach.»

«Hm — ja — vielleicht. Also, wie ich zu Anfang sagte: Wo halten wir?»

«Nirgends, Sir», sagte Superintendent Harper.

12

Conway Jefferson bewegte sich im Schlaf. Er streckte sich und breitete die Arme aus, lange, starke Arme, in welche sich seit dem Unfall die ganze Kraft seines Körpers konzentriert zu haben schien.
Durch die Vorhänge schimmerte sanft das Morgenlicht.
Conway Jefferson lächelte vor sich hin. Nach einer ruhigen Nacht erwachte er immer so, fröhlich, erfrischt, neu erfüllt von seiner starken Vitalität. Ein neuer Tag!
So lag er einige Minuten lang. Dann drückte er auf die Klingel, die neben seinem Bett angebracht war. Und plötzlich überflutete ihn eine Welle der Erinnerung.
Gerade als Edwards leise und gewandt eintrat, entrang sich seinem Herzen ein Stöhnen.
Mit der Hand an der Vorhangschnur hielt Edwards inne. «Haben Sie Schmerzen, Sir?»
Barsch erwiderte Conway Jefferson:
«Nein. Vorwärts, aufziehen!»
Das helle Licht strömte ins Zimmer. Verständnisvoll vermied Edwards, seinen Herrn anzusehen.
Mit grimmigem Gesicht lag Jefferson da, erinnerte sich, dachte nach. Wieder sah er das hübsche, verderbte Gesicht der kleinen Ruby vor sich. Freilich gebrauchte er in Gedanken das Wort *verderbt* nicht. Gestern abends noch hatte er *unschuldig* gesagt. Ein naives, unschuldiges Kind! Und jetzt?
Ein tiefer Kummer überkam Conway Jefferson. Er schloß die Augen. Stimmlos flüsterte er:
«Margaret . . .»
Es war der Name seiner verstorbenen Frau . . .

«Ihre Freundin gefällt mir», sagte Adelaide Jefferson zu Mrs. Bantry.
Die beiden Frauen saßen miteinander auf der Terrasse.
«Jane Marple ist eine bedeutende Frau», rühmte Mrs. Bantry.
«Sie ist auch sehr nett», versicherte Addie lächelnd.
«Die Leute nennen sie eine Klatschbase. Aber das ist sie wirklich nicht.»

«Wahrscheinlich hat sie nur eine niedrige Meinung von der menschlichen Natur?»
«So könnte man es nennen.»
«Das ist wirklich erfrischend», lächelte Adelaide Jefferson, «nachdem man genug vom Gegenteil genossen hat.»
Mrs. Bantry blickte sie forschend an.
Addie versuchte sich verständlich zu machen.
«Soviel Überschätzung — soviel Idealisierung eines wertlosen Geschöpfes!»
«Sie meinen Ruby Keene?»
Addie nickte.
«Ich möchte nicht häßlich über sie sprechen. Sie war ziemlich harmlos. Das arme kleine Ding — um alles, was sie haben wollte, mußte sie kämpfen. — Schlecht war sie nicht. Nur gewöhnlich und ziemlich dumm, aber eher gutmütig. Eine entschlossene kleine Goldgräberin. Ich glaube nicht einmal, daß sie bestimmte Vorstellungen oder Pläne hatte. Sie war nur sehr flink, wenn es galt, irgendwelche Möglichkeiten zu ihrem Vorteil auszunützen. Und sie wußte genau, wie man einem älteren Herrn gefällt, der — der einsam ist.»
Nachdenklich betrachtete Mrs. Bantry die junge Witwe.
«Und offenbar *war* Conway einsam?»
Unruhig rückte Addie auf ihrem Stuhl hin und her.
«Ja — wenigstens in diesem Sommer.» Sie hielt einen Augenblick inne, dann brach sie los: «Mark will es unbedingt so hinstellen, als wäre alles meine Schuld. Vielleicht hat er recht. Ich weiß nicht.»
Sie schwieg eine Minute. Dann fuhr sie fort, von einem Drang zu sprechen getrieben, schwerfällig, fast widerwillig:
«Ich — ich habe ein so trauriges Leben geführt. So seltsam. Mike Carmody, mein erster Mann, starb bald nach unserer Heirat — das — das hat mich ganz zerbrochen. Peter ist, wie Sie wissen, nach seinem Tod geboren. Frank Jefferson war Mikes bester Freund. So kam es, daß ich ihn sehr oft sah. Er war Peters Pate — Mike hatte sich das gewünscht. Nach und nach gewann ich Frank gern — und — oh! — Er tat mir so leid.»
«Leid?» forschte Mrs. Bantry interessiert.
«Ja, sehr leid. Es klingt merkwürdig. Frank hatte immer alles, was er wollte. Seine Eltern hätten gar nicht liebevoller zu ihm

sein können. Und doch — wie soll ich es nur ausdrücken? — sehen Sie, der alte Mr. Jefferson ist eine so starke Persönlichkeit. Wenn man mit ihm lebt, kann man seine eigene Persönlichkeit kaum bewahren. Das hat Frank gefühlt.
Als wir heirateten, war er glücklich — wunderbar glücklich. Mr. Jefferson war sehr großzügig. Er übertrug Frank eine bedeutende Summe — und sagte, seine Kinder sollten unabhängig sein und nicht auf seinen Tod warten müssen. Das war so lieb von ihm — so großmütig. Aber es kam viel zu plötzlich. Wirklich, er hätte Frank erst nach und nach an Unabhängigkeit gewöhnen sollen.
Es ist Frank zu Kopf gestiegen. Er wollte ein ebenso großer Mann sein wie sein Vater, ebenso tüchtig in Geldsachen und in Geschäften, ebenso weitsichtig und ebenso erfolgreich. Und das alles war er natürlich nicht. Er hat nicht direkt spekuliert, aber er hat das Geld nicht in den richtigen Unternehmungen angelegt und nicht zur richtigen Zeit. Wissen Sie, es ist erschrekkend, wie schnell das Geld dahin ist, wenn man nichts davon versteht. Je mehr Frank verlor, um so mehr war er darauf erpicht, es durch irgendeine kluge Maßnahme wieder zurückzugewinnen. Und so wurde es immer schlimmer und schlimmer.»
«Aber, meine Liebe», rief Mrs. Bantry, «hätte Conway ihn nicht beraten können?»
«Er wollte keinen Rat. Das einzige, was er wollte, war, selbst alles recht zu machen. Darum haben wir es Mr. Jefferson auch nie mitgeteilt. Als Frank starb, war nur mehr sehr wenig da — ich hatte nur ein winziges Einkommen. Und ich — ich habe seinem Vater auch nichts davon gesagt. Sehen Sie — —»
Sie richtete sich heftig auf.
«Es wäre mir so vorgekommen, als sei das ein Verrat an Frank. Es wäre für Frank so entsetzlich gewesen, wenn sein Vater etwas erfahren hätte. Mr. Jefferson war lange krank. Als er sich erholte, nahm er an, ich sei eine sehr wohlhabende Witwe. Ich habe ihm diesen Glauben nie genommen. Das war ein Ehrenpunkt. Er weiß, daß ich sehr sparsam bin — aber das gefällt ihm. Er hält mich für eine ausgezeichnete Hausfrau. Und natürlich haben Peter und ich seit dem Unfall immer bei ihm gewohnt, und er hat alle unsere Ausgaben bezahlt. Ich hatte also keine Sorgen.»

Zögernd fuhr sie fort:
«All diese Jahre hindurch haben wir wie eine Familie miteinander gelebt — nur — nur verstehen Sie (oder verstehen Sie mich nicht?), nie war ich für meinen Schwiegervater Franks *Witwe* — für ihn war ich immer Franks *Frau.*»
Mrs. Bantry erfaßte die Situation.
«Sie meinen, er wollte den Tod seiner Kinder nie wahrhaben?»
«Nein. Er war wunderbar. Die furchtbare Tragödie seines Lebens hat er dadurch bekämpft, daß er sich weigerte, den Tod zur Kenntnis zu nehmen. Mark ist Rosamunds Gatte, und ich bin Franks Frau — und wenn Frank und Rosamund augenblicklich auch nicht bei uns sind — sie existieren immer noch.»
Mrs. Bantry flüsterte:
«Ein wunderbarer Triumph des Glaubens.»
«Gewiß. Jahr für Jahr haben wir das so mitgemacht. Aber plötzlich — in diesem Sommer war etwas in mir nicht in Ordnung. Ich fühlte — ich fühlte eine Rebellion in mir. Es ist schrecklich, daß ich das sage, aber ich wollte nicht mehr an Frank denken! All das ist vorüber — meine Liebe und meine Gemeinschaft mit ihm — und mein Schmerz um seinen Tod. All das war — und ist nicht mehr.
Es ist schrecklich schwer, das zu erklären. Es ist so, als wolle man seine Schiefertafel sauber abwischen und von vorne anfangen. Ich wollte ich selbst sein — Addie, noch ziemlich jung und stark und fähig zu spielen, zu schwimmen, zu tanzen — eine junge Frau wie tausend andere. Sogar Hugo — Sie kennen doch Hugo McLean? — Er ist sehr nett und will mich heiraten. Aber ich habe natürlich niemals ernstlich daran gedacht — in diesem Sommer jedoch *habe* ich daran gedacht — nicht mit Bestimmtheit — nur ganz beiläufig . . .»
Sie hielt inne und schüttelte den Kopf.
«Es ist also wahrscheinlich ganz richtig, *ich habe Jeff vernachlässigt.* Ich meine nicht, daß ich ihn tatsächlich vernachlässigt hätte, aber mein Denken und Fühlen war nicht bei ihm. Als ich bemerkte, daß Ruby ihn amüsierte, war ich ganz zufrieden. Ich bekam dadurch meine Freiheit, meine eigenen Wege zu gehen. Nie habe ich auch nur im Traum daran gedacht — natürlich, auch nicht im Traum habe ich daran gedacht, daß er von ihr so — so — *betört* werden könnte!»

Mrs. Bantry fragte:
«Und als Sie es bemerkten?»
«Ich war vor den Kopf geschlagen — absolut fassungslos! Und leider auch wütend.»
«Na, ich wäre bestimmt wütend gewesen», versicherte Mrs. Bantry.
«Sehen Sie, ich dachte an Peter. Peters ganze Zukunft hängt von Jeff ab. Wie ich glaubte, betrachtete Jeff ihn wirklich als einen Enkelsohn — aber er ist natürlich nicht sein richtiger Enkel. Er ist überhaupt nicht mit Jeff verwandt. Und zu denken, daß mein Peter — enterbt werden sollte!» Ihre kräftigen, schön geformten Hände zitterten in ihrem Schoß. «So habe ich es nämlich angesehen — und wegen einem ordinären, habgierigen, albernen kleinen Ding — — — oh! Ich hätte sie ermorden können!»
Entsetzt hielt sie inne. Ihre wundervollen braunen Augen hefteten sich angstvoll und flehend auf Mrs. Bantry. Sie flüsterte:
«Gräßlich, so etwas zu sagen!»
Mit leisen Schritten tauchte Hugo McLean hinter ihnen auf und fragte:
«Was ist gräßlich?»
«Setzen Sie sich, Hugo. Sie kennen Mrs. Bantry, nicht wahr?»
McLean hatte die alte Dame schon begrüßt. Er fragte langsam und beharrlich:
«Was ist gräßlich?»
Addie Jefferson erwiderte:
«Daß ich Ruby Keene ermorden hätte können.»
Hugo McLean überlegte eine Weile. Dann meinte er:
«Nein, das würde ich an Ihrer Stelle nicht sagen. Das könnte mißverstanden werden.»
Seine Augen — ruhige, nachdenkliche graue Augen — blickten sie vielsagend an.
Er sprach:
«Passen Sie auf, was Sie reden — passen Sie auf, was Sie tun, Addie.»
Ein warmer Ton schwang in seiner Stimme.

Einige Minuten später, als Miss Marple aus dem Hotel trat und sich zu Mrs. Bantry gesellte, schritten Hugo McLean und Adelaide Jefferson zusammen den Weg zum Strand hinunter. Miss Marple setzte sich nieder und bemerkte:

«Er scheint sehr an ihr zu hängen.»

«Er hängt seit Jahren an ihr! Er ist nun mal so veranlagt!»

«Ich verstehe. Wie Major Bury. Zehn Jahre lang hat er sich um eine Witwe aus den Kolonien bemüht. Er war ein Gespött ihrer Freunde! Schließlich gab sie nach — aber zehn Tage bevor die Heirat hätte stattfinden sollen, ging sie unglücklicherweise mit dem Chauffeur durch. Sie war eine hübsche Frau und hatte für gewöhnlich sehr viel Selbstbeherrschung.»

«Ja, ja, die Menschen tun oft komische Dinge», stimmte Mrs. Bantry zu. «Ich wollte, du wärest eben hiergewesen, Jane. Addie Jefferson hat mir alles von sich selbst erzählt — wie ihr Mann sein ganzes Geld durchgebracht hat und wie sie das vor Mr. Jefferson verheimlicht haben. Und jetzt, diesen Sommer, fühlte sie sich ganz anders als bisher — —»

Miss Marple nickte.

«Ja. Wahrscheinlich lehnte sie sich dagegen auf, daß sie immer in der Vergangenheit leben sollte. Schließlich hat alles seine Zeit. Man kann nicht ewig in einem Haus mit geschlossenen Läden sitzen. Wahrscheinlich hat Mrs. Jefferson jetzt eben die Läden ein wenig geöffnet, hat ihren Witwenschleier abgelegt, und das war ihrem Schwiegervater natürlich nicht recht. Er fühlte sich ausgeschlossen, obwohl ich nicht glaube, daß er auch nur eine Minute lang verstand, was in ihr vorging. Trotzdem war es ihm bestimmt nicht recht. Und so war er natürlich — wie der alte Mr. Badger, als seine Frau mit dem Spiritismus anfing — gerade reif für das, was kommen mußte. Jede halbwegs hübsche junge Person, die es verstand, angenehm zuzuhören, hätte das gleiche Ziel erreicht.»

«Glaubst du», forschte Mrs. Bantry, «daß diese Cousine, diese Josie, Ruby Keene absichtlich hierhergebracht hat? Daß es ein Familienkomplott war?»

Miss Marple schüttelte den Kopf.

«Nein, das glaube ich nicht. Ich glaube nicht, daß Josie imstande ist, menschliche Reaktionen vorauszusehen. In der Beziehung ist sie recht beschränkt. Sie hat diesen gewissen schlauen, be-

grenzten, praktischen Verstand, der niemals in die Zukunft blickt und meistens von den Ereignissen überrascht wird.»
«Es scheint, daß diesmal alle überrascht waren: Addie – und augenscheinlich auch Mark Gaskell.»
Miss Marple lächelte.
«Der hat vor seiner eigenen Tür zu kehren, das kann man wohl sagen. Ein wilder Bursche mit Raubvogelaugen! Er ist nicht der Mann, der jahrelang ein trauernder Witwer bleibt. Auch wenn er seine Frau noch so sehr geliebt hat. Ich kann mir vorstellen, daß die beiden jungen Menschen unter dem dauernden Joch von Mr. Jeffersons Kult der Vergangenheit gelitten haben. Freilich –» fügte Miss Marple zynisch hinzu – «ein Mann hat es viel leichter.»

Miss Marples Meinung von Mark Gaskell wurde im gleichen Augenblick durch ein Gespräch zwischen ihm und Sir Henry Clithering bestätigt.
Mit der für ihn charakteristischen Offenheit ging Mark direkt auf den Kernpunkt der Angelegenheit los.
«Es dämmert mir soeben», begann er, «daß ich für die Polizei der *Verdächtige Nummer I* bin! Sie sind mir auf meine finanziellen Schwierigkeiten gekommen. Ich bin nämlich ruiniert, müssen Sie wissen, oder wenigstens ziemlich nahe daran. Wenn der gute alte Jeff planmäßig in ein oder zwei Monaten stirbt und wenn Addie und ich uns ebenso planmäßig die Moneten teilen, dann geht alles in Ordnung. Ehrlich gesagt, ich habe einen ganzen Haufen Schulden ... Wenn's einen Krach gibt, dann wird er gewaltig groß sein. Wenn ich ihn vermeiden kann, dann ist's gerade umgekehrt – dann bin ich obenauf und ein reicher Mann.»
«Sie sind ein Spieler, Mark?» warf Sir Henry ein.
«Das war ich immer. Alles riskieren – das ist mein Wahlspruch! Ja, es ist wirklich ein Glück für mich, daß jemand dieses arme Kind erwürgt hat. Ich hab's nicht getan. Ich bin kein Würger. Ich glaube nicht, daß ich jemals töten könnte. Ich bin zu oberflächlich. Aber wahrscheinlich kann ich von der Polizei nicht erwarten, daß sie mir das glaubt! Meine Existenz muß ihnen vorkommen wie die Erhörung eines Gebetes, das der Detektiv

zum Himmel geschickt hat! Ich habe ein Motiv, ich war auf der Bildfläche, ich bin keineswegs mit hohen, moralischen Skrupeln beschwert! Ich verstehe überhaupt nicht, wieso ich nicht schon im Gefängnis sitze! Dieser Superintendent schaut mich schon die ganze Zeit so gemein an.»
«Sie haben etwas sehr Nützliches: ein Alibi.»
«Ein Alibi ist die faulste Sache auf Gottes Erde! Kein Unschuldiger hat ein Alibi! Außerdem kommt ja alles darauf an, um welche Stunde der Tod eingetreten ist, oder auf etwas dergleichen. Und Sie können Gift darauf nehmen: wenn drei Ärzte behaupten, daß die Kleine um Mitternacht ermordet worden ist, wird man mindestens sechs andere finden, die jeden Eid darauf ablegen, sie sei um fünf Uhr morgens gestorben — und was ist dann mit meinem Alibi?»
«Jedenfalls können Sie immer noch Ihre Witze darüber machen.»
«Zeugt von verdammt schlechtem Geschmack, nicht wahr?» scherzte Mark fröhlich. «Ehrlich gesagt, ich habe ziemlich große Angst. Ein Mord kann einem schon Angst machen. Und glauben Sie nicht, daß mir der alte Jeff nicht leid tut. Er tut mir leid. Aber es ist besser so — mag der Schock auch noch so schlimm gewesen sein — besser, als wenn er auf ihre Schliche gekommen wäre.»
«Was wollen Sie damit sagen?»
Mark blinzelte.
«Wohin ist sie an jedem Abend gegangen? Ich gehe jede Wette ein, die Sie wollen — sie hat sich mit einem Mann getroffen. Das hätte Jeff gar nicht gefallen. Das hätte ihm ganz und gar nicht gefallen. Hätte er erfahren, daß sie ihn betrog — daß sie gar nicht das unschuldige kleine Plaudertäschchen war, als das sie sich gab — na — mein Schwiegervater ist ein seltsamer Mann. Er ist ein Mann von großer Selbstbeherrschung — aber diese Selbstbeherrschung kann plötzlich ins Gegenteil umschlagen. Und dann — hüte dich!»
Neugierig betrachtete Sir Henry sein Visavis.
«Haben Sie ihn nun eigentlich gern oder haben Sie ihn nicht gern?»
«Ich habe ihn sehr gern — und ärgere mich gleichzeitig über ihn. Ich will versuchen, Ihnen das zu erklären. Conway Jeffer-

son ist ein Mann, der seine ganze Umgebung beherrschen will. Er ist ein wohltätiger Despot, freundlich, großmütig und liebevoll — aber *er* gibt den Takt an, und die anderen müssen nach seiner Pfeife tanzen.»
Einen Augenblick hielt Mark Gaskell inne. Dann fuhr er fort:
«Ich habe meine Frau geliebt. Nie werde ich dasselbe für eine andere empfinden können. Rosamund war eitel Sonnenschein, Lachen und Blühen. Als sie starb, fühlte ich mich wie der Boxer im Ring, der k. o. geschlagen wurde. Doch der Schiedsrichter hat mich jetzt lange genug ausgezählt. Schließlich bin ich ein Mann. Ich habe Frauen gern. Ich habe nicht die Absicht, wieder zu heiraten — nicht im entferntesten. Das ist soweit in Ordnung. Ich mußte Diskretion wahren — aber ich habe trotzdem mein Vergnügen gehabt. Nicht so die arme Addie. Addie ist eine wirklich nette Frau. Sie gehört zu jenen Frauen, mit denen Männer nicht nur schlafen, sondern die sie auch heiraten wollen. Wenn sie nur die geringste Chance hätte, würde sie wieder heiraten — und sehr glücklich sein — und den Mann auch glücklich machen. Aber unser alter Jeff betrachtet sie immer noch als Franks Frau und suggeriert auch ihr, sich so zu fühlen. Er weiß es nicht, aber wir beide waren seine Gefangenen. Ich bin heimlich ausgebrochen, schon vor langer Zeit. Addie ist diesen Sommer ausgebrochen — und das hat dem Alten diesen Schock versetzt. Seine Welt brach zusammen. Ergebnis: — Ruby Keene.»
Unbeherrscht sang er:
«Doch sie ist tot und liegt im Grab,
Heißa juchhe, gottlob!»
«Kommen Sie, Clithering, trinken wir eins.»
Es war kein Wunder, dachte Sir Henry, daß Mark Gaskell der Polizei verdächtig schien.

13

Dr. Metcalf war einer der bekanntesten Ärzte von Danemouth. Er hatte nicht die üblichen Krankenzimmer-Allüren, aber seine Gegenwart wirkte auf den Patienten unfehlbar aufheiternd.

Er befand sich in den mittleren Jahren, und seine Stimme hatte einen angenehmen Klang.
Aufmerksam hörte er Superintendent Harper zu und beantwortete mit höflicher Genauigkeit dessen Fragen.
«Dann kann ich also annehmen, Doktor Metcalf, daß die Auskunft, die mir Mrs. Jefferson gab, im großen und ganzen stimmt?»
«Ja. Mr. Jeffersons Gesundheitszustand ist außerordentlich kritisch. Schon einige Jahre hindurch überanstrengt dieser Mann sich in grausamer Art und Weise. Da er fest entschlossen ist, genauso zu leben wie ein Gesunder, mutet er sich weitaus mehr zu als andere, normale Menschen seines Alters. Er lehnt es ab, zu ruhen, sich die Arbeit oder das Leben etwas leichter zu machen oder irgendwelche Verhaltungsmaßregeln zu befolgen, die ich ihm, übereinstimmend mit seinen andern ärztlichen Ratgebern, erteilt habe. Die Folge ist, daß dieser Mann heute einem überarbeiteten Motor gleicht. Herz, Lunge, Blutdruck — alles ist völlig kaputt.»
«Sie sagen, daß Mr. Jefferson es entschieden ablehnt, auf die Ärzte zu hören?»
«Jawohl. Ich verdamme ihn deswegen nicht. So etwas sage ich meinen Patienten natürlich nicht, Herr Superintendent, aber meiner Meinung nach kann ein Mensch sich ebensogut verbrauchen — wie verrosten. Viele meiner Kollegen verbrauchen sich — und, glauben Sir mir, das ist nicht das Schlechteste. An einem Ort wie Danemouth sieht man meistens das Gegenteil: Kranke, die sich an das Leben klammern, in Todesangst vor Überanstrengung, vor einem Luftzug, vor Bazillen, vor einer unbekömmlichen Mahlzeit!»
«Da haben Sie wohl recht», entgegnete Harper. «Demnach liegen die Dinge folgendermaßen: Conway Jefferson ist recht kräftig in physischer Beziehung — das heißt, genauer gesagt, in muskulöser Beziehung. Was kann er übrigens tatsächlich damit anfangen?»
«Er hat eine ungeheure Kraft in den Armen und Schultern. Schon vor seinem Unfall war er ein starker Mann. Er geht außerordentlich geschickt mit seinem Rollstuhl um und mit der Hilfe von Krücken vermag er sich im Zimmer umher zu bewegen — zum Beispiel vom Bett zum Stuhl.»

«Könnte er keine künstlichen Beine haben?»
«In seinem Fall ist das unmöglich. Es liegt eine Verletzung des Rückgrats vor.»
«Ich verstehe. Lassen Sie mich nochmals zusammenfassen: Jeffersons Muskeln sind stark und gesund. Subjektiv fühlt er sich wohl.»
Metcalf nickte.
«Aber sein Herz ist in einem schlechten Zustand», fuhr Harper fort. «Übermüdung oder Anstrengung, ein Schock oder eine plötzliche Furcht — und er kann absacken. Stimmt das?»
«Mehr oder weniger. Die Überanstrengung tötet ihn langsam, weil er nicht nachgeben will, wenn er müde ist. Das verschlimmert seinen Herzfehler. Es ist unwahrscheinlich, daß eine Anstrengung ihn plötzlich töten könnte. Ein plötzlicher Schock jedoch oder große Angst würden das leicht vollbringen. Deshalb habe ich seine Familie ja auch ausdrücklich gewarnt.»
Gewichtig stellte der Superintendent fest:
«In Wirklichkeit hat ihn aber ein plötzlicher Schock *nicht* getötet. Ich meine, Doktor, daß es kaum einen schlimmeren Schock geben kann als diese Mordaffäre — und er lebt immer noch?»
Dr. Metcalf zuckte die Achseln.
«Ja, ich weiß. Aber wenn Sie meine Erfahrung hätten, Herr Superintendent, dann würden Sie wissen, daß sämtliche Krankengeschichten beweisen, wie unmöglich es ist, eine genaue Prognose zu stellen. Menschen, die eigentlich unbedingt an einem Schock oder einer Aufregung sterben müßten, sterben nicht daran, usw. usw. Die menschliche Konstitution ist viel zäher, als man sich vorstellt. Außerdem ist, nach meiner Erfahrung, ein *physischer* Schock viel häufiger verderblich als ein *seelischer* Schock. Einfacher ausgedrückt: der Knall einer zugeschlagenen Tür wird Mr. Jefferson wahrscheinlich eher töten als die Entdeckung, daß ein Mädchen, dem er gut war, auf besonders grauenvolle Art den Tod fand.»
«Warum wohl?»
«Das jähe Eintreffen einer schlechten Nachricht versetzt den Empfänger meistens in eine unbewußte Abwehrstellung. Man ist betäubt. Zunächst ist man unfähig, das Unglück zu erfassen. Es braucht Zeit, bis man es voll und ganz begreift. Aber

eine zugeschlagene Tür, ein Mensch, der plötzlich aus einem Schrank springt, das Heranbrausen eines Wagens, während man die Straße kreuzt – all dies hat eine unmittelbare Wirkung. Das Herz tut einen erschreckten Sprung – um in der Sprache der Laien zu reden.»
Langsam sagte Superintendent Harper:
«Aber nach menschlichem Ermessen hätte Mr. Jeffersons Tod sehr leicht durch den Schreck über den Mord an Ruby Keene herbeigeführt werden können?»
«Gewiß, sehr leicht.» Der Arzt blickte neugierig den anderen an. «Sie glauben doch nicht – –»
«Ich weiß nicht, was ich glaube», entgegnete Superintendent Harper ärgerlich.

Etwas später erläuterte er Sir Henry Clithering seinen Standpunkt.
«Sie werden doch zugeben, Sir, daß diese beiden Kombinationen sich sehr gut ineinanderfügen. Zwei Fliegen auf einen Schlag. Erst das Mädchen – dann rafft ihr Tod Mr. Jefferson ebenfalls dahin, ohne ihm Zeit zu lassen, sein Testament zu ändern.»
«Glauben Sie, daß er es ändern will?»
«Das dürften Sie besser wissen als ich. Was meinen Sie?»
«Ich weiß nicht. Bevor Ruby Keene auf der Bildfläche erschien, hatte er, soviel mir durch Zufall bekannt ist, Mark Gaskell und Mrs. Jefferson zu seinen Erben bestimmt. Ich kann mir nicht denken, warum er jetzt seine Absicht ändern sollte. Aber es ist natürlich möglich. Vielleicht hinterläßt er sein Geld einem Katzenheim oder einem Unterstützungsfonds für junge Tänzerinnen.»
Superintendent Harper stimmte ihm zu.
«Man kann nie wissen, was für Rosinen sich so ein Mann in den Kopf setzt. Besonders, wenn er sich beim Verfügen über sein Vermögen frei von jeder moralischen Verpflichtung fühlt. Er hat ja keine Blutsverwandten.»
Sir Henry wandte ein:
«Er hat den Jungen gern – den kleinen Peter.»
«Sie glauben, daß er ihn als Enkel betrachtet? Ich kann das

nicht beurteilen, Sir — Sie wissen mehr davon.»
Zögernd antwortete Sir Henry:
«Nein — ich glaube nicht, daß Conway den Kleinen als Enkelsohn ansieht.»
«Es gibt noch etwas, das ich Sie gerne fragen möchte, Sir. Etwas, das ich selber nicht beurteilen kann. Aber Sie sind ein Freund der Familie und haben also mehr Einblick. Ich möchte sehr gerne genau wissen, wie groß Mr. Jeffersons Zuneigung zu Mr. Gaskell und der jungen Mrs. Jefferson ist.»
Sir Henry runzelte die Stirne.
«Ich bin nicht sicher, ob ich Sie richtig verstanden habe, Herr Superintendent?»
«Die Sache ist so: liebt er die beiden auch rein menschlich — abgesehen von den verwandtschaftlichen Gefühlen?»
«Aha, jetzt weiß ich, was Sie meinen!»
«Gut, Sir. Niemand zweifelt daran, daß er sehr an den beiden hängt. Soweit ich es jedoch beurteilen kann, liebt er Mr. Gaskell und Mrs. Jefferson vor allem deswegen, weil sie mit seiner Tochter — beziehungsweise seinem Sohn verheiratet waren. Was würde aber geschehen, wenn sich einer von ihnen zum Beispiel wieder verheiraten wollte?»
Sir Henry überlegte.
«Ein sehr interessantes Problem, das Sie da zur Sprache bringen. Ich weiß nicht. Ich bin eher geneigt anzunehmen — das ist natürlich nur meine unmaßgebliche Meinung —, daß sich Conways Einstellung in einem solchen Fall wesentlich ändern würde. Er würde den jungen Leuten alles Gute wünschen, ihnen nichts nachtragen, aber ich glaube — ja — ich glaube ganz bestimmt, daß er sich kaum mehr für sie interessieren würde.»
«In beiden Fällen, Sir?»
«Ja, ich glaube. Was Mr. Gaskell betrifft, so bin ich beinahe überzeugt. Und ich glaube auch in Mrs. Jeffersons Fall; jedoch das ist lange nicht so sicher. Mir scheint, *sie* hat er gern.»
«Wahrscheinlich, weil sie eine Frau ist. Es fällt ihm leichter, sie als Tochter zu betrachten als Mark Gaskell als Sohn. Umgekehrt ist es ebenso. Frauen akzeptieren einen Schwiegersohn ohne weiteres als neues Familienmitglied; aber es kommt nicht oft vor, daß eine Frau die Gattin des Sohnes als Tochter ansieht.» — Harper fuhr fort:

«Ist es Ihnen recht, Sir, wenn wir zum Tennisplatz hinuntergehen? Ich sehe Miss Marple dort sitzen. Ich möchte sie bitten, etwas für mich zu tun. Ehrlich gesagt, ich möchte Sie beide einspannen.»
«In welcher Hinsicht, Herr Superintendent?»
«In einer Sache, die ich nicht selbst in die Hand nehmen kann. Ich möchte, daß Sie sich Edwards einmal vornehmen, Sir.»
«Edwards? Was wollen Sie von dem?»
«Alles, was Sie sich nur vorstellen können! Alles, was er weiß und was er denkt! Über die Beziehungen zwischen den verschiedenen Familienmitgliedern. Seine Ansicht über die Ruby-Keene-Affäre. Internes. Er weiß mehr von der ganzen Angelegenheit als jeder andere. — Ich wette, er weiß mehr! *Mir* wird er nichts verraten. Aber *Ihnen.* Weil Sie ein Aristokrat sind und der Freund von Mr. Jefferson. Man könnte durch ihn irgend etwas Wichtiges erfahren. Das heißt natürlich, wenn Sie nichts dagegen haben?»
Sir Henry erwiderte grimmig:
«Ich habe nichts dagegen. Man hat dringend nach mir geschickt, weil man von mir erwartet, die Wahrheit zu finden. Ich will alles tun, was ich vermag.»
Dann forschte er:
«Und was für eine Hilfe wollen Sie von Miss Marple?»
«Da sind ein paar junge Mädchen. Ein paar von diesen Pfadfinderinnen. Wir haben etwa ein halbes Dutzend ausgesucht; es sind die, mit denen Pamela Reeves am nächsten befreundet war. Es ist möglich, daß sie etwas wissen. Sehen Sie, ich habe mir das überlegt: wenn Pamela wirklich in das Warenhaus ging, dann ist es doch wahrscheinlich, daß sie versucht hat, eins von den anderen Mädel zu überreden, mit ihr zu gehen. Mädchen machen ihre Einkäufe gerne in Gesellschaft.» — «Ja, ich glaube, Sie haben recht.»
«Es scheint mir also möglich, daß dieses Warenhaus nur ein Vorwand war. Ich will wissen, wohin das Mädchen wirklich gegangen ist. Sie kann einer Kameradin gegenüber irgendeine Andeutung gemacht haben. Wenn dem so ist, dann weiß ich, daß Miss Marple das Zeug dazu hat, diese Mädel zum Sprechen zu bringen. Man kann wohl sagen, daß sie allerhand von der Psyche junger Mädchen versteht — jedenfalls mehr als ich.

Und außerdem würden sich die Kinder auch vor der Polizei zu sehr fürchten.»

«Gewiß. Dies scheint mir gerade ein Problem aus dem Dorfleben zu sein, auf das sich Miss Marple besonders gut versteht. Sie hat scharfe Augen und eine scharfe Witterung, wissen Sie.»

Der Superintendent lächelte.

«Da haben Sie wirklich recht. Nichts entgeht ihr.»

Sobald sie sich näherten, blickte Miss Marple auf und begrüßte sie eifrig. Als sie Harpers Anliegen vernahm, erklärte sie sich sofort bereit.

«Ich möchte Ihnen sehr gerne helfen, Herr Superintendent, und vielleicht kann ich Ihnen wirklich nützlich sein. Meine Erfahrungen mit den Sonntagsschulen, wissen Sie, und mit dem Verein junger Mädchen und mit unseren Pfadfinderinnen und mit dem Waisenhaus – ich bin nämlich im Komitee, müssen Sie wissen, und gehe öfters hin, um mit der Leiterin zu plaudern – und dann die *Dienstmädchen* – ich habe meistens sehr junge Mädchen. O ja, ich habe wirklich eine große Erfahrung und weiß sofort, ob ein Mädchen die Wahrheit sagt oder ob es etwas verschweigt.»

«Wahrhaftig, Sie sind eine Expertin», schmunzelte Sir Henry.

Miss Marple warf ihm einen vorwurfsvollen Blick zu.

«Bitte, bitte, lachen Sie mich nicht aus, Sir Henry!»

«Ich denke doch nicht im Traum daran, Sie auszulachen. Dazu kenne ich Sie viel zu gut.»

«Man sieht soviel Böses in einem Dorf», murmelte Miss Marple.

«Ich habe übrigens einen Punkt, über den Sie mich befragt haben, aufgeklärt. Superintendent Harper sagt mir, daß sich abgeschnittene Fingernägel in Rubys Papierkorb gefunden haben.»

Nachdenklich bemerkte Miss Marple:

«Wirklich? ... Dann ist es eben so ...»

«Warum wollten Sie denn das wissen?» fragte Harper.

«Das war auch eines von den Dingen, die – ja, die mir irgendwie aufgefallen sind, als ich die Leiche betrachtete. Mit den Händen war etwas nicht in Ordnung. Zuerst wußte ich gar nicht, was es eigentlich war. Dann kam mir in den Sinn, daß alle Mädchen, die sehr stark geschminkt sind und so weiter, meistens auch ganz lange Fingernägel haben. Natürlich weiß ich, es ist immer möglich, daß ein Mädchen die Nägel abbeißt – ein Laster, das man sich sehr schwer abgewöhnt. Oft ist die Eitelkeit eine große Hilfe. Immerhin kam es mir vor, als ob dieses Mädchen keineswegs seine Untugend abgelegt hätte. Und dann kam der kleine Junge – dieser Peter, wissen Sie – und der erzählte etwas, das mir bewies, daß ihre Nägel tatsächlich lange gewesen waren. Sie hat sich nur einen abgebrochen. Da ist es natürlich möglich, daß sie sich alle übrigen Nägel auch kurz geschnitten hat, damit kein Unterschied ist. Ich fragte nach Schnipseln, und Sir Henry sagt, sie seien gefunden worden.»

Sir Henry bemerkte:

«Sie sagten eben ‹*eines* von den Dingen, die Ihnen aufgefallen sind, als Sie die Leiche betrachteten›. Gab es noch andere?»

Miss Marple nickte eifrig.

«Aber gewiß! Das Kleid war ganz und gar verdächtig.»

Beide Männer blickten sie neugierig an.

«Aber warum denn?» rief Sir Henry.

«Ja, sehen Sie, es war ein altes Kleid. Josie hat das mit Bestimmtheit erklärt, und ich habe auch selbst gesehen, daß es schäbig und abgetragen war. Nun, das ist sehr verdächtig.»

«Ich verstehe nicht.»

Miss Marple errötete ein wenig.

«Nun ja, man nimmt doch an, daß Ruby Keene sich umzog und fortging, um jemanden zu treffen, mit dem sie ein ‹Techtelmechtel› hatte, wie mein junger Neffe das nennt – nicht wahr?»

Harper zwinkerte ein wenig.

«Ja, so lautet unsere Kombination. Wir glauben, daß sie ein Rendezvous hatte – mit einem Freund.»

«Warum hat sie dann ein altes Kleid angezogen?» erkundigte sich Miss Marple.

Nachdenklich kratzte sich Harper den Kopf.

«Ich verstehe, was Sie meinen. Nach Ihrer Ansicht hätte sie eigentlich ein neues tragen müssen?»

«Ich bin überzeugt, daß sie ihr schönstes Kleid genommen hätte. Das ist Mädchenart.»

«Aber hören Sie mal, Miss Marple», gab Sir Henry zu bedenken, «wir wollen einmal annehmen, daß dieses Rendezvous im Freien stattfand. Ruby sollte vielleicht in einem offenen Wagen fahren oder in einer unwegsamen Gegend spazierengehen. Dann hätte sie doch ihr neues Kleid nicht riskieren wollen und hätte ein altes angezogen.»

«Das wäre sehr vernünftig von ihr gewesen», stimmte Harper zu.

Miss Marple wandte sich ihm zu. Sie schien sehr angeregt.

«Das Vernünftigste wäre gewesen, sich Hosen anzuziehen und einen Pullover oder ein Sportkleid. Das hätte natürlich – bitte halten Sie mich nicht für versnobt, aber ich kann es nicht anders sagen – das hätte natürlich ein Mädchen aus unserer Gesellschaftsschicht getan. Ein guterzogenes Mädchen», fuhr Miss Marple fort, während sie sichtlich Geschmack an diesem Thema fand, «legt stets den größten Wert darauf, bei der richtigen Gelegenheit das richtige Kleid zu tragen. Ich meine, so heiß das Wetter auch sein mag, ein wohlerzogenes Mädchen würde niemals in einem Seidenkleid zu einem Stelldichein gehen.»

«Und wie zieht man sich korrekt an, wenn man einen Liebhaber trifft?» fragte Sir Henry.

«Wenn sie ihn innerhalb des Hotels trifft oder sonst irgendwo, wo man Abendkleider trägt, dann zieht sie natürlich ihr bestes Abendkleid an. Doch sie weiß, daß sie im Freien mit einem Abendkleid lächerlich aussehen würde, infolgedessen wird sie ihr charmantes Sportkostüm tragen.»

«Zugegeben, wenn es sich um ein Mädchen aus den besseren Gesellschaftskreisen handelt. Aber diese kleine Ruby . . .»

Miss Marple fiel ein:

«Natürlich, Ruby war keine – um es rundheraus zu sagen – Ruby war keine Dame. Sie war eines von diesen Mädchen, die ihre schönsten Kleider anziehen, mag es nun zu der Gelegenheit passen oder nicht. Voriges Jahr hatten wir ein Picknick, wissen Sie, draußen bei den Klippen von Scrantor. Sie wären erstaunt gewesen, was für unpassende Kleider die Mädchen trugen. Foulardkleider und Sportschuhe, und manche hatten schrecklich auffallende Hüte. Und die jungen Männer trugen ihre Sonntagsanzüge. Zum Herumklettern auf den Klippen zwischen Dornen und Hecken!»

Harper meinte nachdenklich:
«Und Sie glauben also, daß Ruby Keene – –»
«Ich glaube, sie hätte das Kleid anbehalten, das sie an diesem Abend trug – ihr bestes rosa Kleid. Nur wenn sie etwas noch Neueres besessen hätte, würde sie sich vielleicht umgezogen haben.»
«Und wie erklären Sie das, Miss Marple?»
«Ich weiß nicht – noch nicht. Aber es scheint mir doch, als wäre es wichtig . . .»

Auf dem Tennisplatz hatte Starr seine Lektion beendet.
Eine dicke Frau in mittleren Jahren grunzte zufrieden, hob ihre himmelblaue Wolljacke auf und enfernte sich gegen das Hotel zu.
Raymond rief ihr ein paar fröhliche Worte nach.
Dann wandte er sich der Bank zu, auf welcher die drei Zuschauer saßen. Das Netz mit den Bällen baumelte in seiner Hand, den Tennisschläger hielt er unter dem Arm. Das frohe Lachen war von seinem Gesicht weggewischt wie mit einem Schwamm. Er sah müde und traurig aus.
Während er auf sie zuschritt, rief er aus: «Überstanden!»
Dann strahlte sein Lächeln wieder auf, dieses reizende, knabenhafte, ausdrucksvolle Lächeln, das so gut zu seinem sonnengebräunten Gesicht und zu seiner dunkel schimmernden Anmut paßte.
Sir Henry fragte sich, wie alt dieser Mann wohl sein mochte. Fünfundzwanzig, dreißig, fünfunddreißig? Es war unmöglich zu schätzen.
Raymond schüttelte seinen Kopf.
«Nie wird diese Frau Tennis spielen können!»
«Das alles muß Sie doch schrecklich langweilen», bemerkte Miss Marple.
Raymond erwiderte schlicht:
«Ja, manchmal. Besonders zu Ende des Sommers. Eine Zeitlang macht einem der Gedanke an das Honorar noch Freude, aber sogar das regt einen schließlich nicht mehr an!»
Superintendent Harper erhob sich. Er wandte sich kurz an Miss Marple.

«Ich werde Sie in einer halben Stunde aufsuchen, wenn Ihnen das recht ist.»
«Ausgezeichnet, danke. Ich werde Sie erwarten.»
Harper entfernte sich. Raymond blickte ihm nach. Dann bat er: «Darf ich mich ein wenig zu Ihnen setzen?»
«Aber gewiß», Sir Henry bot ihm seine Zigarettendose an. «Rauchen Sie?»
Während sich der junge Mann bediente, wunderte sich Henry Clithering über das Vorurteil, das ihn gegen Raymond Starr erfüllte. Kam das nur daher, daß er ein Tennistrainer und Berufstänzer war? War dies der Fall, dann war nicht das Tennisspielen schuld — sondern das Tanzen. Der Engländer ist mißtrauisch, sobald ein Mann zu gut tanzt, überlegte Sir Henry. Dieser Bursche bewegte sich mit allzu großer Anmut! Raymond — Ramon — wie hieß er nur? Plötzlich stellte er diese Frage.
Der andere schien sich zu amüsieren.
«Ramon war ursprünglich mein Künstlername. *Ramon und Josie* — klingt spanisch, wissen Sie. Dann kam eine Zeit der Antipathie gegen Ausländer — also hieß ich Raymond — außerordentlich englisch —»
«Und Ihr richtiger Name ist ganz und gar anders?» wollte Miss Marple wissen.
Er lächelte sie an.
«Ich heiße tatsächlich Ramon. Sie müssen wissen, meine Großmutter war Argentinierin — —» (daher hat er auch so geschmeidige Hüften, dachte Sir Henry).
«Aber mein erster Vorname ist Thomas. Schrecklich prosaisch.»
Er wandte sich an Sir Henry.
«Nicht wahr, Sir, Sie kommen aus Devonshire? Aus Stane? Dort hat meine Familie gewohnt. Auf Almonston.»
Sir Henrys Gesicht hellte sich auf.
«Sie sind ein Starr von Almonston? Das habe ich nicht gewußt.»
«Nein — das kann ich mir denken.»
Seine Stimme klang etwas bitter.
Ungeschickt bemerkte Sir Henry:
«Pech — äh — Pech gehabt, nicht wahr?»
«Daß unser Schloß verkauft werden mußte, nachdem es dreihundert Jahre in der Familie war? Ja, Pech. Na ja, mit unseres-

gleichen geht es wohl bergab. Der Sinn und Zweck, den unsere Existenz einmal hatte, ist heute überlebt. Mein älterer Bruder ist in New York. Er arbeitet in einem Verlag – es geht ihm gut. Wir anderen sind über die ganze Welt verstreut. Ich sage Ihnen, es ist heutzutage schwer, eine Stellung zu bekommen, wenn man nichts anderes zu bieten hat als eine gute Erziehung! Manchmal, wenn man Glück hat, kann man Empfangschef in einem Hotel werden, dazu langt es gerade noch mit der gutgebundenen Krawatte und mit den guten Manieren. Die einzige Anstellung, die ich erwischen konnte, war Verkäufer in einem Installateurgeschäft. Dort mußte ich wundervolle pfirsich- und veilchenfarbige Badewannen verkaufen. Es gab riesige Lagerräume, aber ich konnte mir die Preise von den verdammten Dingern nicht merken und wußte auch nie, wann wir sie liefern konnten. Da wurde ich entlassen.
Das einzige, was ich wirklich verstand, war Tanzen und Tennisspielen. Ich begann in einem Hotel an der Riviera. Dort ist gut sein. Ich verdiente sehr schön. Dann passierte es mir, daß ich den Ruf eines alten Colonels überhörte. So ein richtiger alter Colonel, unglaublich eingebildet. Er ging zum Direktor und schrie, so laut er konnte:
‹Wo ist denn der *Gigolo?* Ich will den *Gigolo* haben! Meine Frau und meine Tochter wollen tanzen, wissense. Wo ist der Bursche? Wo treibt er sich 'rum? Den *Gigolo* will ich!›»
Raymond fuhr fort:
«Es ist vielleicht dumm, deswegen beleidigt zu sein – aber ich war's. Ich hab' die ganze Sache hingeschmissen. Kam hierher. Kleinerer Verdienst, aber angenehmere Arbeit. Ich muß hauptsächlich Damen Tennisunterricht erteilen, die nie, nie, nimmermehr lernen werden, einen Schläger zu halten. Das – und dann tanzen mit verachteten Mauerblümchen, Töchtern von reichen Gästen. Na ja, so ist das Leben. Entschuldigen Sie, daß ich Ihnen meine Pechvogel-Geschichte erzählt habe.»
Er lachte. Weiß leuchteten seine Zähne, und in den Augenwinkeln bildeten sich kleine Fältchen. Plötzlich sah er gesund aus, fröhlich und lebensprühend.
Sir Henry versicherte:
«Es freut mich sehr, mit Ihnen zu plaudern. Ich wollte Sie ohnehin gerne sprechen.»

«Wegen Ruby Keene? Leider kann ich Ihnen nicht dienen, glauben Sie mir. Ich weiß nicht, wer sie getötet hat. Ich weiß überhaupt sehr wenig von ihr. Sie hat mich nicht mit ihrem Vertrauen beehrt.»
«Hatten Sie sie gerne?» wollte Miss Marple wissen.
«Nicht besonders. Aber ich hatte auch nichts gegen sie.»
Seine Stimme klang gleichgültig und uninteressiert.
Nun fragte Sir Henry wieder:
«Und Sie haben keinerlei Vermutung?»
«Leider nicht ... Ich hätte Harper davon erzählt, wenn ich irgendeinen Verdacht hegen würde. Das ist wieder mal so eine Sache: ein ganz gewöhnliches, niederträchtiges, unbegreifliches Verbrechen – keinerlei Anhaltspunkt, keinerlei Motiv.»
«Zwei Personen hatten ein Motiv», verkündete Miss Marple. – Sir Henry warf ihr einen scharfen Blick zu.
«Wahrhaftig?» Raymond schien überrascht.
Beharrlich sah Miss Marple Henry Clithering an; schließlich erklärte dieser widerwillig:
«Höchstwahrschenlich verhilft Rubys Tod Mrs. Jefferson und Mr. Gaskell zu einer Summe von fünfzigtausend Pfund.»
«Was?» Jetzt sah Raymond wirklich erschreckt drein – ja, mehr als erschreckt – entsetzt. «Aber das ist ja verrückt – ganz und gar verrückt! Mrs. Jefferson – keines von den beiden kann doch mit der Sache irgend etwas zu tun gehabt haben! Es wäre toll, auch nur daran zu denken!»
Miss Marple hüstelte. Dann murmelte sie:
«Ich fürchte, junger Mann, Sie sind ein großer Idealist.»
«Ich?» Er lachte auf. «Nichts weniger als das! Ich bin ein hartgesottener Zyniker!»
«Geld –» Miss Marple blickte sinnend vor sich hin. «Geld ist ein gewaltiges Motiv.»
«Möglich», rief Raymond hitzig, «aber daß einer von diesen beiden ein Mädchen kalten Blutes erdrosseln sollte – –» Er schüttelte den Kopf.
Dann stand er auf. «Da kommt Mrs. Jefferson. Sie hat jetzt Stunde. Kommt zu spät», seine Stimme klang belustigt, «um zehn Minuten zu spät!»
Adelaide Jefferson und Hugo McLean kamen eiligst den Weg herunter.

Adelaide entschuldigte sich lächelnd wegen ihrer Verspätung und trat auf den Platz. McLean setzte sich auf die Bank. Nachdem er sich höflich erkundigt hatte, ob der Rauch Miss Marple störe, zündete er seine Pfeife an, paffte einige Minuten schweigend vor sich hin und folgte mit kritischen Blicken den beiden weißen Gestalten auf dem Tennisplatz.
Schließlich äußerte er:
«Ich kann nicht verstehen, wozu Addie Stunden nimmt. Ein paar Sets spielen – das, ja. Niemand hat mehr Spaß daran als ich. Aber wozu nimmt sie Stunden?»
«Um ihr Spiel zu verbessern», vermutete Sir Henry.
«Sie spielt nicht schlecht», ereiferte sich Hugo, «jedenfalls gut genug für ihre Bedürfnisse. Donnerwetter, sie will doch nicht das Turnier von Wimbledon gewinnen!»
Ein paar Minuten schwieg er. Dann fing er wieder an:
«Wer ist denn eigentlich dieser Raymond? Was sind diese Professionals eigentlich für Burschen? Dieser Kerl sieht aus wie ein Abenteurer.»
«Er ist ein Starr aus Devonshire», erwiderte Sir Henry.
«Was? Ist das möglich?»
Henry Clithering nickte. Ganz offensichtlich war diese Mitteilung Hugo McLean unangenehm. Sein Gesicht verfinsterte sich noch mehr, und er brummte:
«Ich möchte wissen, warum Addie nach mir geschickt hat. Sie scheint sich wegen dieser Mordaffäre keine grauen Haare wachsen zu lassen! Hat noch nie so blühend ausgesehen. Wozu hat sie mich kommen lassen?»
Neugierig forschte Sir Henry:
«Wann hat sie nach Ihnen geschickt?»
«Ach – hm – wie die Geschichte passiert ist.»
«Wie wurden Sie benachrichtigt? Telefonisch oder telegrafisch?»
«Telegrafisch.»
«Ich frage nur aus Neugier: wann ist das Telegramm aufgegeben worden?»
«Ich – ich weiß es nicht genau.»
«Um wieviel Uhr haben Sie es erhalten?»
«Eigentlich habe ich es gar nicht erhalten. Es wurde mir nachtelefoniert – ja, so war es.»

«So? Wo sind Sie denn gewesen?»
«Ja, also ich habe London am Tage vorher verlassen. Ich hielt mich in Danebury Head auf.»
«Was – ganz nahe von hier?»
«Ja, komisch, nicht wahr? Gerade als ich vom Golfspielen zurückkam, erhielt ich Addies Nachricht und bin natürlich sofort herübergekommen.»
Nachdenklich blickte Miss Marple ihn an. Er machte einen erhitzten und unbehaglichen Eindruck. Sie sagte: «Wie ich höre, ist es sehr hübsch in Danebury Head und nicht sehr teuer.»
«Nein, es ist nicht sehr teuer. Ich könnte es mir auch nicht leisten, wenn es teuer wäre. Es ist sehr nett und angenehm dort.»
«Wir müssen demnächst einmal hinüberfahren», schlug Miss Marple vor.
«Wie? Was? Ach – hm – ja, natürlich.» Hugo erhob sich. «Na, ich muß mir ein wenig Bewegung machen – sonst habe ich keinen Appetit.»
Steifbeinig schritt er davon.
Sir Henry sah ihm nach. «Warum behandeln Frauen ihre treuesten Verehrer immer so schlecht . . .»
Miss Marple lächelte, antwortete jedoch nicht.
«Finden Sie ihn sehr langweilig?» fragte Sir Henry. «Das würde mich interessieren.»
«Vielleicht ein bißchen beschränkt in seinen Ansichten», antwortete Miss Marple. «Aber er hat Möglichkeiten – ach, unendliche Möglichkeiten, glaube ich.»
Nun erhob sich Sir Henry.
«Ich muß jetzt gehen. Wie ich sehe, kommt da Mrs. Bantry, um Ihnen Gesellschaft zu leisten.»

Atemlos kam Mrs. Bantry heran und setzte sich aufseufzend neben Miss Marple.
«Ich habe mit dem Stubenmädchen gesprochen. Aber es ist nichts dabei herausgekommen. Ich konnte nicht das geringste erfahren, was ich nicht schon wußte. Glaubst du, es ist möglich, daß dieses Mädchen tatsächlich eine Beziehung zu jemandem gehabt hat, ohne daß alle Leute im Hotel davon gewußt hätten?»

«Das ist eine sehr interessante Frage, liebe Dolly. Ich würde sie ganz entschieden verneinen. Jemand weiß davon, da kannst du sicher sein, wenn es überhaupt wahr ist! Jedenfalls muß sie außerordentlich vorsichtig gewesen sein.»
Mrs. Bantrys Aufmerksamkeit wandte sich dem Tennisplatz zu.
«Addie spielt von Tag zu Tag besser», lobte sie. «Ein hübscher junger Mann, dieser Tennistrainer. Auch Addie sieht ganz hübsch aus. Sie ist noch immer eine anziehende Frau – ich wäre durchaus nicht überrascht, wenn sie sich wieder verheiraten würde.»
«Sie wird auch eine reiche Frau sein, wenn Mr. Jefferson stirbt.»
«Ach, sprich nicht immer so häßlich, Jane! Und überhaupt – warum hast du denn dieses Geheimnis noch nicht enträtselt? Wir kommen überhaupt nicht vorwärts. Ich habe geglaubt, du würdest *sofort* alles wissen.»
Vorwurfsvoll blickte Mrs. Bantry ihre Freundin an. Diese erwiderte:
«Nein, nein, mein Herz. Ich habe es nicht sofort gewußt – erst nach einer Weile.»
Fassungslos, ungläubig starrte Mrs. Bantry sie an.
«Willst du damit sagen, daß du jetzt weißt, wer Ruby Keene ermordet hat?» – «Ja, natürlich, *das* weiß ich!»
«Um Gottes willen, Jane, wer? Sag es! Sofort!»
Miss Marple schüttelte heftig den Kopf und spitzte die Lippen.
«Es tut mir furchtbar leid, Dolly, aber das wäre das Falscheste, was ich tun könnte.»
«Warum?»
«Weil du so indiskret bist. Du würdest herumgehen und es jedem Menschen erzählen, und wenn du es nicht erzählen dürftest, dann würdest du Andeutungen machen.»
«Nein, bestimmt nicht, keiner Menschenseele werde ich es sagen!»
«Wer diese Phrase gebraucht, richtet sich niemals danach. Es nützt nichts, Liebling, es gibt noch viel zu tun. Manches ist noch unklar. Erinnerst du dich, wie ich so dagegen war, daß Mrs. Partridge für das Rote Kreuz sammelt? Ich konnte nicht sagen, warum. Es war deshalb, weil ihre Nase genauso zuckte wie die

von meinem Dienstmädchen Alice, wenn ich sie fortschickte, um die Bücher zu bezahlen. Sie zahlte immer ein oder zwei Schilling zuwenig und sagte, man solle es auf die Rechnung der nächsten Woche schreiben. Das war ganz genau dasselbe, was Mrs. Partridge gemacht hat. Freilich mit viel größeren Summen. Fünfundsiebzig Pfund hat diese Dame unterschlagen!»
«Wir sprechen jetzt nicht von Mrs. Partridge.»
«Aber ich mußte es dir doch erklären. Wenn du willst, mache ich eine Andeutung. Das Schwierige an diesem Fall ist, daß jeder viel zu leichtgläubig und vertrauensvoll war. Man kann sich's einfach nicht leisten, alles zu glauben, was die Leute erzählen. Wenn irgend etwas faul ist, dann glaube ich überhaupt niemandem! Siehst du, ich kenne eben die menschliche Natur so genau.»
Ein paar Minuten schwieg Mrs. Bantry. Dann begann sie mit veränderter Stimme:
«Nicht wahr, ich habe dir gesagt, daß ich nicht einsehe, warum ich an dieser Sache nicht mein Vergnügen haben soll. Ein richtiger Mord in meinem eigenen Haus! Etwas, das nie wieder passieren wird!»
«Hoffentlich nicht!» warf Miss Marple ein.
«Ja, wahrhaftig, hoffentlich! Einmal genügt. Aber es ist *mein* Mord, Jane; ich will meinen Spaß daran haben.»
Miss Marple warf ihr einen Blick zu.
«Du glaubst mir nicht?» rief Mrs. Bantry herausfordernd.
Miss Marple erwiderte sanft:
«Natürlich, Dolly, wenn du es sagst.»
«Ja, aber du glaubst doch nie, was man dir sagt. Das hast du mir doch eben erzählt. Nun, du hast ganz recht.» Ihr Ton wurde plötzlich bitter. «Ich denke nicht so albern, wie ich aussehe. Vielleicht denkst du, Jane, daß ich nicht weiß, was die Leute in St. Mary Mead reden — und in der ganzen Grafschaft! Alle sagen, es gibt keinen Rauch ohne Feuer, und wenn das Mädchen in Arthurs Bibliothek gefunden wurde, dann müsse Arthur etwas davon wissen. Man sagt, daß sie Arthurs Geliebte war — seine uneheliche Tochter —, daß sie ihn erpreßt habe. Die Leute sagen einfach alles, was ihnen durch die Köpfe fährt! Und so wird es weitergehen! Zuerst wird Arthur nichts bemerken — er wird nicht wissen, was los ist. Er ist so ein lie-

ber, guter Dummkopf, nie wird er glauben, daß die Leute so etwas von ihm denken könnten. Man wird ihm die kalte Schulter zeigen und ihn verachten. Nach und nach wird er daraufkommen, und plötzlich wird er ganz entsetzt sein und ins Herz getroffen und er wird sich verkriechen wie eine Schnecke und nichts tun als leiden, Tag für Tag . . .
Nur weil ihm das bevorsteht, bin ich hierhergekommen, um alles, was nur irgend möglich ist, zu erfahren! Dieser Mord *muß* aufgeklärt werden! Geschieht es nicht, dann ist Arthurs Leben zerstört – und das will ich nicht. Ich will nicht! Ich will nicht! Ich will nicht!»
Einen Augenblick hielt sie inne. Dann schloß sie:
«Ich will nicht, daß mein lieber, guter Junge Höllenqualen leiden muß für ein Verbrechen, das er nicht begangen hat. Das ist der einzige Grund dafür, daß ich nach Danemouth kam und ihn allein zu Hause ließ: ich will die Wahrheit finden.»
«Ich weiß, mein Herz», lächelte Miss Marple, «darum bin auch ich hier.»

14

In einem stillen Hotelzimmer lauschte Edwards ehrerbietig den Ausführungen Sir Henry Clitherings.
«Ich möchte Ihnen gerne einige Fragen stellen, Edwards. Aber zuerst sollen Sie ganz genau wissen, in welcher Situation ich mich hier befinde. Ich war einmal Polizeichef von Scotland Yard. Jetzt habe ich mich ins Privatleben zurückgezogen. Als dieses Unglück passierte, hat Ihr Herr nach mir geschickt. Er bat mich, meine Fähigkeiten und Erfahrungen einzusetzen, um die Wahrheit zu finden.»
Sir Henry hielt inne. Edwards' farblose, intelligente Augen waren auf das Gesicht seines Gegenübers geheftet. Er neigte den Kopf. «Sehr wohl, Sir Henry.» Langsam und freundlich fuhr Clithering fort:
«In allen Kriminalfällen gibt es notwendigerweise viele Tatsachen, die verheimlicht werden. Dies geschieht aus verschiedenen Gründen – weil sie Familienangelegenheiten berühren,

weil man glaubt, daß sie nicht wichtig sind, weil sie den Beteiligten peinlich oder unangenehm sein könnten.»
Wieder sagte Edwards:
«Sehr wohl, Sir Henry.»
«Ich glaube, Edwards, daß Sie um die wichtigsten Punkte dieser Affäre schon Bescheid wissen. Das ermordete Mädchen sollte gerade Mr. Jeffersons Adoptivtochter werden. Zwei Personen hatten ein Motiv dafür, es zu verhindern. Diese zwei Personen sind Mr. Gaskell und Mrs. Jefferson.»
In den Augen des Dieners blitzte es auf. «Darf ich fragen, ob sie unter Verdacht stehen?»
«Wenn Sie meinen, ob sie in Gefahr sind, verhaftet zu werden, so ist dies nicht der Fall. Aber der Polizei sind sie selbstredend verdächtig, und das werden sie auch bleiben, *bis der Fall geklärt ist.*»
«Eine unangenehme Situation für die beiden, Sir.»
«Sehr unangenehm. Um aber die Wahrheit zu finden, muß man sämtliche Tatsachen kennen. Selbstverständlich hängt unendlich viel von den Reaktionen, den Worten und Handlungen von Mr. Jefferson und seiner Familie ab. Was haben sie gefühlt, was haben sie sich merken lassen, was ist gesprochen worden. Ich will von Ihnen intime Auskünfte haben, Edwards — so intime Auskünfte, wie Sie nur geben können. Sie kennen alle Stimmungen Ihres Herrn. Durch langjährige Beobachtung wissen Sie bestimmt auch, wodurch diese Stimmungen hervorgerufen werden. Diese Fragen stelle ich nicht als Detektiv, sondern als Freund von Mr. Jefferson. Das heißt: wenn Sie mir etwas erzählen, das nach meiner Ansicht keine Beziehung zu diesem Verbrechen hat, dann werde ich es der Polizei nicht mitteilen.»
Er schwieg. Edwards sprach leise:
«Ich verstehe, Sir. Sie wollen, daß ich ganz offen spreche — daß ich Dinge erzähle, die ich normalerweise nicht erzählen würde — und die — Verzeihung, Sir — die Sie auch niemals würden anhören wollen.»
Edwards schien ein paar Minuten nachzudenken, dann begann er zu erzählen.
«Natürlich kenne ich Mr. Jefferson jetzt schon ziemlich gut. Ich bin schon viele Jahre bei ihm. Und ich sehe ihn auch in seinen

bösen Stunden, nicht nur in seinen guten. Manchmal frage ich mich, Sir, ob es einem Menschen guttut, gegen das Schicksal so anzukämpfen, wie Mr. Jefferson kämpft. Es kostet ihn furchtbare Anstrengung, Sir. Wenn er sich nur ab und zu gehenlassen könnte und ein unglücklicher, einsamer, gebrochener alter Mann wäre — nun ja, das wäre letzten Endes besser für ihn. Aber dazu ist er zu stolz! Kämpfend will er fallen — das ist sein Wahlspruch.

Doch diese Einstellung, Sir Henry, führt zu manchen nervösen Reaktionen. Mr. Jefferson macht den Eindruck eines ruhigen Mannes. Aber ich habe ihn schon in wildem Zorn gesehen, so daß er vor Erregung kaum sprechen konnte. Und das einzige, was ihn in solche Wut versetzen kann, Sir, ist Falschheit.»

«Sagen Sie das aus einem bestimmten Grund, Edwards?»

«Jawohl, Sir. Sie wollten doch, daß ich ganz offen spreche, Sir?»

«Gewiß.»

«Nun, dann muß ich sagen, Sir Henry, diese junge Person, von der Mr. Jefferson so eingenommen war, ist es nicht wert gewesen. Sie war — um es klar und deutlich zu sagen — ein ordinäres Stück. Und ihr lag nicht das geringste an Mr. Jefferson. Das ganze Getue von Liebe und Dankbarkeit war pure Komödie. Ich will nicht behaupten, daß sie geradezu schlecht war — aber sie war bei weitem nicht das, wofür Mr. Jefferson sie hielt. Das war schon merkwürdig, Sir, denn Mr. Jefferson ist ein kluger Herr; er irrt sich selten in einem Menschen. Aber so ist es eben, ein Mann ist nicht mehr er selbst und verliert jede Urteilskraft, wenn ein Mädchen im Spiel ist. Die junge Mrs. Jefferson, von der er immer dachte, sie hätte ihn besonders gern, hat sich in diesem Sommer verändert. Er merkte das und hat es sehr empfunden. Er hatte sie lieb, wissen Sie. Mr. Mark mochte er nie leiden.»

«Und doch will er ihn ständig um sich haben?» warf Sir Henry ein.

«Ja, aber nur Miss Rosamund zuliebe. Mrs. Gaskell, will ich sagen. Sie war sein Augapfel. Er hat sie angebetet. Mr. Mark war Miss Rosamunds Gatte. So hat ihn Mr. Jefferson immer betrachtet.»

«Angenommen, Mr. Mark hätte sich wieder verheiratet?»

«Mr. Jefferson wäre wütend gewesen, Sir.»

Sir Henry zog die Brauen hoch. «Direkt wütend?»
«Er hätte sich's nicht merken lassen — aber er wäre wütend gewesen.»
«Und wenn Mrs. Jefferson wieder geheiratet hätte?»
«Das wäre Mr. Jefferson auch nicht recht gewesen.»
«Bitte, fahren Sie fort, Edwards.»
«Ich habe eben gesagt, Sir, daß Mr. Jefferson dieser jungen Person hereingefallen ist. Das habe ich schon oft mit angesehen, bei Herren, denen ich diente. Das kommt über einen Mann wie eine Krankheit. Er will dem Mädchen helfen, es beschützen und mit Wohltaten überschütten. Und unter zehn solchen Damen sind neun sehr wohl imstande, auf sich selbst achtzugeben, und sind geschickt darin, alles zu ihrem Vorteil auszunützen.»
«Sie glauben also, Ruby Keene war eine raffinierte Person?»
«Nun ja, Sir Henry, sie war ganz unerfahren, da sie doch so jung war. Aber sie hätte sich bestimmt zu einer außerordentlich raffinierten herzlosen Koketten entwickelt, wenn sie erst so richtig in Schwung gekommen wäre! Noch fünf Jahre — und sie hätte dieses Spiel durch und durch beherrscht!»
«Ich bin froh, Edwards, daß ich jetzt Ihre Ansicht kenne. Das ist wertvoll. Und nun — können Sie sich vielleicht an eine Gelegenheit erinnern, bei welcher dieses Thema von Mr. Jefferson und seiner Familie erörtert wurde?»
«Es gab eine kleine Diskussion darüber, Sir. Mr. Jefferson gab seinen Entschluß bekannt und lehnte jeden Widerspruch ab. Das heißt, er brachte Mr. Gaskell zum Schweigen, der etwas zu deutlich werden wollte. Mrs. Jefferson sagte nicht viel — sie ist eine ruhige Dame —, sie bat ihren Schwiegervater nur, nichts zu übereilen.»
Sir Henry nickte.
«Sonst noch etwas? Wie benahm sich das Mädchen?»
Mit deutlichem Abscheu erwiderte der Diener:
«Man kann sagen, Sir — sie hat gejubelt.»
«So, gejubelt — wahrhaftig? Und Sie hatten keinerlei Anhaltspunkte dafür, daß — —» Sir Henry suchte nach einem Ausdruck, der Edwards nicht stören konnte — «daß — — daß ihre Neigung — *anderweitig* gebunden war?»
«Mr. Jefferson wollte Miss Keene nicht heiraten, Sir. Er wollte sie adoptieren.»

«Lassen Sie das *‹anderweitig›* weg — und meine Frage bleibt bestehen.»
Edwards bekannte zögernd: «Es gab so einen Anhaltspunkt, Sir. Zufällig war ich Zeuge . . .»
«Wie günstig. Erzählen Sie.»
«Wahrscheinlich ist gar nichts dabei, Sir. Eines Nachmittags öffnete das junge Ding zufällig ihre Handtasche, und eine kleine Fotografie fiel heraus. Mr. Jefferson erwischte sie und fragte: ‹Hallo, Kindchen, wer ist das, wie?›
Es war die Fotografie von einem jungen Mann, von einem brünetten jungen Mann mit ziemlich zerrauftem Haar und einer sehr unordentlich gebundenen Krawatte.
Miss Keene behauptete, keine Ahnung zu haben, was das für ein Bild sei. ‹Ich habe keine Ahnung. Jeffie, es ist mir rätselhaft. Ich weiß nicht, wie das Zeug in meine Tasche gekommen ist. Ich hab's jedenfalls nicht hineingesteckt!›
Nun, Sir, Mr. Jefferson hatte noch seine fünf Sinne beisammen. Diese Geschichte war zu unwahrscheinlich. Er schien ärgerlich, seine Augenbrauen zogen sich dicht zusammen, und seine Stimme klang rauh.
‹Vorwärts, Kindchen, vorwärts, du weißt ganz genau, wer das ist.›
Sie änderte ihre Taktik augenblicklich. Sah ganz erschreckt drein. ‹Jetzt erkenne ich ihn. Er kommt manchmal her, und ich habe auch schon mit ihm getanzt. Seinen Namen weiß ich nicht. Dieser alberne Idiot muß irgendwann mal sein Foto in meine Tasche gestopft haben. Diese Jungen sind doch blöd!› Sie schüttelte den Kopf und kicherte und sprach von etwas anderem. Aber die Geschichte war nicht sehr glaubwürdig — nicht wahr? Mir scheint, daß auch Mr. Jefferson mißtrauisch war. Nach dieser Sache sah er sie öfters forschend an, und wenn sie von einem Ausgang zurückkam, fragte er sie, was sie gemacht hätte.»
«Haben Sie das Original der Fotografie einmal im Hotel gesehen?»
«Nicht daß ich wüßte, Sir. Natürlich bin ich nicht sehr viel unten in den offiziellen Räumen.»
Sir Henry nickte. Er stellte noch einige Fragen, aber Edwards konnte ihm nichts Interessantes mehr mitteilen.

Superintendent Harper verhörte auf der Polizeistation von Danemouth Jessie Davis, Florence Small, Beatrice Henniker, Mary Price und Lilian Ridgeway.
Alle diese Mädchen waren ungefähr im gleichen Alter und unterschieden sich nur in ihrem Wesen voneinander. Unter ihnen waren einige «von Adel» und einige Bauern- und Kaufmannstöchter. Jede einzelne erzählte die gleiche Geschichte. Pamela Reeves sei genauso gewesen wie immer und habe zu keiner der Freundinnen etwas anderes gesagt, als daß sie ins Warenhaus gehen und mit einem späteren Autobus heimfahren würde.
In der Ecke von Harpers Büro saß eine ältere Dame. Die Mädchen bemerkten sie kaum. Wenn eine von ihnen sie zufällig sah, so fragte sie sich vielleicht, wer das wohl sein mochte. Gewiß war sie keine Polizeiangestellte. Die Mädchen glaubten, diese Dame sei – wie sie selbst – eine Zeugin. Soeben wurde das letzte Mädchen entlassen. Superintendent Harper trocknete die Stirn und blickte sich nach Miss Marple um. Seine Augen waren fragend, aber nicht sehr hoffnungsvoll.
Miss Marple jedoch bat kurz:
«Ich möchte Florence Small sprechen.»
Der Superintendent zog die Brauen hoch, dann nickte er und drückte auf die Klingel. Ein Polizist erschien.
Harper befahl:
«Florence Small.»
Von dem Polizisten geführt, kam das Mädchen zurück.
Sie war die Tochter eines wohlhabenden Bauern – ein großes Mädchen mit blonden Haaren, einem törichten Mund und ängstlichen grauen Augen.
Sie faltete ihre Hände und schien nervös zu sein.
Superintendent Harper blickte Miss Marple an, sie nickte ihm zu.
Er erhob sich und wandte sich an Florence Small:
«Diese Dame wird Ihnen einige Fragen stellen.»
Dann ging er hinaus und schloß die Türe hinter sich.
Florence warf Miss Marple einen scheuen Blick zu. Ihre Augen erinnerten an ein Kalb ihres Vaters.
Miss Marple sagte: «Setz dich, Florence.»
Gehorsam setzte Florence Small sich nieder. Ohne es selbst zu

wissen, fühlte sie sich plötzlich heimischer und ruhiger. Die fremde, erschreckende Atmosphäre der Polizeistation machte einem vertrauteren Einfluß Platz, dem wohlbekannten Kommandoton eines Menschen, dessen Beruf es ist, Befehle zu erteilen. Miss Marple fuhr fort:

«Du verstehst doch, Florence, wie außerordentlich wichtig es ist, daß wir alles erfahren, was die arme Pamela am Tage ihres Todes gemacht hat?»

Florence flüsterte, sie verstehe das vollkommen.

«Und ich bin überzeugt, daß du alles tun willst, um uns zu helfen?»

In Florences Augen trat ein wachsamer Ausdruck, während sie entgegnete, daß dies selbstverständlich sei.

«Wenn du irgend etwas verschweigst, so ist das ein sehr schweres Unrecht.»

Nervös verschränkte das Mädchen die Finger im Schoß und schluckte einige Male.

«Ich will noch einmal Nachsicht mit dir haben», sprach Miss Marple weiter, «da es dich begreiflicherweise sehr aufregt, hier auf der Polizei zu sein. Du hast auch Angst, man werde dir vorwerfen, daß du nicht sofort alles erzählt hast. Wahrscheinlich fürchtest du auch, gescholten zu werden, weil du Pamela nicht rechtzeitig zurückgehalten hast. Aber du mußt jetzt ein braves Mädchen sein und mußt die Wahrheit sagen. Wenn du nicht alles sagst, was du weißt, dann ist das eine sehr ernste Sache — außerordentlich ernst. Ja, es ist eigentlich ein *Meineid*, und du weißt, daß du dafür eingesperrt werden kannst.» —

«Ich — ich weiß nicht —»

Miss Marple rief scharf:

«Keine Ausrede, Florence! Sag mir's sofort! Pamela wollte ins Warenhaus, nicht wahr?»

Florence netzte ihre trockenen Lippen mit der Zunge und blickte Miss Marple flehend an, wie ein Tier, das zur Schlachtbank geführt wird.

«Hat was mit dem Film zu tun, nicht wahr?» forschte Miss Marple.

Ein Ausdruck unendlicher Erleichterung und tiefer Ehrfurcht spiegelte sich auf Florences Zügen. Ihre Hemmungen verschwanden.

«Ach, *ja*!» hauchte sie.
«Das habe ich mir gedacht. Nun will ich alle Details von dir hören, bitte.»
Jetzt brachen die Worte wie ein Strom aus dem Mund des Mädchens.
«Oh! Was ich für Angst hatte! Ich habe Pam doch versprochen, daß ich keiner Menschenseele etwas erzählen würde. Und dann, als sie ganz verbrannt in diesem Wagen gefunden wurde — — oh! Es war entsetzlich, ich dachte, ich müsse sterben — — es war mir, als hätte ich die Schuld. Ich hätte sie zurückhalten sollen, aber ich habe doch nicht geglaubt — nicht einen Moment hätte ich gedacht, daß irgend etwas nicht in Ordnung sei. Und dann hat man mich gefragt, ob sie an diesem Tag so war wie immer, und ich hab' ja gesagt, bevor ich Zeit hatte, darüber nachzudenken. Und weil ich damals nichts erzählte, wußte ich nicht, wie ich später etwas sagen sollte. Und schließlich habe ich auch nichts gewußt — — nur, was Pamela mir erzählt hat.»
«Was hat Pamela dir erzählt?»
«Wir gingen gerade zum Autobus, um zur Übung zu fahren. Da fragte sie mich, ob ich ein Geheimnis bewahren könne. Ich sagte ‹ja›, und sie ließ mich schwören, niemandem etwas zu erzählen. Sie wollte nach der Übung nach Danemouth gehen und eine Probeaufnahme für den Film machen lassen! Sie hatte einen Filmregisseur kennengelernt, der war gerade von Hollywood zurückgekommen. Er brauchte einen bestimmten Typ, und er sagte Pamela, sie sei gerade das, was er suche. Allerdings warnte er sie, nicht fest damit zu rechnen. Man könne es niemals mit Bestimmtheit sagen, ob sich jemand für den Film eigne, bevor man nicht wisse, ob die Person gut zu fotografieren sei. Möglicherweise wäre es gar nicht möglich. Es sei eine Art Bergner-Rolle, sagte er. Dazu brauche man ein ganz junges Mädchen. Ein Schulmädchen, das mit einem Revuestar die Rollen tauscht und eine phantastische Karriere macht. Pamela hat schon in Schulaufführungen mitgemacht — sie war großartig. Er sagte, daß sie spielen könne, sei sicher — aber sie müsse noch tüchtig arbeiten. Es würde nicht eitel Honiglecken sein, sagte er ihr, sondern verdammt anstrengend. Und ob sie genug Energie habe?»
Florence Small hielt inne, um Atem zu holen.

Miss Marple wurde es beinahe übel, während sie diesem aufgewärmten Kohl zahlloser Romane und Kinodramen zuhörte. Gewiß war Pamela Reeves – wie die meisten anderen Mädchen – davor gewarnt worden, mit Fremden zu sprechen – jedoch der Zauber des Films hatte sie alles andere vergessen lassen.

«Er sprach absolut geschäftsmäßig», fuhr Florence fort. «Er sagte, wenn die Probeaufnahme gut sei, dann würde man einen Kontrakt mit ihr machen, und weil sie so jung und unerfahren sei – sagte er – solle sie diesen Kontrakt einem Anwalt zeigen, bevor sie ihn unterschreibe. Sie müsse aber nicht weitererzählen, daß *er* ihr das geraten habe. Und dann fragte er sie, ob die Eltern Schwierigkeiten machen würden, und Pam sagte, wahrscheinlich, und er sagte: ‹Ja, natürlich, das ist immer das Unangenehme, wenn man so jung ist wie Sie. Aber ich glaube, wenn man ihnen erklärt, was für eine wunderbare Chance das ist – eine Gelegenheit, die in Millionen Fällen kaum einmal vorkommt, dann werden sie wohl Vernunft annehmen.› Aber er meinte, es habe jedenfalls gar keinen Sinn, davon anzufangen, bevor man das Ergebnis der Probeaufnahme habe. Sie soll ja nicht enttäuscht sein, wenn es schiefginge. Er erzählte ihr von Hollywood und von Vivian Leigh – wie sie London im Sturm erobert hat – und wie oft es vorkommt, daß man mit einem Schlag berühmt wird. Und er selbst sei von Amerika zurückgekommen, um mit der British-Filmgesellschaft zu arbeiten und um die englische Filmproduktion ein bißchen in Schwung zu bringen.»

Miss Marple nickte.

Florence erzählte weiter:

«So wurde also alles abgemacht. Pam sollte nach der Pfadfinderinnen-Übung nach Danemouth gehen und ihn in seinem Hotel treffen, und er würde sie ins Filmatelier bringen – die Gesellschaft hat ein kleines Atelier für Probeaufnahmen in Danemouth, sagte er ihr. Die Probeaufnahme würde gemacht werden, und sie könne noch den letzten Autobus nach Hause erreichen. Sie sollte sagen, sie habe Einkäufe besorgt. In einigen Tagen würde er ihr dann das Resultat mitteilen, und wenn es günstig sei, so wolle Mr. Harmsteiter, der Direktor, zu ihren Eltern kommen und mit ihnen sprechen.

Ach, es klang alles so wundervoll! Ich war grün vor Neid. Pam

machte die Übung mit, ohne mit der Wimper zu zucken. Sie konnte sich sehr gut beherrschen. Dann, als sie zu den andern sagte, sie würde ins Warenhaus gehen, zwinkerte sie mir nur zu. Ich hab' ihr nachgeschaut, als sie fortging.» Florence brach in Tränen aus. «Ich hätte sie zurückhalten müssen! Ich hätte sie zurückhalten müssen . . . ich hätte doch wissen müssen, daß so etwas nicht wahr sein kann. Ich hätte es jemandem erzählen sollen. O mein Gott, ich wollte, ich wäre tot!»
«Na, na», Miss Marple klopfte dem Mädchen auf die Schulter, «es ist schon gut. Niemand wird dir einen Vorwurf machen. Es ist brav von dir, daß du mir alles erzählt hast.»
Ein paar Minuten mußte sie opfern, um das Kind zu trösten.
Gleich darauf erzählte sie Superintendent Harper die ganze Geschichte. Der machte ein grimmiges Gesicht.
«Dieser schlaue Teufel!» knirschte er. «Bei Gott, dem will ich's besorgen! Jetzt sieht alles ganz anders aus.»
«Gewiß.»
Harper sah die alte Miss von der Seite an.
«Sie sind gar nicht überrascht?»
«Ich habe so etwas Ähnliches erwartet.»
Der Superintendent forschte neugierig:
«Wieso sind Sie gerade auf dieses Mädchen gekommen? Sie alle sahen zu Tode erschrocken aus und glichen einander wie ein Ei dem andern, soviel ich sehen konnte.»
Freundlich erklärte Miss Marple:
«Sie haben eben nicht soviel Erfahrung mit lügenhaften Mädchen wie ich. Florence sah Ihnen fest in die Augen, wie Sie sich vielleicht erinnern werden, und hielt sich sehr gerade und scharrte nur mit den Füßen, genau wie die andern Mädchen. Sie haben sie jedoch nicht beobachtet, als sie zur Tür hinausging. Ich wußte sofort, daß sie etwas zu verheimlichen hatte. Fast immer atmen diese kleine Lügnerinnen zu früh auf. Mein junges Dienstmädchen Janet tat das auch immer. Sie versicherte ganz überzeugend, daß die Mäuse den Rest des Kuchens gefressen hätten – und verriet sich dann durch ein Schmunzeln, während sie das Zimmer verließ.»
«Ich bin Ihnen sehr dankbar», versicherte Superintendent Harper. Nachdenklich fügte er hinzu: «British-Filmgesellschaft – soso?»

Miss Marple erwiderte nichts. Sie erhob sich.
«Ich muß mich beeilen. Ich freue mich, daß ich Ihnen behilflich sein konnte.»
«Gehen Sie ins Hotel?»
«Ja – um zu packen. Ich muß so bald wie möglich nach St. Mary Mead zurückfahren. Dort gibt es viel für mich zu tun.»

15

Miss Marple verließ durch die Fenstertüre ihres Wohnzimmers das Haus, trippelte den sauberen Gartenweg hinunter, schritt durch die Gittertür in den Pfarrersgarten, durch den Pfarrersgarten hin zur Fenstertüre des Wohnzimmers, wo sie leise an die Scheibe klopfte.
Der Pfarrer war in seinem Arbeitszimmer mit der Sonntagspredigt beschäftigt, aber seine junge, hübsche Frau bestaunte die Fortschritte ihres Sprößlings, der über den Kaminteppich rutschte.
«Darf ich hinein, Griselda?»
«Bitte, Miss Marple, kommen Sie doch! Sehen Sie sich nur einmal meinen David an! Er ist wütend, weil er nur nach rückwärts kriechen kann. Er möchte irgendwo hingelangen. Und je mehr er sich anstrengt, desto mehr kriecht er nach rückwärts, in den Kohleneimer!»
«Er sieht knusperig aus, Griselda.»
«Er ist nicht übel, nicht wahr?» meinte die junge Mutter und versuchte, so gleichgültig wie möglich dreinzusehen. «Natürlich mache ich gar kein großes Getue mit ihm. In allen Büchern steht, daß man ein Kind soviel, wie es nur irgend geht, in Ruhe lassen soll.»
«Das ist sehr gescheit, meine Liebe. Ahem – ich komme, um Sie zu fragen, ob Sie augenblicklich für irgend etwas Besonderes sammeln?»
Die Pfarrerin blickte sie erstaunt an.
«Aber gewiß, für unzählige Anlässe», erwiderte sie munter. «Immer gibt es Sammlungen bei uns.»
Sie zählte sie an den Fingern auf.

«Da haben wir den Renovierungsfonds für das Kirchenschiff und die St. Giles' Mission, und unsern Bazar am nächsten Freitag, dann die ledigen Mütter, einen Pfadfinder-Ausflug, den Handarbeits-Verein und die bischöfliche Sammlung für die Tiefseefischer.»

«Eine davon wird genügen. Ich würde gerne mit einem Büchlein die Runde machen – wissen Sie – wenn Sie mir dazu Vollmacht erteilen wollten.»

«Haben Sie etwas im Sinn? Ich sehe es Ihnen an! Natürlich erteile ich Ihnen die Vollmacht. Nehmen Sie unsern Bazar! Es wäre herrlich, einmal wirkliches Geld zu bekommen, anstatt immer nur diese gräßlichen Sachets und die komischen Tintenwischer und traurige Kinderkleidchen und Puppen, aus Staubtüchern zurechtgemacht.»

«Ich vermute», plauderte Griselda weiter, während sie ihren Gast zur Tür begleitete, «daß Sie mir nicht erzählen wollen, worum es sich eigentlich handelt?»

«Später, mein Herz», versprach Miss Marple und hastete davon.

Seufzend kehrte die junge Mutter zum Kaminteppich zurück. Sie befolgte die strenge Vorschrift, sich möglichst wenig um das Kind zu kümmern, indem sie ihr Söhnchen am Bauch kitzelte, worauf es mit blitzenden Augen ihr Haar packte und daran riß. Dann wälzten sich die beiden in einer großartigen Balgerei über den Teppich, bis sich plötzlich die Tür öffnete und die Pfarrersmagd das einflußreichste Gemeindemitglied – das Kinder nicht ausstehen konnte – ins Zimmer geleitete.

«Da ist die Frau Pfarrer.»

Worauf sich Griselda aufsetzte und versuchte, würdig auszusehen, so wie man es von einer Pfarrersfrau erwarten darf.

Miss Marple umklammerte mit der Hand ein kleines Buch, das Bleistifteintragungen enthielt, und eilte die Dorfstraße entlang bis zur Kreuzung. Dort wandte sie sich nach links und schritt am *Blauen Bären* vorüber, bis sie zu «Chatsworth» kam, alias «Mr. Bookers neues Haus».

Sie betrat den Garten, ging zum Haus und klopfte kurz.

Die blonde junge Frau namens Dinah Lee öffnete die Tür. Sie

war weniger sorgfältig hergerichtet als sonst und wirkte, um die Wahrheit zu sagen, ein wenig schmuddelig. Sie trug graue Hosen und einen smaragdgrünen Jumper.

«Guten Morgen», rief Miss Marple energisch und fröhlich. «Darf ich eben mal für einen Moment eintreten?»

Und während sie sprach, drängte sie sich schon durch die Tür, so daß Dinah Lee, die durch diesen Besuch ohnehin ziemlich verwirrt war, keine Zeit fand, einen Entschluß zu fassen.

«Vielen, vielen Dank!» Miss Marple strahlte die junge Frau liebenswürdig an und nahm mit großer Vorsicht auf einem modernen Bambussessel Platz.

«Warm für diese Jahreszeit, nicht wahr?» Miss Marple schien immer noch Wohlwollen und Herzlichkeit auszuströmen.

«Ja, ziemlich — doch, sehr», stotterte Miss Lee.

Ungewiß, wie sie sich benehmen sollte, holte sie eine Schachtel und bot ihrem Gast eine Zigarette an.

«Herzlichen Dank, aber ich rauche nicht. Wissen Sie, ich bin nur gekommen, um Sie zu fragen, ob Sie nicht etwas für unsern Missions-Bazar zeichnen könnten.»

«Missions-Bazar?» wiederholte Dinah Lee, als wäre dies ein Wort in einer fremden Sprache.

«Im Pfarrhaus», erklärte Miss Marple, «am nächsten Freitag.»

«Oh!» Miss Lees Mund blieb offenstehen. «Leider ist es mir unmöglich — — —»

«Auch nicht eine ganz kleine Spende? Ein Schilling, vielleicht?» Miss Marple zog ihr kleines Buch hervor.

«Ah — eh — ja, vielleicht könnte ich das machen.»

Das junge Mädchen schien erleichtert, wandte sich um und begann in seiner Handtasche zu kramen.

Miss Marples scharfer Blick durchlief das Zimmer.

«Wie ich sehe, haben Sie keinen Teppich vor dem Kamin.»

Dinah Lee drehte sich um und starrte sie an. Es konnte ihr nicht entgehen, daß die alte Dame sie recht kritisch musterte; das erweckte in ihr jedoch nur ein leichtes Gefühl der Verstimmung. Miss Marple bemerkte dies und fuhr fort:

«Das ist gefährlich, wissen Sie. Funken können herausfliegen und das Parkett ruinieren.»

‹Komische alte Schraube›, dachte Dinah, aber sie bemerkte höflich, wenn auch recht gleichgültig:

«Früher war ein Kaminvorleger da. Ich weiß nicht, wo er hingekommen ist.»
«Das war wahrscheinlich so ein rauher, wollener . . .?»
«Nein, Schaffell. So hat's wenigstens ausgesehen.» Jetzt war Dinah belustigt. Eine verrückte alte Nudel!
Sie hielt der Bittstellerin den Schilling hin. «Da haben Sie.»
«Oh, vielen Dank, meine Liebe.»
Miss Marple nahm das Geld und öffnete das Büchlein.
«Eh — welchen Namen darf ich eintragen?»
Dinahs Augen wurden plötzlich hart und unwillig.
‹Neugierige alte Katze›, dachte sie, ‹nur deshalb ist sie hergekommen! Will herumschnüffeln und einen Skandal aufspüren!›
Sie erwiderte deutlich und mit boshaftem Vergnügen:
«Miss Dinah Lee.»
Die alte Dame sah sie fest an.
«Dies ist Mr. Basil Blakes Villa, nicht wahr?»
«Jawohl. Und *ich* bin Miss Dinah Lee!»
Ihre Stimme klang herausfordernd, und ihre blauen Augen blitzten, als sie den Kopf zurückwarf.
Noch immer sah Miss Marple sie fest und ruhig an.
«Würden Sie mir gestatten, Ihnen einen Rat zu geben — auch wenn Sie es unverschämt von mir finden sollten?»
«Ich *finde* es unverschämt von Ihnen. Schweigen Sie lieber.»
«Ich werde sprechen. Ich rate Ihnen dringend, Ihren Mädchennamen nicht mehr hier in der Villa zu gebrauchen.»
Die Blonde starrte sie an.
«Was — was wollen Sie damit sagen?»
Ernst entgegnete Miss Marple:
«In kürzester Zeit werden Sie vielleicht alle Sympathie, alles Wohlwollen brauchen, das nur irgend erreichbar für Sie ist. Auch für Ihren Gatten wird es wichtig sein, daß man eine gute Meinung von ihm hat. In altmodischen Gegenden besteht ein Vorurteil gegen Leute, die zusammenleben, ohne verheiratet zu sein. Gewiß war es für Sie beide amüsant, so zu tun, als ob Sie ‹in wilder Ehe› leben würden. Es hielt Ihnen die Menschen fern, so daß Sie von dem, was Sie wahrscheinlich ‹oller Krimskrams› nennen, unbehelligt blieben. Trotzdem hat der ‹olle Krimskrams› eine Bedeutung.»

«Woher wissen Sie denn – daß wir – verheiratet sind?»
Miss Marple lächelte herablassend.
«Aber, meine Liebe», murmelte sie nur.
«Aber woher wissen Sie es denn?» beharrte Dinah. «Sind Sie – sind Sie vielleicht aufs Rathaus gegangen?»
Ein plötzliches Funkeln erschien in Miss Marples Augen und verschwand sogleich wieder.
«Ins Rathaus? O nein. Aber es war doch ganz leicht zu erraten. In einem solchen Dorf spricht sich alles herum, wissen Sie. Die – nun ja – diese Krachs, die Sie miteinander hatten – ganz anders als in einer illegitimen Beziehung. Man sagt – und ich glaube, es ist völlig wahr –, daß man einander nur ganz nahe kennenlernt, wenn man verheiratet ist. Wenn keine – keine legitime Verbindung besteht, dann sind die Menschen viel vorsichtiger. Sie müssen sich dauernd versichern, wie glücklich und friedlich sie miteinander leben. Sie müssen sich rechtfertigen, verstehen Sie? In diesem Fall darf man nicht streiten! Ehepaare hingegen haben, wie ich oft bemerken konnte, direkt Spaß an ihren Auseinandersetzungen und – ja – an den dazugehörigen Versöhnungen.»
Sie hielt inne und zwinkerte verständnisvoll.
«Ach, ich – –» Dinah brach ab und lachte. «Sie sind wirklich großartig!»
Dann fuhr sie fort:
«Aber warum wollen Sie denn, daß wir klein beigeben und ‹respektabel› werden sollen?»
Miss Marple wurde sehr ernst.
«Weil Ihr Gatte in jedem Augenblick *wegen Mord verhaftet werden kann.*»

Dinah starrte sie ein paar Sekunden an. Dann rief sie ungläubig aus:
«Basil? Scherzen Sie?»
«Nein, weiß Gott, nicht! Haben Sie denn keine Zeitungen gelesen?» Dinah rang nach Atem.
«Sie meinen – dieses Mädchen aus dem Majestic Hotel? Wollen Sie behaupten, daß man Basil verdächtigt, sie ermordet zu haben?»

«Ja.»
«Blödsinn!»
Draußen ertönte das Surren eines Wagens und das Schlagen einer Tür. Basil trat ein. Er hielt einige Flaschen in den Händen.
«Da hab' ich den Gin und den Vermouth. Hast du – – –»
Er brach ab und wandte den Blick mit ungläubigem Staunen nach dem schweigenden, aufrecht dasitzenden Gast.
Atemlos platzte Dinah heraus:
«Ist sie toll? Sie sagt, man wird dich verhaften wegen des Mordes an dieser Ruby Keene!»
«O Gott!» stammelte Basil. Die Flaschen fielen auf das Sofa. Er wankte zu einem Sessel, sank darauf nieder und vergrub sein Gesicht in den Händen. Er wiederholte verstört: «O mein Gott! O mein Gott!»
Dinah stürzte zu ihm. Sie packte seine Schultern.
«Basil, schau mich an! Es ist nicht wahr! Ich weiß, es ist nicht wahr! Nicht einen Moment glaube ich daran!»
Er griff nach ihren Händen.
«Ich danke dir, Geliebte.»
«Aber warum glaubt man denn – – du hast sie doch nicht einmal gekannt – nicht wahr?»
«Doch, er kannte sie», mischte sich Miss Marple ein.
Basil schrie heftig:
«Still, Sie alter Drache! Hör mich an, Dinah, Liebling! Ich habe sie kaum gekannt! Bin ihr nur ein- oder zweimal im Majestic begegnet. Das ist alles – ich schwör's dir, das ist alles!»
Befremdet murmelte Dinah:
«Das verstehe ich nicht. Wie kommt man dann dazu, dich zu verdächtigen?»
Basil stöhnte. Er bedeckte seine Augen mit den Händen und wiegte sich hin und her.
«Was haben Sie mit dem Kaminteppich gemacht?» forschte Miss Marple.
Seine Antwort erfolgte ganz mechanisch:
«Ich hab' ihn in den Abfalleimer geworfen.»
Miss Marple schnalzte ärgerlich mit der Zunge.
«Das war dumm – sehr dumm! Man wirft einen Kaminteppich nicht in den Abfalleimer. Wahrscheinlich waren Flitter von ihrem Kleid darin?»

«Ja. Ich konnte sie nicht herauslösen.»
«Um Gottes willen – wovon sprecht ihr denn, ihr beiden?» rief Dinah.
«Frag sie!» entgegnete Basil düster. «Sie weiß offenbar alles.»
«Wenn Sie wollen, so erzähle ich Ihnen, was meiner Meinung nach geschehen ist. Wenn ich mich irre, so können Sie mich korrigieren, Mr. Blake», schlug Miss Marple vor. «Ich stelle mir vor: nachdem Sie einen argen Streit mit Ihrer Frau gehabt und vielleicht zuviel – hm – getrunken hatten, sind Sie hierhergefahren. Ich weiß nicht, um wieviel Uhr Sie ankamen – –»
Verstört fiel Basil ein:
«Ungefähr um zwei Uhr früh. Ich hatte zuerst die Absicht, in die Stadt zu fahren – aber als ich bei den Vororten angelangt war, überlegte ich mir's. Ich dachte, Dinah würde mir vielleicht hierher nachkommen. Also fuhr ich her. Das Haus war ganz dunkel. Ich schloß die Tür auf, drehte das Licht an und sah – und sah – –»
Er schluckte krampfhaft und brach ab. Miss Marple fuhr fort:
«Sie sahen ein Mädchen auf dem Kaminteppich liegen – ein Mädchen in weißem Abendkleid – erwürgt. Ich weiß nicht, ob Sie sie sogleich erkannt haben – –»
Basil Blake schüttelte heftig den Kopf.
«Nach dem ersten Blick war ich nicht mehr imstande, sie anzuschauen. Ihr Gesicht war ganz blau – und geschwollen. Sie muß schon seit einiger Zeit tot gewesen sein und lag da – – in *meinem* Zimmer!»
Er schauderte.
Miss Marple sprach ihm freundlich zu.
«Sie waren natürlich außer sich. Sie waren nicht ganz nüchtern, und Ihre Nerven sind sowieso schwach. Ich kann mir vorstellen, daß Sie von panischem Entsetzen gepackt wurden. Sie wußten nicht, was tun –»
«Ich dachte, Dinah könnte jeden Moment kommen. Und sie würde mich da finden – mit einer Leiche – – mit der Leiche eines Mädchens – und sie würde glauben, ich hätte sie ermordet. Ich hatte einen Einfall – ich weiß nicht warum, aber damals schien mir dieser Einfall gut – ich dachte: ich will sie in Bantrys Bibliothek legen! Dieser eingebildete alte Knoten – schaut mich immer so von oben herab an, verspottet mich,

nennt mich Komödiant und weibisch. So ein Streich geschieht dem alten, arroganten Großhans recht, dachte ich. Er wird dumm dreinschauen, wenn man die tote Schönheit auf seinem Kaminteppich findet.» Er bemühte sich eifrig, alles zu erklären. «Ich war eben ein bißchen betrunken, verstehen Sie, mir kam mein Einfall wirklich ausgesprochen komisch vor. Der alte Brummbär Bantry mit einer toten Blondine!»
«Ja, ja», nickte Miss Marple. «Klein Tommy Bond hatte einen ganz ähnlichen Einfall. Ein empfindlicher Junge mit Minderwertigkeitskomplex. Er litt darunter, daß die Lehrerin immer auf ihm herumhackte, wie er sich ausdrückte. Da versteckte Tommy einen Frosch in der Uhr, der hüpfte der Lehrerin ins Gesicht. Sie haben's genauso gemacht, Mr. Blake. Nur ist diese Tote natürlich eine viel ernstere Angelegenheit als ein Frosch.»
Wieder stöhnte Basil.
«Am Morgen war ich nüchtern geworden. Ich erkannte, was ich getan hatte, und war zu Tode erschrocken. Und dann kam die Polizei zu mir. Wieder ein so verdammt eingebildeter Esel, dieser Polizeichef. Ich hatte Angst vor ihm, und die einzige Möglichkeit, dies zu verbergen, war namenlose Frechheit. Mitten drin erschien Dinah.»
Dinah blickte aus dem Fenster.
«Ein Wagen fährt vor — — ein paar Herren sitzen darin!»
«Wahrscheinlich die Polizei», meinte Miss Marple.
Basil Blake stand auf. Plötzlich war er ganz ruhig und entschlossen. Er lächelte sogar.
«Es ist also soweit — nicht wahr? Na schön, meine süße Dinah, Kopf hoch! Geh zum alten Sims — er ist der Anwalt unserer Familie — und geh zu Mutter. Erzähl ihr, daß wir geheiratet haben. Sie wird dich nicht beißen. Und gräm dich nicht. *Ich hab's nicht getan!* Also wird alles in Ordnung kommen, verstehst du, mein Geliebtes?»
Es klopfte an der Haustüre. Basil rief: «Herein!» Inspektor Slack erschien mit einem zweiten Mann.
«Mr. Basil Blake?»
«Ja.»
«Ich habe einen Haftbefehl gegen Sie. Sie werden beschuldigt, Ruby Keene in der Nacht des 21. September ermordet zu haben. Ich mache Sie darauf aufmerksam, daß alles, was Sie sa-

gen, im Gerichtsverfahren gegen Sie gebraucht werden könnte. Wollen Sie mir jetzt folgen, bitte. Es wird Ihnen die Möglichkeit gegeben werden, sich mit Ihrem Verteidiger in Verbindung zu setzen.»

Basil nickte.

Er blickte Dinah an. Er berührte sie nicht.

«Adieu einstweilen, Dinah.»

‹Kalte Hundeschnauze›, dachte Inspektor Slack.

Als Slack Miss Marple sah, verbeugte er sich leicht vor ihr und sprach in Gedanken zu sich selbst:

«Kluge alte Katze, hat eine feine Witterung! Gut, daß wir diesen Kaminteppich haben. Und daß wir vom Parkwächter beim Atelier herausgekriegt haben: der Bursche hat die Gesellschaft um *elf Uhr* verlassen — und nicht um Mitternacht. Ich glaube kaum, daß seine Freunde bewußt eine falsche Aussage leisteten. Sie waren betrunken, und Blake sagte ihnen am nächsten Tag ganz überzeugend, daß er um zwölf Uhr fortgegangen sei — und sie haben's geglaubt. Na, der ist erledigt — gründlich! Wahrscheinlich anormal. Lebenslänglich — nicht Strang. Erst die kleine Reeves, erwürgt sie, fährt sie hinaus nach dem Steinbruch, geht zu Fuß nach Danemouth zurück, holt seinen eigenen Wagen aus einem Seitenweg, fährt zu dieser Gesellschaft, hierauf zurück nach Danemouth, bringt Ruby Keene hierher, erwürgt sie, legt sie in Bantrys Bibliothek. Dann wird's ihm vermutlich unbehaglich wegen dem Wagen beim Steinbruch, fährt hin, zündet ihn an und kommt hierher zurück. Wahnsinnig — ein Lustmörder — welch ein Glück, daß er dieses Mädel da nicht auch noch erwischt hat. Das ist's wahrscheinlich, was man *akute Paranoia* nennt.»

Als die beiden Damen allein waren, wandte sich Dinah an Miss Marple.

«Es ist mir egal, wer Sie sind — aber das eine *müssen* Sie glauben: *Basil hat's nicht getan!*»

«Das weiß ich. Ich weiß, wer es getan hat. Aber es wird nicht leicht sein, den Täter zu überführen. Es ist mir so, als ob etwas, das Sie sagten — eben jetzt — von Nutzen sein könnte. Sie haben mich auf eine Idee gebracht — das Verbindungsglied, das ich gesucht habe — was haben Sie denn nur gesagt?»

16

«Ich bin zurück, Arthur!» verkündete Mrs. Bantry. Es klang wie eine königliche Proklamation.

Augenblicklich sprang Colonel Bantry von seinem Schreibtisch auf, küßte seine Frau und rief herzlich: «Herrlich, Dolly, herrlich!»

Die Worte waren überzeugend, und das Benehmen schien sehr natürlich, aber eine liebende Frau, die ihren Mann schon so viele Jahre kennt wie Mrs. Bantry, läßt sich nicht täuschen. Sie fragte sofort:

«Was ist los?»

«Gar nichts, Liebling! Was sollte denn los sein?»

«Ach, ich weiß nicht. Es geschehen doch seltsame Sachen, nicht wahr?»

Im Sprechen warf sie ihren Mantel ab, und Colonel Bantry hob ihn sorgfältig auf und legte ihn über die Sofalehne.

Er tat alles genauso wie immer – und doch ganz anders. Es schien Mrs. Bantry, als sei ihr Gatte zusammengeschrumpft. Er war abgemagert und ging gebückt. Seine Augen waren dunkel umrändert – und sie vermieden, den ihren zu begegnen!

Er fuhr, noch immer mit der gleichen fröhlichen Zärtlichkeit, fort:

«Na – hast du dich in Danemouth gut unterhalten?»

«Oh! Es war sehr lustig. Du hättest kommen sollen, Arthur!»

«Ich konnte nicht weg, mein Liebes. Es gab hier furchtbar viel zu tun.»

«Die Abwechslung hätte dir jedenfalls gutgetan. Magst du die Jeffersons?»

«Ja, gewiß. Armer Bursche. Ein netter Kerl. Traurige Geschichte.»

«Und was hast du die ganze Zeit getrieben, während ich weg war?»

«Ach, nichts Besonderes. Ich war viel auf dem Gut, weißt du. Dem Anderson habe ich sein neues Dach bewilligt – man kann es wirklich nicht mehr flicken.»

«Und wie war die Gemeinderatssitzung in Radfordshire?»

«Ich – nun ja – um die Wahrheit zu sagen, ich war gar nicht dort.»

«Du warst gar nicht dort? Aber du solltest doch Präsident werden?»
«Na ja — um die Wahrheit zu sagen, Dolly — offenbar ist da ein Irrtum passiert. Man hat mich gefragt, ob ich etwas dagegen hätte, wenn Thompson statt dessen gewählt würde.»
«Ich verstehe.» Mrs. Bantry zog einen Handschuh aus und warf ihn gleichgültig in den Papierkorb. Ihr Gatte wollte ihn wieder herausholen, aber sie verwehrte es ihm.
«Laß! Ich hasse Handschuhe.»
Colonel Bantry blickte sie ängstlich an.
Sie fragte streng:
«Warst du am Donnerstag bei den Duffs zum Dinner?»
«Ach so! Das ist verschoben worden. Ihre Köchin ist krank.»
«Dumme Leute.» Mrs. Bantry fuhr fort: «Warst du gestern bei den Naylors?»
«Ich habe angeläutet und gesagt, ich fühle mich nicht ganz wohl und bitte sie, mich zu entschuldigen. Sie haben das sehr gut verstanden.»
«Wahrhaftig, das haben sie verstanden?» rief Mrs. Bantry grimmig.
Sie setzte sich an den Schreibtisch und ergriff geistesabwesend eine Gartenschere. Damit schnitt sie langsam die Finger ihres zweiten Handschuhes nacheinander ab.
«Was machst du denn da, Dolly?»
«Ich habe so eine Zerstörungswut in mir!»
Sie erhob sich. «Wo werden wir uns nach dem Dinner aufhalten, Arthur? In der Bibliothek?»
«Nun — hm — ich glaube nicht — wie? Hier ist es doch sehr angenehm — oder vielleicht im Wohnzimmer — —»
«Ich glaube», sagte Mrs. Bantry ruhig, «wir werden uns in der Bibliothek aufhalten!»
Ihr ruhiger Blick begegnete dem seinen. Colonel Bantry richtete sich zu seiner vollen Höhe auf. Ein Leuchten trat in seine Augen.
«Du hast recht, mein Gutes. Wir gehen in die Bibliothek!»

Mit einem ärgerlichen Seufzer legte Mrs. Bantry den Telefonhörer in die Gabel. Zweimal hatte sie angerufen und jedesmal

den gleichen Bescheid erhalten: Miss Marple war nicht zu Hause.
Von Natur aus ungeduldig, war Mrs. Bantry nicht imstande, sich ohne weiteres geschlagen zu geben. In schneller Folge rief sie nacheinander das Pfarrhaus an, dann Mrs. Price Ridley, Miss Hartnell, Miss Wetherby und schließlich, als letzte Hoffnung, den Fischhändler, der dank seiner günstigen geographischen Lage meistens wußte, wo jeder Dorfbewohner sich augenblicklich aufhielt. Der Fischhändler bedauerte, aber er hatte heute morgen Miss Marple überhaupt noch nicht gesehen. Sie hätte ihren Rundgang heute nicht gemacht.
«Wo kann diese Person denn sein?» fragte Mrs. Bantry ungeduldig mit lauter Stimme.
Hinter ihr erklang ein höfliches Räuspern. Der diskrete Lorrimer murmelte:
«Madam sucht Miss Marple? Sie kommt soeben auf das Haus zu, wie ich beobachten konnte.»
Mrs. Bantry stürzte zur Eingangstüre, riß sie auf und begrüßte Miss Marple atemlos:
«Überall habe ich dich gesucht! Wo warst du?» Sie blickte sich um. Lorrimer war taktvoll verschwunden. «Es ist ganz entsetzlich! Die Leute fangen an, Arthur zu schneiden. Er ist um Jahre gealtert. Wir müssen etwas tun, Jane. Du mußt etwas tun!»
«Sorge dich nicht, Dolly», tröstete Miss Marple in vielsagendem Ton.
Colonel Bantry erschien in der Tür seines Arbeitszimmers.
«Ah, Miss Marple. Guten Morgen. Es freut mich, daß Sie da sind. Meine Frau hat wie eine Verrückte nach Ihnen herumtelefoniert!»
«Ich wollte Ihnen gerne selbst die Nachricht bringen», erklärte Miss Marple, während sie mit den Bantrys in das Arbeitszimmer trat.
«Die Nachricht?»
«Basil Blake ist soeben wegen des Mordes an Ruby Keene verhaftet worden.»
«Basil Blake?» schrie der Colonel.
«Aber er hat's nicht getan», versicherte Miss Marple.
Colonel Bantry beachtete diesen Einwurf nicht. Es ist fraglich, ob er ihn überhaupt hörte.

«Wollen Sie damit sagen, daß er das Mädchen erwürgt hat und sie dann hierherbrachte — *in meine Bibliothek?»*
«Er brachte sie in Ihre Bibliothek, aber er hat sie nicht ermordet.»
«Unsinn! Wenn er sie in meine Bibliothek gebracht hat, dann hat er sie natürlich auch ermordet.»
«Nicht unbedingt. Er fand sie tot in seiner eigenen Villa.»
«Eine sehr glaubhafte Geschichte», rief der Colonel ironisch. «Wenn man eine Leiche findet, nun, dann ruft man doch die Polizei an — freilich — wenn man ein anständiger Mensch ist.»
«Gewiß», entgegnete Miss Marple, «aber wir haben nicht alle so eiserne Nerven wie Sie, Colonel Bantry. Sie gehören der alten Schule an. Die junge Generation ist anders.»
«Kein Mark in den Knochen», wiederholte der Colonel seinen Lieblingssatz.
«Einige dieser jungen Menschen haben schon viel Böses durchgemacht», sprach Miss Marple weiter. «Ich weiß ziemlich viel über Basil. Als er kaum achtzehn Jahre war, hat er sich schon heldenhaft bewährt. Er holte vier Kinder aus einem brennenden Haus, eines nach dem anderen. Dann ging er nochmals hinein, um den Hund zu retten, obwohl man ihm sagte, daß es schon gefährlich sei. Das Haus stürzte über ihm zusammen. Man grub ihn aus, aber sein Brustkorb war zerschmettert, und fast ein Jahr lang mußte er in Gips liegen. Nachher war er noch lange Zeit krank. Damals fing er an zu zeichnen.»
«Oh!» Der Colonel hüstelte und schneuzte sich. «Ich — das — das habe ich gar nicht gewußt.»
«Er spricht nicht darüber.»
«Hm — das ist recht. Hochanständig. Es muß doch mehr in dem jungen Kerl stecken, als ich dachte. Ich habe immer geglaubt, er hätte sich vom Krieg gedrückt, wissen Sie. Das zeigt wieder, wie vorsichtig man sein muß, ehe man einen Menschen verurteilt.»
«Aber trotzdem», wieder empörte er sich — «was ist ihm eingefallen, daß er versuchte, mir einen Mord zuzuschieben?»
«So hat er es wohl nicht angesehen», beschwichtigte Miss Marple. «Er hielt es wahrscheinlich für einen — einen Scherz. Sehen Sie, er stand damals unter dem Einfluß des Alkohols.»
«Ach, er war besoffen?» rief Colonel Bantry mit dem Verständ-

nis des Engländers für alkoholische Exzesse. «Natürlich, man kann einen Burschen nicht danach beurteilen, was er tut, wenn er betrunken ist. Als ich in Cambridge war, da habe ich einen gewissen intimen Gegenstand – schon gut, schon gut, nichts mehr darüber. Damals war der Teufel los, wegen der Geschichte.»
Er kicherte, nahm sich dann plötzlich zusammen und wurde ernst. Forschend blickte er Miss Marple an, verständnisvoll und bewundernd. «Also *Sie* glauben nicht, daß er den Mord begangen hat, wie?»
«Ich bin sicher, daß er unschuldig ist.»
«Und Sie wissen, wer es getan hat?»
Miss Marple nickte.
«Ist sie nicht herrlich?» rief Mrs. Bantry gleich einem pathetischen griechischen Chor der tauben Welt zu.
«Nun, wer war es?»
Miss Marple erwiderte:
«Ich wollte Sie bitten, mir zu helfen. Ich glaube, wenn wir auf das Rathaus gingen, dann würden wir ein gutes Stück weiterkommen.»

17

Sir Henrys Gesicht war sehr ernst.
«Das gefällt mir nicht.»
«Ich bin mir völlig klar darüber», erwiderte Miss Marple, «daß es nicht hundertprozentig korrekt ist. Aber es ist doch so wichtig, ganz sicher zu sein – ‹der Sicherheit sich nochmals zu versichern›, wie Shakespeare sagt. Ich glaube, wenn Mr. Jefferson einverstanden wäre — —»
«Und Harper? Soll er auch eingeweiht werden?»
«Es könnte ihm unangenehm sein, wenn er zuviel weiß. Aber vielleicht geben Sie ihm einen Wink. Daß er gewisse Personen beobachten läßt – wenn es soweit ist, verstehen Sie mich?»
Sir Henry meinte langsam:
«Ja, das wäre wohl das Richtige . . .»

Superintendent Harper blickte Henry Clithering forschend an.
«Wir wollen ganz offen miteinander reden, Sir. Ist das ein Wink mit dem Zaunpfahl?»
Sir Henry erwiderte:
«Ich teile Ihnen mit, was mein Freund mir eben mitgeteilt hat – er sagte nicht, daß es ein Geheimnis sei – nämlich, daß er beabsichtigt, morgen einen Anwalt in Danemouth aufzusuchen, um ein neues Testament zu machen.»
Harpers buschige Brauen senkten sich tief über seine ruhigen Augen.
«Gedenkt Mr. Jefferson, seinem Schwiegersohn und seiner Schwiegertochter diese Tatsache mitzuteilen?»
«Er will es ihnen heute abend sagen.»
«Aha.» Der Superintendent klopfte mit dem Bleistift auf den Tisch. «Aha ...»
Dann bohrten sich seine scharfen Augen in die des anderen. Er fragte:
«Die Anklage gegen Basil Blake befriedigt Sie also nicht?»
«Und Sie?»
Um Harpers Schnurrbart zuckte es.
«Und Miss Marple?»
Die zwei Männer blickten einander an.
Dann sagte Harper:
«Sie können das mir überlassen. Ich werde meine Leute instruieren. Es wird nichts passieren, das verspreche ich.»
«Noch etwas», bemerkte Sir Henry, «sehen Sie sich das an.»
Er entfaltete ein Stück Papier und legte es auf den Tisch.
Diesmal verlor der Superintendent seine Ruhe. Er stieß einen Pfiff aus.
«Nein, so etwas! Jetzt sieht die ganze Sache völlig anders aus. Wie haben Sie denn das ausgegraben?»
«Seit Urzeiten interessieren sich die Frauen brennend für alles, was mit Heirat zusammenhängt.»
«Und ganz besonders», lächelte der Superintendent, «alleinstehende ältere Frauen.»

Als sein Freund eintrat, blickte Conway Jefferson auf.
Sein düsteres Gesicht entspannte sich, und er lächelte.

«Na, jetzt habe ich's ihnen gesagt. Sie haben es sehr gut aufgenommen.»
«Wie hast du es begründet?»
«Ich sagte, da Ruby tot sei, hätte ich das Gefühl, daß die fünfzigtausend Pfund, die ich ursprünglich ihr hinterlassen wollte, jetzt einer Sache dienen sollten, mit der ich Rubys Gedächtnis ehren könne. Es würde in London ein Heim für junge Berufstänzerinnen errichtet werden. Verdammt idiotisch wäre es, sein Geld einem solchen Zweck zu vermachen — ich wundere mich, daß sie's geschluckt haben. Als ob mir das ähnlich sähe, so etwas zu tun!»
Nachdenklich fügte er hinzu:
«Weißt du, ich habe mich mit diesem Mädchen wie ein Narr benommen. Bin wohl schon ein schwachsinniger alter Mann. Jetzt sehe ich es ein. Sie war ein nettes Kind. Aber das meiste, was ich in ihr sah, habe ich selbst in sie hineinphantasiert. Ich bildete mir ein, sie sei eine zweite Rosamund. Sie hatte wohl die gleichen Farben, weißt du, aber nicht das gleiche Herz, das gleiche Wesen. Gib mir doch mal die Zeitung 'rüber — eine sehr interessante Bridgeaufgabe steht darin.»

Sir Henry ging hinunter. Er suchte den Oberkellner und stellte ihm eine Frage.
«Mr. Gaskell, Sir? Er ist soeben mit seinem Wagen fortgefahren. Hatte in London zu tun.»
«Aha! Und Mrs. Jefferson — ist sie vielleicht in der Nähe?»
«Mrs. Jefferson, Sir, ist gerade zu Bett gegangen.»
Sir Henry blickte in die Hall und in den Tanzsaal. In der Hall löste Hugo McLean unter vielem Brummen und Stirnrunzeln ein Kreuzworträtsel. Im Tanzsaal lächelte Josie tapfer auf einen dicken, schwitzenden Herrn nieder, während ihre gewandten Füße seinem verderblichen Tritt auszuweichen versuchten. Der dicke Herr war sichtlich entzückt von seinem Tango. Raymond tanzte graziös und melancholisch mit einer bleichsüchtigen Miss, deren Blähhals und stumpfe braune Haare gut mit ihrem teuren, unwahrscheinlich geschmacklosen Kleid harmonierten.
Sir Henry sagte zu sich selbst:
«Na schön — jetzt kann ich schlafen gehen», und er tat es.

Drei Uhr nachts. Der Wind hat sich gelegt.
Nichts regt sich in Conway Jeffersons Schlafzimmer. Nur sein eigener schwerer Atem ist hörbar, während er von hohen Kissen gestützt daliegt.
Kein Lufthauch durchstreift den Raum, um die Gardinen zu bewegen — und doch bewegen sie sich . . . teilen sich sekundenlang . . . und die Silhouette einer menschlichen Gestalt zeichnet sich gegen das Mondlicht ab. Dann fallen die Vorhänge wieder zu und hängen unbewegt herab. Alles ist wieder still — aber es befindet sich noch jemand im Zimmer.
Näher und näher schleicht der Eindringling. Auf das Bett zu. Die tiefen Atemzüge tönen unverändert aus den Kissen. Kein Laut ist hörbar — kaum ein Hauch.
Daumen und Zeigefinger greifen nach einer Hautfalte, die Rechte hält eine Injektionsspritze bereit.
Und dann plötzlich kommt aus dem Dunkel eine Hand und schließt sich um die Finger, die die Spritze halten. Mit eisernem Griff umfaßt ein Arm die Gestalt.
Eine ruhige, klare Stimme, die des Gesetzes, spricht:
«Bis hierher und nicht weiter. Geben Sie die Nadel her!»
Das Licht flammte auf, und Conway Jefferson blickte grimmig in das Antlitz dessen, der Ruby Keene ermordet hat.

18

Sir Henry Clithering bat:
«Als Fachmann gesprochen, ich möchte Ihre Methode kennenlernen, Miss Marple.»
Superintendent Harper rief:
«Und ich möchte wissen, wodurch Sie zuallererst auf die Idee gekommen sind!»
Colonel Melchett schrie:
«Und Sie haben wieder den Vogel abgeschossen, Donnerwetter noch mal! Ich will aber alles hören, von Anfang an.»
Miss Marple strich über die braune Seide ihres besten Abendkleides. Sie errötete und lächelte und sah außerordentlich selbstzufrieden drein.

«Ich fürchte, Sie werden meine ‹Methode›, wie Sir Henry es nennt, schrecklich dilettantisch finden. Sehen Sie, es ist nämlich so: die meisten Leute — und da schließe ich die Herren von der Polizei nicht aus — sind viel zu vertrauensvoll für diese böse Welt. Sie glauben, was man ihnen sagt. Das tue ich nie. Ich muß gestehen, daß ich mich immer gerne selbst von der Wahrheit überzeuge.»
«Die Haltung des Wissenschaftlers», bemerkte Sir Henry.
«In diesem Fall», fuhr Miss Marple fort, «wurden gewisse Tatsachen von Anfang an als Wahrheit hingenommen, statt daß man sie überprüft hätte. Diese Tatsachen waren: das Opfer sei ganz jung gewesen und habe seine Nägel gebissen und die Zähne seien ein wenig vorgestanden — wie das bei jungen Mädchen oft so ist, wenn man sie nicht rechtzeitig mit einer Spange reguliert — und die Kinder sind manchmal so ungezogen mit diesen Spangen und nehmen sie heraus, wenn die Eltern nicht hinsehen.
Aber ich schweife vom Thema ab. Wo war ich denn? Ach ja. Ich habe also dieses tote Mädchen angeschaut und war traurig, denn es ist immer schmerzlich, zu sehen, wie so ein junges Leben zerbrochen wird. Und ich dachte, wer es auch getan haben mag, es muß ein schlechter Mensch gewesen sein. Es war natürlich alles sehr verwirrend — daß man sie in Colonel Bantrys Bibliothek fand und alles zusammen — viel zu ähnlich einem Detektivroman, um wahr zu sein. Irgend etwas stimmte nicht. Das, was uns so verwirrte, schien mir nicht beabsichtigt zu sein, verstehen Sie. Der ursprüngliche Plan war auch gewesen, die Leiche dem armen jungen Basil Blake zuzuschieben — der ja viel verdächtiger scheinen muß als unser Colonel. Daß er sie in Bantrys Bibliothek geschafft hat, brachte alles völlig durcheinander und muß für den wirklichen Mörder eine Quelle des Ärgers gewesen sein.
Nach dem ursprünglichen Plan wäre Mr. Blake in allererster Linie der Verdächtige gewesen. Man hätte Nachforschungen in Danemouth angestellt, hätte herausgefunden, daß er die kleine Tänzerin kannte, ferner, daß er Beziehungen zu einem anderen Mädchen habe — und daraus hätte man geschlossen, Ruby sei zu ihm gekommen, um ihn zu erpressen, oder etwas Ähnliches — und er habe sie in einem Wutanfall erwürgt. Ein ganz ge-

wöhnlicher, häßlicher Nachtlokal-Mord, wie ich so etwas nenne. Doch das alles ging natürlich schief, und das Interesse konzentrierte sich viel zu früh auf die Familie Jefferson – zum großen Mißvergnügen einer *gewissen Person.*

Wie ich Ihnen schon sagte, bin ich sehr mißtrauisch veranlagt. Mein Neffe Richard sagt immer – natürlich im Scherz und sehr liebevoll –, ich sei so mißtrauisch, als wäre ich selbst eine Verbrecherin. Er sagt, so seien die meisten Leute aus dem Viktorianischen Zeitalter. Darauf kann ich nur erwidern: die Leute aus dem Viktorianischen Zeitalter verstehen eben sehr viel von der menschlichen Natur.

Da ich nun mal diese anormale – oder vielleicht sehr normale Veranlagung habe, betrachtete ich die ganze Affäre sofort vom *Geldstandpunkt* aus. Zwei Menschen hatten durch den Tod des Mädchens einen Vorteil – darum kam man nicht herum. Fünfzigtausend Pfund, das ist viel Geld – besonders, wenn man sich in finanziellen Schwierigkeiten befindet, so wie diese beiden Menschen. Natürlich schienen alle zwei sehr nett und angenehm – man konnte sich nicht vorstellen, daß sie . . . aber man kann nie wissen, nicht wahr?

Zum Beispiel Mrs. Jefferson – jedermann hatte sie gern. Aber es war ganz zweifellos, daß sie in diesem Sommer sehr unruhig geworden war und daß sie ihr Dasein – an der Seite des Schwiegervaters satt hatte. Vom Arzt wußte sie, daß er nicht mehr lange leben würde. Das war also in Ordnung – um es rücksichtslos auszudrücken – oder es wäre in Ordnung gewesen, wenn Ruby Keene nicht auf der Bildfläche aufgetaucht wäre. Mrs. Jefferson liebt ihren Sohn leidenschaftlich; manche Frauen haben die seltsame Vorstellung, daß Verbrechen, die um ihrer Kinder willen geschehen, beinahe moralisch berechtigt sind. Ein- oder zweimal ist mir schon in unserem Dorf diese Einstellung begegnet. ‹Es war doch alles für Daisy, Miss, verstehen Sie›, sagt so eine Frau und glaubt offenbar, daß alles wieder gut ist. Eine sehr laxe Moral.

Bei Mark Gaskell allerdings war man schon eher zu Mißtrauen geneigt. Er ist ein Spieler und hat offenbar keine sehr strengen Grundsätze. Aber aus gewissen Gründen war ich der Ansicht, daß eine Frau mit diesem Mord zu tun haben müsse. Wie ich schon bemerkt habe, spielte die Geldfrage in meinen Augen

eine außerordentlich wichtige Rolle. Es war darum befremdend, zu finden, daß diese beiden Personen für die Zeit Alibis hatten, in welcher Ruby Keene nach ärztlicher Aussage den Tod fand. Aber bald darauf erfolgte der Fund des verbrannten Wagens mit Pamela Reeves' Leiche, und da sprang es einem ja in die Augen. Die Alibis waren natürlich wertlos.
Nun hatte ich zwei Hälften; jede einzelne war überzeugend, aber sie paßten nicht zusammen. Es mußte ein Verbindungsglied geben, aber ich konnte es nicht finden. Die einzige Person, von der ich genau wußte, daß sie mit dem Verbrechen zu tun hatte — besaß kein Motiv.
Es war dumm von mir, aber ohne Dinah Lee wäre ich nicht darauf gekommen — auf das Nächstliegende in der Welt. Das Rathaus! Eine Heirat! Es ging nicht nur Mr. Gaskell und Mrs. Jefferson an — es gab auch noch die Möglichkeit einer Ehe. Wenn einer von den beiden verheiratet war oder auch nur zu heiraten beabsichtigte — dann war der andere Ehepartner ebenfalls in das Verbrechen verwickelt!
Raymond zum Beispiel hätte denken können, dies sei die glänzendste Möglichkeit, eine reiche Frau zu bekommen. Er war immer sehr aufmerksam zu Mrs. Jefferson. Ich glaube sogar, durch seinen Charme ist sie aus ihrer langen Witwenschaft erwacht. Vorher war es ihr ganz recht gewesen, nur Mr. Jeffersons Tochter zu sein — wie Ruth und Naemi —, nur bemühte sich Naemi, wie Sie sich erinnern werden, außerordentlich, eine passende Ehe für Ruth zu finden.
Außer Raymond gab es noch Mr. McLean. Sie mochte ihn sehr gern, und es schien sehr wahrscheinlich, daß sie ihn schließlich heiraten würde. Er war nicht wohlhabend — und er war in der fraglichen Nacht nicht weit von Danemouth. Es sah also so aus, als könne jeder von ihnen es getan haben — nicht wahr? Aber im stillen wußte ich natürlich, wer es war. Man konnte ja nicht darum herumkommen — nicht wahr — um diese abgebissenen Nägel?»
«Nägel?» fragte Sir Henry. «Aber sie hat doch einen Nagel abgebrochen und dann die anderen geschnitten.»
«Unsinn!» rief Miss Marple. «Abgebissene Nägel und kurzgeschnittene Nägel sind völlig verschieden! Niemand, der auch nur das mindeste von Mädchennägeln versteht, kann sich da

irren. Abgebissene Nägel sind etwas sehr Häßliches – das sage ich auch immer den Mädchen in meiner Klasse. Die Nägel an der Leiche waren unverkennbar abgebissen und sie konnten nur das eine bedeuten: die Leiche in Colonel Bantrys Bibliothek war gar nicht Ruby Keene.

Und das führt einen direkt zu der Person, die schuldig sein muß: *Josie!* Josie hat die Leiche identifiziert. Sie wußte, sie muß gewußt haben, daß es nicht Ruby Keene war. Sie sagte, es sei Ruby Keene. Sie war verwirrt, die Leiche dort zu finden, wo sie sich befand. Ja, sie konnte diese Tatsache kaum fassen. Warum? Weil sie wußte – niemand wußte es besser als sie –, wo die Leiche hätte gefunden werden sollen! In Basil Blakes Villa. Wer lenkte unsere Aufmerksamkeit auf Basil? Josie, indem sie zu Raymond sagte, Ruby sei vielleicht mit diesem Filmmenschen zusammen. Und schon vorher, indem sie ein Foto von ihm in Rubys Handtasche schmuggelte. Wer war so sehr erbittert gegen die Verstorbene, daß sie es nicht einmal verbergen konnte, als sie vor der Leiche stand? Josie! Josie, die Kluge, Praktische, Stahlharte und Geldgierige. Das ist es, was ich vorhin meinte, als ich von Leichtgläubigkeit sprach. Niemand dachte daran, Josies Aussage, die Leiche sei Ruby Keene, zu mißtrauen. Einfach deshalb, weil es damals schien, als habe sie keinerlei Motiv für diese Lüge. Im Motiv lag ja immer die große Schwierigkeit. Josie war offensichtlich in die Sache verwickelt. Aber Rubys Tod mußte doch logischerweise ihrem Interesse entgegen sein. Erst als Dinah Lee das Rathaus erwähnte, fand ich das Verbindungsglied.

Heirat! Waren Josie und Mark Gaskell tatsächlich verheiratet – dann klärte sich alles auf. Wie wir jetzt wissen, waren Mark und Josie seit einem Jahr verheiratet. Sie wollten es geheimhalten bis nach Mr. Jeffersons Tod.

Wissen Sie, es war wirklich ganz interessant, die Spuren zu verfolgen und genau zu beobachten, wie sich dieser Anschlag entwickelte. Kompliziert – und doch einfach. Zunächst einmal wurde das arme Kind, Pamela Reeves, ausgewählt. Wurde mit dem Filmprojekt angelockt. Eine Probeaufnahme – da konnte die arme Kleine natürlich nicht widerstehen. Besonders, wenn es so eindringlich und überzeugend vorgebracht wurde, wie Mark Gaskell es tat. Sie kommt zum Hotel, er erwartet sie dort, führt sie bei einer Seitentür hinein und stellt sie Josie vor, die als eine Make-up-Expertin der Filmgesellschaft figuriert. Das arme Kindchen – mir wird ganz schlecht, wenn ich daran denke! Wie sie da in Josies Badezimmer gesessen haben mag, während Josie ihr das Haar bleichte und färbte, ihr Gesicht schminkte, ihre Finger- und Zehennägel lackierte. Bei dieser Prozedur wurde ihr das Betäubungsmittel eingegeben – höchstwahrscheinlich in einem Eiscream-Soda. Sie wird bewußtlos. Ich nehme an, daß sie daraufhin in eins von den gegenüberliegenden leerstehenden Gästezimmern gebracht wurde – wie Sie sich vielleicht erinnern, hat man diese Räume nur einmal in der Woche in Ordnung gebracht.

Nach dem Dinner fuhr Mark Gaskell in seinem Auto aus – die Küste entlang, sagt *er*. In Wirklichkeit brachte er damals Pamela, die ein altes Kleid von Ruby anhatte, in Blakes Villa und legte sie dort auf den Kaminteppich. Sie war noch bewußtlos, aber nicht tot. Da erwürgte er sie mit ihrem Gürtel ... Entsetzlich – ich hoffe und bete jedoch, sie möge nichts davon gespürt haben. Wahrhaftig, ich bin direkt froh, daß dieser Mensch nun gehängt wird ...

Das muß kurz nach zehn Uhr gewesen sein. Ich stelle mir vor, daß Josie ihrer Cousine im voraus Verhaltungsmaßregeln erteilt hat. Ruby war gewohnt, alles zu tun, was Josie ihr sagte. Sie sollte sich umkleiden, in Josies Zimmer gehen und dort warten. Auch sie hatte ein Betäubungsmittel bekommen, wahrscheinlich nach dem Dinner im schwarzen Kaffee. Sie erinnern sich, daß Ruby gegähnt hat, während sie mit dem jungen Bartlett sprach.

Später ging Josie hinauf, ‹um nach ihr zu sehen› – aber nur Josie selbst betrat Josies Zimmer. Offenbar hat sie bei dieser Gelegenheit das Mädchen getötet – vielleicht durch eine Injektion oder durch einen Schlag auf den Kopf. Dann ging sie hinunter, tanzte mit Raymond, besprach mit den Jeffersons, wo Ruby wohl sein könne, und ging schließlich zu Bett. In den frühen Morgenstunden zog sie der Toten Pamelas Kleider an, trug sie über die Seitentreppe hinunter – Josie ist ja eine starke, muskulöse junge Person –, holte George Bartletts Wagen, fuhr die zwei Meilen zum Seinbruch, goß Petroleum über den Wagen und zündete ihn an. Dann ging sie zu Fuß ins Hotel zurück und richtete es wahrscheinlich so ein, daß sie um acht oder neun Uhr dort anlangte. Angeblich aus lauter Sorge um Ruby sei sie schon so früh unterwegs!»

«Ein komplizierter Plan», warf Colonel Melchett ein.

«Nicht komplizierter angelegt als die Figuren eines Tanzes», war Miss Marples Antwort.

«Da haben Sie recht.»

«Josie war sehr gründlich», fuhr die alte Dame in ihrem Bericht fort. «Sie berücksichtigte sogar die Verschiedenheit der Fingernägel. Darum legte sie es auch darauf an, daß Ruby sich an ihrem Shawl einen Nagel abbrach. Das sollte die Erklärung dafür sein, daß Ruby alle Nägel kurz schnitt.»

«Ja, sie dachte an alles», meditierte Harper. «Und der einzige Anhaltspunkt, den Sie hatten, Miss Marple, waren die abgebissenen Nägel eines Schulmädels!»

«Nein, ich hatte mehr», lächelte Miss Marple, «die Leute reden doch immer zuviel. Diesmal war es Mark Gaskell. Als er von Ruby Keene sprach, sagte er: ‹Winzige, eingebogene Mäusezähnchen.› Das tote Mädchen in Colonel Bantrys Bibliothek jedoch hatte *vorstehende* Zähne.»

In grimmigem Ton erkundigte sich Conway Jefferson:

«Stammt die Idee mit der dramatischen Schlußszene von Ihnen?»

«Um die Wahrheit zu sagen — ja», gestand Miss Marple.

«Es ist doch so schön, wenn man seiner Sache sicher sein kann — nicht wahr?»

«Jawohl, jetzt sind wir sicher», murmelte Jefferson bitter.

«Sehen Sie», nahm Miss Marple ihre Erklärung wieder auf, «sobald Mark und Josie wußten, daß Sie ein neues Testament machen wollen, *mußten* sie ganz einfach etwas unternehmen. Für dieses Geld hatten sie schon zwei Morde begangen. Da konnten sie ebenso einen dritten begehen. Mark mußte natürlich absolut frei von Verdacht bleiben. Er fuhr also nach London und sorgte für ein gutes Alibi, indem er in einem Restaurant mit Freunden dinierte und nachher in ein Nachtlokal ging. Josie mußte alles allein machen. Die beiden glaubten immer noch, daß Basil Blake, ihrem Plan gemäß, für den Mord an Ruby Keene verantwortlich gemacht würde. Mr. Jeffersons Tod sollte man für eine Folge seiner Herzkrankheit halten. Wie der

Superintendent mir sagte, war Digitalis in der Injektionsspritze. Kein Arzt hätte unter den gegebenen Umständen den Eintritt des Todes durch Herzlähmung für überraschend gehalten. Josie hatte einen Dachziegel über Mr. Jeffersons Balkon gelockert. Nach der Injektion wollte sie ihn herunterkrachen lassen. Dann hätte man den durch diesen Lärm hervorgerufenen Schock für die Todesursache gehalten.»

Melchett knirschte: «Diese raffinierte Hexe!»

«Also wäre der dritte Mord, von dem Sie vorhin sprachen, an Conway Jefferson begangen worden?» erkundigte sich Sir Henry.

«O nein — ich meinte Basil Blake. Mark und Josie hätten ihn an den Galgen gebracht, wäre es möglich gewesen.»

«Oder ins Zuchthaus — lebenslänglich», nickte Melchett.

Conway Jefferson stöhnte in sich hinein.

«Ich wußte ja immer, daß meine Rosamund einen Gauner geheiratet hat. Wollte es nur nicht zugeben — nicht mal mir selbst. Sie war so toll in ihn verliebt. Verliebt in einen Mörder! Na, er wird hängen — ebenso wie diese Frau. Ich bin froh, daß seine Nerven versagten und er alles verriet.»

«Sie war immer der stärkere Charakter von den beiden», erklärte Miss Marple, «der ganze Mordplan stammt von ihr. Es ist ja wirklich eine Ironie des Schicksals, daß sie selbst die kleine Ruby hierher hatte kommen lassen — ohne zu ahnen, daß dieses Mädchen Mr. Jeffersons Zuneigung erwerben und so Josies eigene Zukunftshoffnungen zerstören würde.»

«Armes Mädel», murmelte Jefferson, «arme kleine Ruby.»

Adelaide Jefferson und Hugo McLean traten ein. Adelaide war heute abend beinahe schön. Sie ging zu Conway Jefferson, legte einen Arm um seine Schultern und sagte ein wenig atemlos:

«Jeff, ich habe dir etwas mitzuteilen. Ich will's dir jetzt gleich sagen: Hugo und ich werden heiraten.»

Einen Augenblick sah Conway Jefferson zu ihr auf, dann meinte er barsch:

«Na, schön, es wird ja auch schon Zeit, daß du dich wieder verheiratest. Meinen Glückwunsch euch beiden. Apropos Addie — morgen mache ich ein neues Testament.»

Sie nickte. «Ach ja. Ich weiß.»

«Nein, du weißt nichts. Dir setze ich zehntausend Pfund aus. Alles übrige bekommt Peter, wenn ich sterbe. Na, Mädel, wie gefällt dir das?»
«Oh, Jeff!» Ihre Stimme bebte. «Du bist ein wunderbarer Mensch!»
«Dein Kleiner ist ein liebes Kind. Ich will oft mit ihm sein – in der Zeit, die mir noch vergönnt ist.»
«Ja, das sollst du!»
«Peter hat viel Begabung zum Detektiv», versicherte Conway Jefferson. «Er besitzt nicht nur den Fingernagel des Opfers – eines der Opfer jedenfalls –, sondern er hat sogar das Glück gehabt, auch ein Stück von Josies Shawl zu erwischen. Also hat er jetzt auch ein Andenken an die Mörderin. Darüber ist er selig!»

Hugo und Adelaide gingen am Tanzsaal vorüber. Raymond trat auf sie zu. Rasch teilte ihm Adelaide mit:
«Wissen Sie das Neueste? Wir werden heiraten.»
Es gelang Raymond, tadellos zu lächeln – ein tapferes, schwermütiges Lächeln.
Er ignorierte Hugo und blickte tief in Addies Augen.
«Ich hoffe, daß Sie sehr, sehr glücklich werden . . .»
Die beiden gingen weiter. Raymond blieb stehen und sah ihnen nach.
«Nette Frau», sagte er vor sich hin. «Sehr nette Frau. Und reich wird sie auch sein. Ein Jammer, daß ich mit diesem Märchen von den Starrs aus Devonshire angerückt bin . . . Na ja, ich hab' eben kein Glück. Schöner Gigolo, armer Gigolo, man zahlt – und du mußt tanzen!»
Und Raymond kehrte in den Tanzsaal zurück.

Ende